서 문

'귀신이나 도깨비가 과연 있는가?', '망령이 이 세상 사람과 관련을 가질 수 있는가?'라는 따위의 질문은 제기하기조차 쑥스럽다. 그런 비현실적인 것은 우리의 상식으로는 납득할 수 없고, 대부분의 사람들도 일고의 가치도 없다고 비웃고 말 것이다. 그러니 귀신이나 망령이 등장하는 이야기라면 어리석은 사람의 잠꼬대 정도로 여기기 쉬울 것이다.

하지만 그것은 그것대로의 의의와 가치를 가지고 있다. 저 유명한 그리스의 신화들이 다 그러한 것이라는 점으로 미루어 보아도 쉽게 짐작이 갈 것이다.

그 이야기들은 비현실적일수록 꿈과 낭만이 깃들어 있고, 공상과 환상이 수놓아져 있기 때문이다. 그것은 그 당시 사람들의 사상과 생활감성을 보여 주는 것이며, 길이 후세에까지 지대한 영향을 끼치고 있는 것이다. 그러니 그럴 수 있느냐 없느냐의 논리적인 비판을 앞세우기보다는 담담한 심정으로 한번 돌이켜보는 것도 여러 모로 유익한 일이 될 것이라 생각한다.

이러한 이야기를 좀더 체계 있게 서술한 것은 흔히 〈전기(傳奇)〉라고 불리우며 우리 나라에서는 김시습(金時習)의 ≪금오신화(金鰲新話)≫가 그 시초라고 한다. 남아 있는 단편을 보면 과연 한결같이 비현실적이고 있을 수 없는 이야기들이다.

이것은 흔히 우리 나라 소설의 시초라고도 하지만, 비현실적인 이야기는 금오신화 이전에도 얼마든지 있었다. 고구려, 백제, 신라 등의 시조 신화가 그러하고 더 올라가서는 단군신화가 그러하다.

이 책에서는 이러한 비현실적인 이야기 중에서 괴기(怪奇)한 것만을 골라 알기 쉽게 풀어 써 보았다. 너무나 유명하여, 누구나 다 알고 있는 것은 빼고, 또 구전으로 내려오는 것 중에도 그 기록적인 출처가 정확치 않은 것은 넣지 않기로 하였다.

괴기한 이야기의 기록은 여기저기에서 흔히 보이지만 이야깃거리가 될 만한 것은 그리 흔하지 않다. 왜냐하면 대부분이 너무나 단편적인 서술이기 때문이다.

하나의 예를 들자면 《세조실록(世祖實錄)》권1 총서(總書) 중 〈신유(辛酉) 시월〉에 다음과 같은 기록이 있다.

'文宗與世祖及諸弟夜坐有嘯聲風颯然再吹世祖曰夾鍾淸調文宗曰誰也世祖曰鬼也'

'문종이 세조를 비롯하여 여러 아우들과 밤에 앉아 있는데 어디선가 휘파람 소리가 가볍게 들려 왔다. 세조가 말하기를 "협종(십이율의 하나)의 맑은 가락이로군요"라고 하였다. 문종이 "누구겠는가"라고 물으니 세조는 대답하기를 "귀신입니다"라고 하였다.'라는 것이다. 물론 원문에는 이 뒤에 어째서 세조가 귀신의 소리라고 단정하게 되었느냐는 설명이 부연되어 있기는 하다. 이것은 공식적인 문서인 ≪실록≫에 나타나는 기록이요, 괴기한 이야기임에는 틀림없으나 줄거리를 가진 이야깃거리가 되지는 않는다.

기록이 보여 주는 것은 대개 이 정도로 간략한 것이 많다.

이 중에서 다소 이야기가 될 만한 내용을 가진 것을 골라 여기에 50편을 실었다.

여기에 수록한 이야기들은 ≪삼국유사≫, ≪어우야담(於于野談)≫에서 각각 여섯 개 ≪용재총화(慵齋叢話)≫에서 다섯 개, ≪신증동국여지승람(新增東國輿地勝覽)≫, ≪고려사(高麗史)≫, ≪청파극담(靑坡劇談)≫ 등에서 셋, 둘 그리고 하나씩 뽑은 것들이다.

50개의 이야기를 편의상 다섯 개의 묶음으로 분류해 놓았다.

Ⅰ 정염편(情炎編)에서는 귀신·망령 등과의 연정에 관한 것을, Ⅱ 요괴편(妖怪編)에서는 귀신, 도깨비 등에 관한 것을, Ⅲ 예언편(豫言編)에서는 장님, 무당 또는 점(占)에 관한 것을, Ⅳ 망령편(亡靈編)에서는 죽은 혼이 나타났다던가 하는 것을, Ⅴ 물괴편(物怪編)에서는 용(龍), 호랑이, 여우 등의 짐승과 관련이 있는 것을, 이런 식으로 모아 놓았다.

이 책은 기록에 남아 있는 괴기한 옛이야기를 풀어놓은 것이다. 그러니만큼 지나치게 창작적인 첨가는 일체 삼가고 그러면서도 부드럽게 윤색하고자 하였다.

어느 정도의 윤색, 풀이를 하였는가를 보이기 위하여 제일 처음에 있는 〈과부 산신의 혼인〉을 가져온 ≪고려사(高麗史)≫의 권수(卷首) ≪고려세계(高麗世系)≫ 중의 해당 부분을 다음에 원문대로 옮겨 놓아 보겠다. 이것으로써 다른 이야기들의 윤색, 풀이도 어느 정도인가를 미루어 짐작하기 바란다.

  有名虎景者自號聖骨將軍自白頭山遊歷至扶蘇山左谷娶妻家焉富而無子善射以獵爲事一日與同里九人捕鷹平那山會日暮就宿巖竇有虎當竇口大吼十人相謂曰虎欲啗我輩試投冠攬者當之遂皆投之虎攬虎景冠虎景出欲與虎鬪虎忽不見而竇崩九人皆不得出虎景還告平那郡來葬九人先祀山神其神見曰豫以寡婦主此山幸遇聖骨將軍欲與爲夫婦共理神政請封爲此山大王言訖與虎景俱隱不見郡人因虎景爲大王立祠祭之以九人同亡改山名九龍虎景不忘舊妻夜常如夢來合生子曰康忠

1974년

朴 容 九

※ 한국의 괴기담

차 례

서 문 3

I 정염(情炎) 11
　1. 과부 산신(寡婦山神)의 혼인 11
　2. 신장(神將)의 작폐(作弊) 16
　3. 여귀(女鬼)의 연정(戀情) 23
　4. 아리따운 귀신의 유혹 29
　5. 부자가 된 과부 34
　6. 귀신의 겁간(劫姦) 39
　7. 망령이 아이를 낳게 함 44
　8. 사령(死靈)과의 인연 50
　9. 죽은 소저(少姐)의 연모 55
　10. 죽어서 뱀이 된 여승 60
　11. 사후(死後)에도 아내를 못 잊어 66
　12. 질투의 귀신 70

II 요괴(妖怪) 77
　12. 성황신(城隍神)의 호소 77
　14. 귀신이 쌓은 제방 82
　15. 흉가(凶家)의 귀신 87
　16. 회나무 귀신 93
　17. 귀신의 장난 98
　18. 귀신을 쫓고 아내를 얻다 103
　19. 귀신을 쫓은 술사(術士) 109
　20. 고승(高僧)의 힘 114
　21. 수령(守令)이 귀신을 다스림 119
　22. 조상이 귀신을 쫓다 125

Ⅲ 예언(豫言) ... *131*
  23. 길흉(吉凶)을 점치는 귀신 ... *131*
  24. 죽을 시기의 예언 ... *136*
  25. 귀신과 장님 ... *142*
  26. 자기 신수를 점친 장님 ... *147*
  27. 신통한 점 ... *152*
  28. 왕자의 망령(亡靈) ... *157*
  29. 죽음을 면케 한 무당 ... *163*
  30. 욕심 많은 무당 ... *168*

Ⅳ 망령(亡靈) ... *175*
  31. 왕묘(王廟)의 영이(靈異) ... *175*
  32. 원혼(寃魂)의 통곡 ... *180*
  33. 원혼(寃魂)의 보복 ... *185*
  34. 죽은 넋의 분풀이 ... *190*
  35. 원귀(寃鬼)의 재앙 ... *196*
  36. 첩의 저주 ... *201*
  37. 임금 혼의 꾸짖음 ... *206*
  38. 원혼(寃魂)의 호소 ... *211*
  39. 첩(妾)의 원혼 ... *216*
  40. 망부(亡父)의 도움 ... *222*
  41. 명부(冥府)에 다녀옴 ... *227*

Ⅴ 물괴(物怪) ... *233*
  42. 잡혀 가던 용(龍) ... *233*
  43. 박연(朴淵) 폭포의 전설 ... *238*
  44. 호환(虎患)을 물리침 ... *243*
  45. 호랑이가 의원을 데려감 ... *248*
  46. 여우의 장난 ... *254*
  47. 못된 여우를 다스림 ... *259*
  48. 구렁이의 행패 ... *264*
  49. 두꺼비의 보은(報恩) ... *270*
  50. 물고기가 맺어 준 인연 ... *275*

한국의 괴기담

I 정염(情炎)

1. 과부 산신(寡婦山神)의 혼인

호경(虎景)이라는 자가 있었는데, 스스로 성골 장군이라 일컫고 있었다. 백두산에서 왔다고 하며, 여러 산천을 두루 돌아다녔다고 했다.

그는 송악 부소산(扶蘇山) 왼쪽 골짜기에 머물며, 아내를 얻어 집안을 이루고 있었다. 집안은 넉넉하였으나 슬하에 아기가 없었다.

성골 장군은 활을 잘 쏘아 사냥하는 것으로 생활을 삼았는데, 하루는 동네 사람 아홉 명과 함께 평나산에서 사냥을 하다가 날이 저물었다.

"돌아가기는 틀렸으니 어디서 쉬었다 가지."
"우리가 밤을 지샐 만한 곳이 있을까?"

모두들 이리저리 서성거리다가 큼직한 굴을 하나 발견하게 되었다.

"됐어. 여기서 밤을 지내자."
"혹시, 무슨 짐승의 굴이 아닐까?"

굴 속을 살펴보니 아무것도 없었고, 제법 널찍하였다. 일행은 마른 잎을 주워다 깔고 곤한 몸을 눕혔다. 하룻밤을 지내기에는 안성맞춤이었다.

"어흥!"

막 잠이 들려고 하는데 굴 밖에서 사나운 호랑이의 으르렁대는 소리가 들렸다. 일행은 놀라서 수군거렸다.

"여기가 호랑이의 굴이었나 보군!"

"우리를 잡아먹으려나 본데 어쩌지?"

밖에서는 연방 호랑이의 으르렁대는 소리가 한층 높아졌다.

"앉아서 잡혀 먹힐 수는 없고……. 그렇다고 입구가 작으니 한꺼번에 뛰어나가 싸울 수도 없는 노릇이고……."

"우리 중에서 누가 나가 싸워야 할 게 아닌가. 그러니 한 번 시험삼아 우리들이 쓰고 있는 벙거지를 벗어서 호랑이에게 던져 보세. 그래서 호랑이가 무는 벙거지의 임자가 나가서 싸우기로 하지."

한 사람을 고르기 위한 방법이었다. 그리고 그것은 가장 그럴 듯한 방법이기도 했다.

모두들 일제히 벙거지를 벗어 호랑이에게 던졌다. 그랬더니 호랑이는 서슴지 않고 성골 장군의 벙거지를 덥석 물었다.

"자네 것일세."

"그렇군!"

성골 장군은 별로 놀라지도 않고 태연히 활을 집어들었다. 성골 장군으로서는 호랑이와 싸우는 것쯤은 두려울 게 없었고, 또 모두들 그렇게 생각하며 믿음직하게 바라보았다.

"자아, 나간다!"

성골 장군은 호랑이를 노려보면서 굴 밖으로 뛰어나갔다. 활시위를 당기려고 보니 여태껏 으르렁대던 호랑이는 어디로 갔는지 보이지 않았다.

"허, 이 호랑이가 어디로 갔을까?"

성골 장군은 굴에서 단단히 벼르고 나왔던 터라 긴장이 풀려 화살을 겨누려던 손을 늘어뜨리고 중얼거렸다.

"내가 나와 서기만 해도 두려워서 도망쳤나?"

호랑이가 어디론가 사라졌다고 굴 속에 있는 일행들에게 말하려는 찰나, 갑자기 천지가 진동하는 듯한 요란한 소리가 났다. 성골 장군은 아찔하여 한 걸음 뒤로 물러섰다가 정신을 수습하고 좌우를 살펴보았는데 그것은 방금 자기가 걸어 나온 굴이 있던 산기슭 전체가 허물어지는 소리였고, 그 굴은 흔적조차 없어져 버렸다.

"굴이 무너졌구나. 그렇다면 그 속에 있던 사람들은 모두 죽었겠군……"

참으로 허무하면서도 기가 찰 노릇이었다. 자기는 호랑이와 싸우고자 굴에서 나왔기에 화를 면하게 된 것이다. 서로 호랑이와 싸우기를 꺼려하였기늘 호랑이와 싸우고자 굴 밖에 나온 사람만이 살고, 또 호랑이는 어디로 갔는지 보이지도 않는다.

"알 수 없는 노릇이다. 그러나 마을로 내려가서 이 일을 알려야겠다."

성골 장군은 급히 마을로 내려가서 마을 사람들에게 이 놀라운 이야기를 했다. 죽은 아홉 사람의 가족들과 마을 사람들은 이튿날 다 같이 굴이 있던 곳으로 갔다. 성골 장군이 굴이 있던 곳을 가리키자 슬퍼하기보다도 먼저 놀라워하며 혀를 내둘렀다.
 "거짓말 같은 사실이로군!"
 "이는 아무래도 심상치 않은 일이야. 장사를 지내는 것보다도 먼저 산신께 제사를 지내기로 합시다 이런 일은 산신이 노해서 일어난 것임에 틀림없어."
 이렇게 의논이 되어 산신께 제사를 지내기로 하고, 약간의 주효를 벌여 놓고 절을 하기 시작하였다.
 갑자기 안개가 끼며 향기가 진동하더니 위엄 있게 생긴 사람이 나타났다.
 "나는 이 산에 있는 산신이노라."
 모여 있던 사람들은 엉겁결에 엎드리고 감히 쳐다보지를 못하였다.
 "내 그대들에게 전할 몇 가지 말이 있노라."
 "예."
 모두들 벌벌 떨기만 하였다.
 "나는 과부로서 이제까지 이 산을 다스리고 있었노라. 그러던 중 이번에 성골 장군을 만나게 되었으니 다행스럽기 짝이 없는 일이다. 나는 장차 성골 장군과 부부가 되어 이 산을 다스릴까 하노라."
 모두들 엎드린 채였고 성골 장군은 고개를 들어 산신을 바라보았다. 안개 속에 아련히 보이는 산신은 틀림없는 여인의 모습이었다.
 "내 성골 장군을 유인하기 위하여 일행이 굴 속에 들어갔을 때 호랑이로 변하여 나타났었노라. 그리고 벙거지를 던져서 그것을 호랑이가 문 사람이 나가 싸우기로 하고 벙거지를 던지기에 성골 장군의 것을 물었노라. 이리하여 성골 장군은 굴 밖으로 나오고 굴은 허물어졌으니 그리 알라."

성골 장군은 빤히 산신을 바라보았다. 어제 당한 일이 새롭게 돌이켜 생각 되었고, 굴 밖에서 호랑이의 모습이 갑자기 없어졌던 일도 수긍이 갔다.

"그러니 그대들은 성골 장군을 이 산의 대왕으로 알고 받들도록 하라."

"예."

마을 사람들은 다 같이 대답하였다.

회오리바람이 불고 지나가니 이제까지 보이던 산신의 모습은 사라지고 그와 동시에 성골 장군도 어디로 갔는지 모습이 보이지 않았다.

"참, 신기한 일이야."

"드문 일이야."

얼마 후에야 제정신이 든 마을 사람들은 서로 쳐다보며 놀라워하였다.

"성골 장군이 비범한 사람이더니 산신의 배필이 되었군."

"우리는 산신의 당부대로 받들어야 하지 않겠나?"

"암!"

곧 마을 사람들은 성골 장군을 이 산의 대왕으로 봉(封)하고 사당을 세워 제사를 지내기로 하였다. 그리고 이 산은 원래 평나산 또는 성거산이라고 불리었는데, 아홉 사람이 굴 속에서 죽었다고 하여 구룡산이라고도 부르게 되었다.

성골 장군은 뜻하지 않게 산신의 남편이 되어 산을 다스리게 된 데 대하여 조금의 불평도 없었다. 그러나 아들 없이 이 세상을 떠났다는 것이 항상 마음에 걸렸다.

"마을 사람들이 사당까지 지어 주고 또 산신의 남편이 되어 신의 열에 끼었으니 대견하기는 하다. 그러나 대를 이을 자식은 있어야 하지 않겠는가?"

이렇게 생각한 성골 장군은 전의 아내의 꿈에 나타났다.

"내가 왔소. 나는 이미 산신과 더불어 산을 다스리는 몸이 되었소. 당신도 이야기를 들어서 알겠거니와, 다시 만나기는 어렵소. 그러나 옛정을 잊기 어려워 이렇게 찾아온 것이오."

성골 장군은 평시와 조금도 다름없이 아내를 위로하고 잠자리를 같이하고 돌아갔다. 놀라 깨니 꿈이었으나 성골 장군의 아내는 이날부터 태기가 있어 아들을 낳았으니 이름을 강충이라고 하였다 한다.

≪고려사(高麗史) 고려세계(高麗世系)≫에서

2. 신장(神將)의 작폐(作弊)

경주 땅에 하지산이란 산이 있는데 또한 부산(富山)이라고도 불리었다. 여기에는 옛날에 주암사라는 절이 있었다. 이 절의 북쪽에 큰 바위가 있었는데 그 모양이 특이하게 생겼고, 사방이 깎아 세운 듯하여 쉽게 오를 수 없었다. 그러나 바위 위는 능히 백 여 명이 앉을 정도로 편평하였고 멀리 산들과 바다가 아득하게 보이며 눈 아래로는 넓은 들이 보이는 절승의 곳이었다. 이 바위는 지맥석이라고 불리었다.

옛날 삼국시대 김유신 장군이 이곳에 보리를 가져다가 술을 담고 바위 위에서 잔치를 벌여 군사들을 먹게 하였다고 한다.

싸움에 나가는 군졸들을 위로·격려하기 위한 곳이었으며 보리를 져 나르던 말이 다니던 흔적이 오래도록 남아 있었다고 한다.

이 지맥석에서 서쪽으로 여덟 걸음쯤 되는 곳에 큰 바위가 있고, 그것이 동굴을 이루고 있으며 이를 주암이라고 불렀다.

옛적에 이 주암 동굴에서 한 노인이 단정히 앉아서 도를 닦고 있었다고 한다. 점점 도가 통하게 되고 어느덧 많은 신장들을 자유자재로 부리기에 이르렀다.

"흠, 이만하면 나는 도를 닦았다고 할 수 있겠다. 그러나 아직 멀었다."

도인은 스스로 자신에 대하여 반성하고 도닦기를 계속하였다.

"모든 물욕을 물리치고 흔들리지 않을 만하다. 색에 있어서도 그렇다. 색욕도 웬만한 것은 물리칠 만하다. 그러나 궁녀의 아리따운 모습을 대하게 된다면 어떨까? 그때도 역시 마음이 흔들리지 않을까? 알 수 없는 노릇이지. 아직 확고한 자신이 서 있다고는 할 수 없으니 더욱 도를 닦아야겠다."

도인은 눈을 감고 다시 깊은 명상에 잠겼다.

도인이 부리는 신장들은 언제나 도인의 주변에 있어 그를 보호하고 또 부림을 당하는 입장이었으므로 중얼거리는 도인의 혼잣말을 들었다.

"궁녀라는 게 뭔가?"

"대궐 안에 있는 여인들이지."

"그렇게 아름다운가? 그렇다면 한 번 보고 싶군."

"이런 훌륭한 도사께서도 궁녀를 보면 마음이 움직일지 모른다고 하였으니 얼마나 아름다울까?"

사람이 아닌 신장들은 서로 수군거리며 인간처럼 여인에 대한 욕심들이 끓어오르기 시작하였다.

"대궐은 어디에 있는가?"

"여기서 그리 멀지 않지."

"그러면 우리 궁녀를 데려다가 한 번 재미를 보는 게 어떨까?"

"그거 좋은 생각이야."

신장들은 이런 꿍꿍이 수작을 꾸미고 도사의 눈을 속여서 느닷없는 짓을 벌였다.

신장들은 허공으로 솟구쳐 바람을 타고 대궐에 이르렀다. 대궐 안에서는 궁녀들이 제멋대로 자기 할 일을 하기도 하였고 서성거리기도 하였다. 과연 궁녀들은 한결같이 얼굴이 아름답고 바라보기만 해도 간장이 녹는 듯하였다. 신장들은 한 궁녀를 바람에 휩싸 공중으로 올라갔다.

궁녀들 눈에는 신장이 보이지 않는 터라 모두들 질겁을 했다. 갑자기 한 궁녀가 공중으로 솟구쳐 올라 보이지 않게 되었으니 청천벽력이 아닐 수 없었다.
"어머나!"
"이게 웬일일까?"
신장들은 이 궁녀를 자기들이 있는 주암 근처로 납치해 이리저리 바라보고 노리개로 삼아 더럽히고 말았다. 그런 다음 다시 바람을 타고 날아가 궁녀를 대궐 뜰 안에다 내려놓았다.
신장들은 궁녀를 납치해다 재미를 보고는 더욱 흥이 나서 그러한 행패를 계속하였다. 아침에 없어졌던 궁녀가 저녁에 나타나기도 하는, 이런 일이 무시로 되풀이되었다. 어디로 어떻게 납치되어 가는지도 몰랐고, 한 번 당하면 으레 몸을 더럽히곤 하였다.
신장들은 흥에 겨웠으나 궁녀들은 전전긍긍하였다. 드디어 이 소문은 임금의 귀에까지 들어갔다.
"괴이한 일이다. 당장 그놈을 잡아라. 잡기만 하면 목을 자르리라."
임금은 크게 노하여 대궐 안팎을 엄중히 경계하도록 많은 군사를 풀어놓았다.
그러나 바람을 타고 허공을 날아오는 신장들을 막을 도리는 없었다.
또 신장들의 모습은 사람의 눈에는 보이지 않으니 언제 왔다가 언제 사라지는지도 알 수 없었다.
그저 되풀이해서 피해를 입을 따름이었다.
"모두들 눈을 멀거니 뜨고 뭣들 하고 있느냐?"
임금이 아무리 펄펄 뛰어도 소용이 없었다.

"저런 죽일 놈이 있느냐?"

이 알 수 없는 괴물을 잡기 위해 여러 가지로 연구하던 끝에 하나의 꾀를 생각해 냈다.

"궁녀를 모조리 부르라!"

뜰에는 많은 단사(丹砂) 가루가 마련되어 있었다.

"듣거라. 너희들은 항시 이 단사 가루를 몸에 지니고 있거라. 만일 그 요물에게 납치되는 일이 생기거든 그 요물과 함께 묵은 곳에 은밀히 이 단사 가루를 뿌려 두어라."

대궐 안에 드나드는 것은 잡을 수 없으니 단사 가루가 뿌려진 곳을 찾아서 요물을 잡자는 계획이었다. 그 후에도 여전히 궁녀들은 납치되어 갔다.

"이번에는 잡았다."

임금은 무릎은 치고 많은 군졸들을 풀어서 단사 가루가 뿌려진 곳을 찾게 하였다. 대궐 가까운 곳과 성 안은 물론 멀리 떨어진 곳까지 샅샅이 살피게 하였다. 그러나 행방이 묘연하여 알 수가 없었다.

"하늘로 솟지 않은 바에야 어찌 단사 가루가 뿌려진 곳이 없더란 말이냐?"

더욱 많은 군졸을 풀어 깊은 산 속까지 살피게 하였다. 그러던 중 하지산 기슭 주암 근처에서 단사 가루가 뿌려진 것을 발견하게 되었다.

임금에게 급한 보고가 들어갔다.

"장소를 알았습니다."

"어디더냐?"

"예, 하지산 기슭의 어느 바위 근처였습니다."

"그래 괴물이 있더냐?"

"살펴보니 단사 가루가 뿌려진 근처에는 바위로 된 동굴이 있사옵고 그 속에는 한 늙은이가 가사를 입고 단정히 앉아 있었습니다."

"그게 바로 요물이니라!"

임금은 고개를 끄덕이고 두 주먹을 불끈 쥐었다. 무엄한 짓을 저지르던 요물을 단단히 혼내 주려는 생각에서 수천 명의 군졸들을 거느리고 떠났다.

"비록 늙은 중의 형상을 하고 있다고는 하지만 요물임이 분명하니 각별히 조심하여라."

마치 싸움터에라도 나가는 듯 칼과 창을 휘두르며 군졸들은 출발하였고 임금은 직접 지휘를 하였다.

하지산에 이르러 군졸들에게 산을 포위토록 하고 임금은 날랜 군졸을 몇 명 거느리고 앞으로 나아갔다.

과연 바위로 된 동굴 안에는 늙은 중이 앉아 있었다.

"흠!"

단정히 앉아 있던 늙은 중인 도사는 눈을 들어 이쪽을 바라보았다. 어마어마한 군졸의 수효에 놀라는 기색도 없이 눈을 감고 두 손을 합장하며 주문을 외기 시작하였다.

때아닌 바람이 불고 지나갔다.

"허!"

잠시 멈칫하고 섰던 임금은 눈을 들어 바라보다가 깜짝 놀랐다. 산골짜기에 또 다른 수많은 군졸들이 갑자기 나타난 것이다. 번쩍이는 투구는 이 세상 것으로 보이지 않았고, 칼과 창 또한 무섭게 번쩍거렸다.

얼굴들은 이글이글 타오르는 듯하였고 눈에서는 불을 뿜어내는 듯하였다. 임금 자신이 거느리고 온 군졸은 수천 명에 지나지 않았으나, 지금 갑자기 나타난 군졸들은 수만을 헤아릴 것 같았고, 모두 이쪽을 향하여 금새라도 달려들 것 같은 형상이었다.

"어, 어허!"

임금은 너무나 놀랍고 두려워서 그 자리에서 물러앉았다. 더 진격하는 것은 고사하고 목숨도 부지할 것 같지가 않았다.

"물러서라!"

임금은 황망히 명령을 내리고 군졸을 거두어 대궐로 돌아갔다.

대궐에 돌아와서도 임금은 고개를 갸웃거리기만 하였다.

"그 중이 보통 사람은 아니니라. 주문을 욈으로써 갑자기 그렇게 많은 군졸을 나타나게 하였으니 이는 필시 도통한 사람임이 분명하다."

임금은 이번에는 중신을 몇몇 골라서 산으로 보냈다. 예를 갖추어 정중히 대궐로 모셔 오려는 것이었다.

도사는 이 청을 물리치지 않고 중신들을 따라 대궐로 들어왔고 임금은 그를 반가이 맞았다.

"과인이 고명한 사람을 몰라보았으니 그 허물을 탓하지 마시오."

도사는 합장하고 고개를 들었다. 도사는 이미 도통하여 완전히 속세를 떠난 터였다. 궁녀를 보았을 때는 어떨까 하고 스스로에게 의심이 갔던 단계도 지난 지 오래였다.

"이렇게 예를 갖추고 불러 주시니 황공무지로소이다."
"과인을 위하여 국사(國師)가 되어 줌이 어떠하오?"
"예. 그리고 그간 대궐 안에서 일어난 일들은 소승이 신장들을 잘 다스리지 못한 탓으로 일어난 것입니다. 소승이 도닦기에 여념이 없는 사이에 신장들이 소승의 눈을 속여 저지른 일이오니 용서하여 주십시오. 그 신장들을 크게 벌 주었으니 앞으로는 다시는 그런 일이 없을 것입니다."
"고마운 일이오."
그 후로는 궁녀들이 납치되어 가는 일이 없었다.
이때 부산에는 주암사(朱巖寺)라는 절이 세워졌다고 하며, 아득한 옛날이어서 어느 임금 때인지는 자세하지 않다고 한다.

≪신증동국여지승람(新增東國輿地勝覽)≫ 권21에서

3. 여귀(女鬼)의 연정(戀情)

산천감 벼슬에 있는 이인보는 경주도제고사(慶州道祭告使)란 임무를 띠고 내려갔다. 이것은 지금의 경상도 지방에 내려가서 여러 산천에 두루 제사 지내는 일이었다.
책임을 다하고 돌아오는 길에 부석사(浮石寺)에 들르게 되었다. 마침 해도 저물었기에 이인보는 부석사에서 묵기로 하였다.
"어서 이리로 들어오십시오."
주지는 공손히 맞이하여 객사를 정결하게 치우고 머무르게 하였다.

"과연 한적하고 속세를 떠난 곳이로군."

이인보는 활짝 열어젖힌 창 너머로 밖을 내다보았다. 들은 한적하기만 하였고, 멀리 보이는 숲도 적막 속에 가라앉은 듯하였다. 흡사 깊은 산 속에 우두커니 홀로 앉아 있는 듯하였다.

두리번거리며 적적해 하다가 문득 눈이 둥그래졌다. 앞에 있는 건물 사이로 아리따운 여인의 자태가 보였기 때문이었다. 더구나 여인은 아미를 들어 이쪽을 흘깃흘깃 바라보는 것이었다.

"흠!"

이인보는 고개를 갸웃하였다. 자기를 찾아오는 여인이 있을 까닭이 없었다.

'아마 이 근처 어느 고을의 원이 보내 온 기생이 아닐까?'

그렇게 생각하니 입가에 절로 웃음이 돌았고 그 원이 풍류를 아는 사람으로 여겨졌다. 여인은 몇 번 이쪽을 바라보더니 천천히 걸어와서 이인보가 있는 방 앞에 이르러 날아가듯 절을 하였다.

"흠!"

이인보는 점잖게 헛기침을 했다. 절을 하고 서 있는 여인을 바라보니 천한 기생 같지는 않았다. 어딘지 고상한 기품이 풍겼고 그린 듯한 자태는 선녀 같기도 하였다.

여인은 이인보의 말을 기다리지도 않고 마루로 올라와 방 안으로 들어와서 다소곳이 앉았다.

이인보는 가까이에서 여인을 자세히 바라보았다. 희다 못해 푸른 기운이 도는 얼굴이며 깎아 놓은 듯 고요한 자태는 이 세상 사람이 아니었다. 선녀이거나 귀신일 것이라고 생각되었다. 그러나 처음 대하는 절색이어서 이인보는 물러가라고 할 수가 없었다. 기이한 생각을 금할 수가 없어서 이인보는 여인을 방 안에 남겨 둔 채 뜰에 내려서서 주위를 두루 살폈다. 아무 곳에도 괴이한 것은 없었고, 다만 오래 된 우물이 하나 있었다. 이 우물이 무언지 의심쩍었다.

'이 우물과 저 여인이 무슨 관련이 있는 것은 아닐까?'

방으로 돌아와서도 이인보는 기괴한 생각에 잠겨 여인을 바라보았다. 이러한 무거운 분위기를 풀어 주려는 듯한 젊은 중이 뜰에 와서 머리를 숙였다.

"대감, 안으로 드시랍니다."

"음······."

"차(茶)를 내어서 먼길의 노고를 조금이라도 위로해 드리고자 하신다는 전갈입니다."

"알았네!"

이인보는 젊은 중이 돌아간 뒤에 자리에서 일어났다.

"저도 모시고 가겠습니다."

이제까지 잠자코 있던 여인이 쳐다보며 하는 말이었다.

"가기는 어디를?"

"어디든요."

"그만두지!"

여인은 한사코 따라 가겠다고 하였으나 이인보는 끝내 뿌리치고 방 밖으로 나갔다. 이인보는 부석사 주지와 더불어 차를 마셨다. 밤이 깊어서야 이인보는 홀로 객사로 돌아왔다. 그러자 또 아까의 그 여인이 나타났다.
"허, 또 왔는가?"
이인보는 두번째 보는 터라 제법 친밀한 음성으로 농삼아 물었다.
"예."
"어인 일인고?"
"제 집은 여기서 멀지 않은 곳에 있습니다."
"그건 그렇고, 어째서 여기에 왔는가?"
"대감의 높으신 뜻을 은근히 사모하여 왔을 따름입니다."
"허, 그래……?"
그 말에 기분이 좋아진 이인보는 빙긋 웃으며 더욱 차근차근 여인을 바라보았다. 사모하여서 왔다면 굳이 거부할 게 무엇인가 싶었다.
"정 그렇다면 이리 가까이 오라."
"……"
"스스러워 할 게 무엇인가?"
이인보는 덥석 여인의 손목을 쥐었다. 여인은 뿌리치지 않았고, 이인보는 이번에는 여인의 가는 허리를 휘어 감았다.
이날 여인은 이인보의 방에서 묵었다.
이인보는 뜻하지 않게 절색을 대할 수 있어서 희색이 만면하였고 부석사에서는 하루 묵고 떠날 예정이었으나 여인에게 끌려 연사흘이나 묵었다.
"이제 나는 떠나겠노라!"
"예."

"남은 정이 연연하지만 더 머무를 수도 없어 그만 떠나니 그리 알라."

이인보는 여인과 작별을 하고 떠났다.

여인과 헤어져 부지런히 길을 재촉한 이인보는 이날 저녁에 우정(郵亭)이라는 곳에서 묵게 되었다.

자리를 깔고 누우려는데 방문이 열리더니 부석사에서의 그 여인이 들어섰다. 이인보는 놀라서 눈이 둥그래졌으나 여인은 입가에 웃음을 띠기까지 하였다.

"그대와는 오늘 아침에 이미 헤어졌거늘 어찌 또 나타나는가?"

"왜 못 오나요?"

"작별하였는데, 또 나타남은 괴이하지 않은가?"

"뱃속에 이미 대감의 씨가 하나 생겼습니다. 이제 다시 또 하나를 더 깃들이게 하고자 왔을 따름입니다."

"허!"

하는 말이 기괴하고 사리에 맞지 않았으나 이인보는 피식 웃을 따름이었다. 연연하게 헤어지기 싫어서 또 온 핑계거니 여겼기 때문이었다.

여인은 서슴지 않고 이인보의 자리 속으로 들어가 누웠고, 이인보는 다시 단꿈을 꾸었다.

"자, 나는 갈 길이 바쁘니 이제 돌아가라. 그대는 집이 부석사 근처라고 하였는데 이렇게 멀리까지 오면 되는가?"

"……."

여인은 말없이 사라졌다.

이인보는 이날도 부지런히 절을 떠나 저녁에는 홍주라

는 곳에서 묵게 되었다. 막 자려고 하는데 또 여인이 나타났다.
"허!"
이인보는 어이가 없어서 입이 절로 벌어졌다. 매일 밤 나타나니 일일이 상대를 하다가는 장차 후환이 있을지도 모르므로 두려워졌다. 그렇게 되느니보다는 차라리 일찍 정을 끊는 게 상책이라고 여겨져 보는 둥 마는 둥 하였다. 이쪽에서 무시해 버리면 다시는 나타나지 않을 것으로 생각했기 때문이었다.
여인은 한동안 멍하니 이인보를 바라보더니 노기가 등등하여서 외쳤다.
"좋아요. 이런 대접을 한다면 이제 다시는 나타나지 않지요."
말을 마치자 여인은 문을 박차고 밖으로 나갔다. 별안간 모진 바람이 불며 홀연히 여인의 자태는 없어졌다. 바람이 가라앉은 뒤에 보니 이인보가 묵고 있는 곳의 사립문과 뜰에 서 있던 나뭇가지가 부러져 있었다. 그것은 마치 예리한 도끼로 자른 듯하였다.
"그 여인이 귀물은 귀물이었어……, 그대로 대하였다가는 큰일 날 뻔했지"
이인보는 간담이 서늘해졌다. 그것이 사립문이나 나무가 아니고 자기의 목이었을 수도 있는 일이 아닌가 싶었기 때문이었다.

《보한집(補閑集)》 권하에서

4. 아리따운 귀신의 유혹

연산군 때의 일이다.

채생이라는 한 선비가 훈련원 근처에 살고 있었다. 어느 날 해가 저물어서 심심파적으로 거리에 나가 보았다. 거리에는 행인이 드물었고 구름 사이로 비치는 달은 은은하였다. 간간이 보이는 사람은 희미하고 얼굴을 분간하기가 어려웠으니 그것은 그것대로 흥취가 있기도 하였다.

"달빛이 흐린 것도 아취가 있군……."

채생은 정처 없이 걸음을 옮기다가 문득 눈을 크게 떴다. 저만큼에 우두커니 서 있는 한 여인이 눈에 띄었기 때문이었다.

"밤에 어인 여인이? 그리고 어찌 가만히 서 있기만 할까?"

호기심이 잔뜩 일어난 채생은 한 발 한 발 여인 앞으로 다가갔다. 다가가면서 채생의 넋은 허공을 나는 듯하였다.

여인은 마치 하늘에서 내려온 선녀 같았고, 그 아름다움이란 이루 형용할 수 없었다.

"음!"

채생은 자기도 모르게 신음하였고, 행인이 별로 없는 거리에서 이런 절색을 만났기에 엉뚱한 충동을 느꼈다.

두어 번 헛기침도 하여 보고 혼잣말로 중얼거려 보기도 했으나, 여인은 놀라는 기색도 없이 흘깃흘깃 이쪽을 쳐다볼 뿐이었다. 거기에 기운을 얻은 채생은 더욱 가까이 다가갔다. 이제는 더 참고 있을 수 없게 된 채생이 여인 앞으로 나서며 은근하게 말을 걸었다.

"이렇게 좋은 달밤에 한가하게 나왔다가 뜻하지 않게 선녀 같은 분을 만났군요. 끓어오르는 정을 억제할 수 없어서 광태(狂態)를 보이니 너무 허물치 마시오."

채생으로서는 힘을 다해 수작을 붙여 보는 판이었다. 여인은 여전히 놀라지도 않고, 빤히 쳐다보는 얼굴에다 가볍게 홍조까지 띨 정도였다.

"어디의 누구시오니까?"

나지막하게 묻는 여인의 음성은 그 아름다운 얼굴에 어울리게 은쟁반에 구슬을 굴리는 듯하였다.

"훈련원 근처에 사는 채라는 사람이오."

"이렇게까지 정중한 정을 보여 주시니 고맙습니다. 이 천한 것에게 뜻이 있다면 능히 같이 가실 수 있겠습니까?"

"허허…… 이는 불감청이언정 고소원이외다. 어찌 마다고 할 수 있으리요."

채생은 하늘에라도 오를 것같이 기뻤다. 은근히 수작을 걸어 본 것인데 저쪽에서 같이 가자는 말이 나왔으니 간밤에는 용꿈을 꾸었구나 생각하였다.

채생은 여인과 나란히 서서 천천히 걸어갔다.

얼마 가지 않아 한 개울을 건너니 고래등 같은 집이 나타났다. 으리으리한 대문과 높이 치솟은 추녀가 위압적이었다. 대문 양쪽으로는 행랑채가 줄줄이 서 있고 이만저만한 대가가 아니었다.

"허!"

채생은 숨이 탁 막힘을 느꼈다. 여인의 아름다움도 놀랍거니와 또 이러한 굉장한 집에 살고 있다고는 생각지 않던 바였다.

"그렇지만……. 이렇게 큰 집이 가까운 곳에 있는 것을 전연 모르고 지냈다니 허무한 일이군……. 여긴 어느 재상의 집일까?"

이런 생각에 잠겨 있는데 여인은 대문을 열고 안으로 들어서며 채생에게는 서 있으라고 손짓을 하였다. 채생은 고개를 끄덕여 보이고 뒷짐을 지고 어정버정하였다. 그런데 여인이 들어간 뒤에는 도무지 소식이 없었고, 귀를 기울여도 인기척조차 없었다.

"허! 나를 따돌리다니, 여기까지 무사히 오기 위한 수단이었단 말인가?"

이런 의심이 더럭 드는 터에 대문이 다시 소리 없이 열리더니 계집종이 얼굴을 내밀었다.

"들어오셔요."

채생은 너무나 반가워 허겁지겁 계집종이 안내하는 대로 안으로 들어갔다. 밖에서 보던 것과 다름없이 집 안도 으리으리함은 물론이다.

계집종이 안내한 깊숙한 곳에 있는 방 앞에서 아까의 여인이 기다리고 있었다. 방 안에 놓여 있는 집기며 둘러 친 병풍은 모두 진기하고 눈이 부셨다.

채생이 꿈을 꾸는 기분으로 자리에 앉으니 곧 술상이 차려져 왔다. 그릇이 모두 옥으로 깎은 듯하였고 담긴 안주도 이름 모를 산해진미들이었다.

여인은 술을 따라 권하고 나서 서서히 입을 열었다.

"이 몸은 팔자가 기박하여 어려서 부모를 잃고 출가도

못하고 유모를 의지하여 살아왔습니다. 오늘은 적적한 차에 거리에 잠시 나갔다가, 지나가는 말에 놀라 몸을 피하다가 그만 함께 나갔던 유모를 잃고 당황하였습니다. 그러던 중에 마침 군자를 만나서 은근한 뜻을 듣게 되었던 것입니다. 만일 군자께서 천하게 여기고 마다 하시지 않는다면 내내 모시고자 합니다."

채생은 기쁘고 반가워서 말도 제대로 나오지 않고 그저 연방 고개를 끄덕이고 술잔을 기울이며 어찌할 바를 몰라 망설였다. 채생은 꿈인지 생시인지 분간을 못하는 속에서 입이 벌어지며 술에 취해 갔다.

밤도 어지간히 깊어지자 계집종이 들어와 채생의 두루마기와 갓을 벽에 걸고 비단 금침을 깔고 촛대를 들고 나갔다. 천하의 절색을 맞이하는 첫날밤인 것이다.

채생은 길게 숨을 몰아쉬고 더듬어서 여인의 허리를 휘어 감았다. 여인은 순순히 끌려 왔다. 여인을 품에 안고 누운 채생은 하늘에라도 오를 것 같았다.

"우르릉, 우르릉."

연연한 정을 다하기도 전에 채생은 혼비백산하였다. 갑자기 머리 위에서 일어나는 요란한 천둥 소리에 정신이 번쩍 든 것이다.

"우르릉, 우르릉."

눈을 번쩍 뜨고 좌우를 둘러본 채생은 너무나 기괴한 일에 숨이 콱 막혔다. 자기는 돌다리 밑에 있는 것이었다. 그뿐인가, 큼직한 돌을 베개 삼고 누워서 다 썩어 흐느적거리는 거적을 뒤집어쓰고 있었다. 개천은 썩어서 고약한 냄새가 코를 찌르고 몸도 반은 시궁창 물에 젖어 있었다.

"어, 어?"

두루마기와 갓은 돌다리를 버티고 있는 돌기둥의 틈에 아무렇게나 걸려 있고, 벌써 아침 해는 뜨기 시작한 뒤였다. 아침이 되어 장작을 실은 말 수레가 마침 돌다리 위를 지나고 있었다. 돌다리 위를 말 수레가 지나느라고 우르릉 덜커덩거리는 소리가 요란하였는데 그 소리를 천둥소리로 알고 놀란 것이며 그 소리 때문에 제정신이 들어서 눈을 뜬 것이다.

"어이크!"

채생은 기겁을 하고 일어섰다.

"아아니, 내가? 아아니, 이 꼴이? 아아니, 어찌 여기를?"

채생은 허둥지둥 미친 사람같이 뛰어 달아났다.

"아아니……."

연방 이런 헛소리를 하며 정처 없이 이 거리 저 거리를 뛰어다니며 며칠을 보냈다. 여러 날이 지난 뒤에야 겨우 제정신이 든 채생은 의원을 찾아가 침을 맞기도 하고 무당을 불러 굿을 하기도 하였다. 또다시 그런 홀림을 받을까 봐 두려웠던 것이다. 그러나 그 여인은 다시는 채생 앞에 나타나지 않았다.

채생이 홀려서 끌려가 누워 있던 돌다리 밑은 지금은 복개된 개천이었고 그 다리의 이름은 태평교(太平橋)였다고 한다.

≪용천담적기(龍泉談寂記)≫에서

5. 부자가 된 과부

원주 땅에 최가라는 인삼 장수가 있었다. 최가는 원주 땅에서는 물론이거니와 근처 일대에서 다시 없는 거부였다. 이렇게 거부가 된 것은 인삼 장수로서 장사를 잘한 것만이 아니라 워낙 밑천이 많았기 때문이기도 하였다.

그리고 최가가 애당초 가진 것이 많은 부자라는 것에 대하여 사람들은 다음과 같은 이야기들을 하고 있었다.

최가의 어머니는 스무 살이 넘어서야 아들 최가를 낳았으나 얼마 후에 남편을 여의고 과부가 되었다. 어린 아들을 거느린 과부는 근근이 그날 그날을 지내고 있었다.

달도 없는 어느 날 밤이었다. 문득 잠을 깨니 아직도 날은 밝지 않았고 게딱지 같은 창 너머로 총총한 별이 보였다.

"후유······."

과부는 이미 버릇이 된 긴 한숨을 몰아쉬고 돌아누웠다.

"덜컥!"

그때 방문이 급작스럽게 열렸고 어둠 속에서도 건장한 사나이의 움직임이 보였다. 과부는 숨이 콱 막히면서도 본능적으로 치마 허리를 움켜잡았다. 사나이는 성큼성큼 방 안으로 들어섰다.

"누구요?"

그러나 채 말을 끝내기도 전에 억센 손이 과부의 입을 틀어 막았고 무서운 힘으로 덮쳐 들었다. 과부는 간간이 신음하며 팔다리를 허우적거릴 따름이었다. 낮에는 밭일을 하였고 또 어린 아들을 돌보느라고 피로한 몸이라 갱신을 할 수 없었고 또 억센 사나이의 힘을 당해 낼 도리가 없었다.

몸이 자유로워졌을 때에는 이미 겁탈을 당한 뒤였고 그 사나이는 어디론지 사라진 후였다.

"세상에 이런 일이 있나?"

과부는 어이없게 욕을 당한 일이 어처구니없어 한숨을 쉬었다. 홀아비나 나이 많은 총각이 과부를 납치해다가 아내를 삼는 일은 종종 있었다. 그러나 이렇게 달려들어 욕만 보이고 사라진다는 것은 더욱 음흉하고 고약한 일이 아닐 수 없었다.

"누구였을까?"

이런 일을 저지를 만한 놈팡이를 생각해 보았으나 짐작이 가지 않았다. 더구나 그 사나이는 몸이 얼음장같이 차가웠고 뼛속까지 얼어붙는 듯했다. 스며드는 냉기와 아픔에 과부는 입이 딱딱 벌어졌었다.

"이상하기도 하다."

겁탈당한 것이 원통하기보다도 그 알 수 없는 점에 과부는 눈이 둥그레졌다. 어둠 속에서 몇 번이고 뒤쳐 눕다가 밤을 새우고 말았다.

이튿날 밤에도 정체 모를 사나이는 또다시 나타나 욕심을 채우고 돌아갔다. 역시 어제와 다름없이 과부는 뼛속까지 스며드는 듯한 냉기와 아픔을 겪었다.

"허!"

그저 기가 막힐 따름이었다. 새벽이 되어서 보니 방 한

구석에는 비단 한 필이 놓여 있었다. 과부로서는 이제까지 구경도 하지 못한 귀중하고 값진 비단이었다.
"어머나!"
너무나 놀라워 과부는 지나간 일도 잊고 탄성을 올렸다. 밭일에 시달린 자기의 손으로는 만지기만 하여도 흠이 갈 것 같은 고운 비단이었다. 밤에 왔던 그 사나이가 놓고 갔음이 분명하였다.
"자식 하나 데리고 근근이 살아가는 과부를 겁탈하고 이 비단을 던져 준단 말인가? 이런 비단을 가져올 수 있는 것으로 미루어 보면, 이 근처 마을에 사는 사람은 아닌가 본데."
어쨌든, 과부는 비단을 농 안에 넣었다.
그 정체 모를 사나이는 매일 밤 과부 앞에 나타났다. 문고리를 잠가도 소용이 없었고 문에 못을 쳐도 소용이 없었다. 바람같이 나타나 서슴지 않고 방문을 열고 들어오므로 과부는 몸을 방어할 수가 없었다. 또한 매일 밤 돌아갈 때에는 비단이나 금은보화를 두고 갔다. 하루하루가 지남에 따라 비단과 금은보화는 농에 가득 찼고 드디어는 광에도 가득 차기 시작하였다.
"도적일까?"
과부는 고개를 갸우뚱하였다.
"혹시나?"
과부는 그 사나이가 사람이 아니라 귀신이거나 도깨비가 아닐까 하는 생각이 들었다. 더구나 잠자리를 같이할 때마다 느끼는 뼛속까지 스며드는 냉기와 아픔으로 미루어 볼 때 더욱더 그런 생각이 들었다. 하루는 과부가 넌지시 물었다.

"이렇게 서슴지 않고 다니시는 분이 세상에 무서운 것이 있습니까?"

"허허……"

사나이는 호탕하게 웃었다. 날이 가고 달이 가서 다소 너그럽고 가까워지기도 한 사이였다.

"아무것도 없겠죠?"

"허허…… 그렇지만도 않아. 나두 싫어하고 두려워하는 게 있기는 있지."

"그게 뭐예요?"

"나는 무엇이나 누런빛이 싫어. 누런빛만 보면 머리가 아파지고 딱 질색이란 말야."

과부는 귀기울여 듣고 이 말을 가슴속에 고이 간직하였다. 과부로서는 생각하는 바가 있었던 것이다.

광에 가득하게 비단과 금은보화가 쌓여 다시 없는 부자가 된 것은 기꺼운 일이었다. 또 잠자리를 같이할 때 느끼는 뼛속까지 스며드는 냉기와 아픔도 참을 수 있었다. 그러나 사람이 아닌 귀신과의 접촉을 오래 계속한다는 것은 아무리 생각하여도 길하지 못한 일이었다.

다음날 과부는 누런빛으로 된 옷을 입었다. 그것만이 아니라 얼굴과 몸에도 누런빛을 칠하였고 집 기둥이나 벽에도 누런 물감을 풀어 칠했다. 준비가 되자 조마조마한 마음으로 밤이 되기를 기다렸다.

날이 어두워지자 역시 그 사나이는 나타났다. 서슴지

않고 쑥 들어서려다가 크게 놀라 물러섰다.
 "허, 이게 웬일인가?"
 과부는 차마 얼굴을 들지 못하고 등골에 식은땀을 흘리며 오들오들 떨기까지 했다. 그 사나이는 멀찌감치 서서 천천히 말했다.
 "이제 내가 싫어진 모양이로군……. 아마도 우리의 인연이 끊어졌기에 이런 일이 생겼나 보오.
 과부는 다소곳이 듣고만 있었다.
 "난 이제 여기를 떠나 다시는 나타나지 않을 것이니, 안심하고 잘 사시오. 내가 이제까지 가져다 준 것은 그대로 주고 갈 것이니 그것을 밑천 삼아 잘 살구려."
 사나이는 별로 노하지도 않고 이렇게 말하더니 홀연히 어디론가 사라져 버렸다.
 "후유……."
 과부는 식은땀을 흘리고 떨기만 하다가 비로소 한숨을 몰아 쉬었다. 너그러운 말을 듣기는 하였으나 과부는 겁에 질려서 그 후도 쉽게 누런빛 옷을 벗을 수가 없었다. 오랜 시일이 지난 뒤에야 몸에 칠하였던 누런빛을 지웠고 집에 칠하였던 것도 지웠다. 그 후 그 사나이는 다시 나타나지 않았다.
 광에 쌓여 있는 비단과 금은보화로서 과부는 근처에서는 비교할 만한 사람이 없는 큰 부자가 되었다. 과부의 아들 최가는 이 밑천으로 인삼 장사를 시작하였고 재산은 날이 갈수록 더욱 늘어만 갔다.
 과부는 아들 최가를 거느리고 부자로 잘살았고 나이 팔

십이 되도록 오래오래 살았다.

원주 마을에서는 누구나 최가 집안을 가리켜 귀신이 재물을 가져다 준 집안이라고들 하였다.

≪기관록(奇觀錄)≫ 상편에서

6. 귀신의 겁간(劫姦)

횡성에서 일어난 일이다.

한 여인이 출가한 지 며칠이 되지 않아서였다.

하루는 젊은 부부가 곤히 자고 있는데 방문이 쏙 열리더니 키가 육 척이 넘는 사나이가 들어섰다. 여인이 소스라치게 놀라 옆에서 자는 신랑을 깨우기도 전에 그 사나이는 덮쳐 들었다. 너무나 뜻하지 않은 일이요, 또 삽시간에 당하는 일이라 속절없이 강간을 당하고야 말았다.

"저, 저런!"

사나이가 욕심을 채우고 사라질 무렵에야 신랑은 눈을 떴다. 눈이 뒤집혀 소동을 일으켰으나 그 사나이는 벌써 사라진 뒤였다.

시집 온 지 얼마 되지 않은 여인이 누군지도 모르는 사나이에게 강간을 당했으니 집안이 물 끓듯 소란해졌다.

더구나 신랑이 옆에서 자고 있었음에도 당하고 만 일이니 더욱 망측하였다.

"집안이 망하려니까."

노인들은 혀를 찼고, 신랑은 이를 갈았다. 더구나 여인은 얼굴도 쳐들지 못하고 그저 죽고 싶어할 따름이었다.

다음 날 밤에도 키가 육 척이 넘는 사나이는 또 나타났다. 옆에 누웠던 신랑은 주먹으로 때려 죽이려고 하였다.
"어, 어어······."
그러니 목구멍에서는 고함도 나오지 않았고 무엇에 눌린 듯 팔다리를 움직일 수가 없었다.

그 사나이는 유유히 여인을 강간하였고 신랑은 눈을 멀뚱멀뚱 뜨고 이 망측한 꼴을 바라보고 있을 도리밖에 없었다.

날이 밝자 어제보다 더더욱 큰 소동이 벌어졌고 집안에서 힘깨나 쓰는 젊은이들이 방문 밖을 지키기로 하였다.
"흥, 죽일 놈, 어디 또 나타나기만 해봐라. 박살을 내고 말 테니."

젊은이들은 손에 손에 도끼며 낫을 들고 늘어서 있었다.

그러나 밤이 되자 그 사나이는 유유히 나타나서 지켜서 있는 사람들도 아랑곳없이 여인을 강간하였다. 젊은이들은 넋을 잃은 듯 멀거니 섰을 따름이었고, 그 사나이가 사라진 뒤에야 비로소 제정신이 들었다.
"아무래도 이것은 귀신의 짓이야."
"사람이고서야 어디 그럴 수가 있나?"

기가 막혀서 서로 수군거렸다. 더구나 여인이 강간을 당할 때에 참기 어려운 아픔을 당한다는 말로 미루어 더욱 귀신일 것이라는 짐작이 짙었다.

매일 밤 귀신이 여인의 몸을 노리는 것이었다.
"귀신이 하는 짓이라면 어찌 사람의 힘으로 막을 수 있단 말인가?"

이렇게 생각되어 무당을 불러다 굿을 하였다. 그러나 여전히 밤마다 나타났다. 이번에는 중을 불러다 경을 읽혀보았으나 여전히 효험이 없었다.

　누가 있거나 말거나 거리낌없이 귀신은 나타났다. 심지어는 대낮에도 나타나 여인을 강간하기가 일쑤였다. 이제는 대책이 없어 서로 쳐다보고 한숨만 쉴 뿐이었다.

　하루는 여인의 오촌 당숙이 다니러 왔다.

　"저, 저런!"

　그 귀신은 서슴지 않고 또 나타났다. 그러나 여인의 당숙을 보자 머뭇머뭇 하다가 그냥 돌아가 버렸다. 귀신이 나타나서 여인을 강간하지 않고 사라진 것은 이번이 처음이었다.

　"허, 아마 귀신이 이 어른을 무서워하나 보다."

　"그런 줄 알았더라면 진작 이 어른께 집에 와서 계십사고 할 것을 그랬어……."

　식구들은 오래간만에 숨을 몰아 쉬었고 십분 다행으로 여겼다.

　"아주 그 뿌리를 뽑아 버리는 도리가 없을까?"

　여인의 당숙은 고개를 갸웃거리다가 한 꾀를 생각해 냈다. 즉 그 귀신이 오거든 실을 꿴 바늘을 귀신의 옷에 꽂으라는 것이었다. 그리고 실을 길게 풀어 주면 그 귀신이 어디로 갔는지 알 수 있을 것이라는 것이었다.

　이런 계략을 가르쳐 주고 여인의 당숙은 잠시 몸을 피했다. 아니나 다를까 그 귀신은 나타나서 여인을 강간하였다. 여인은 당숙이 가르쳐 준 대로 실을 꿴 바늘을 귀신의 옷자락에 꽂았다.
 날이 밝자 여인의 당숙과 온 식구들은 줄줄이 풀어진 실을 따라갔다. 실은 집의 앞쪽에 있는 숲으로 들어가 그 끝이 어느 땅 속에 묻혀져 있었다.
 "이 속임에 틀림없다."
 모두들 덤벼들어 땅을 파니 자그마한 보랏빛 구슬이 나타났다. 그 광채가 찬란하여 바로 쳐다볼 수 없을 정도였다.
 "아니, 이 구슬이 그런 짓을 하였단 말인가?"
 "아냐. 아마도 그 귀신이 이 구슬로 모양을 바꾸고 있는 것일 거야."
 여인의 당숙은 서슴지 않고 구슬을 집어 소매 속에 넣어 버렸다.
 자기가 알아냈으니 자기가 가지고 있어 보자는 생각에서였다.
 그 후로는 귀신이 다시는 여인을 강간하러 나타나지 않았고 이에 모두들 안심하였다.
 하루는 여인의 당숙 집에 찾아온 사람이 있었다. 밤이 깊어서 대문을 두드리기에 나가 보았더니 키가 육 척이 넘는 사나이가 섰다가 공손히 절을 하였다.
 "뉘시오?"
 여인의 당숙은 눈이 휘둥그래져서 물었다.
 "청이 있어 왔습니다."
 "허, 청이라? 이 밤중에 무슨 청이오?"
 "다름이 아니오라 일전에 숲속 땅에서 파낸 구슬을 돌려 주십사고 왔습니다."

그제야 여인의 당숙은 이 사나이가 귀신이라는 것을 짐작하였다.

그러나 담이 커서 조금도 놀라지 않았고 태연히 말했다.

"댁이 뉘신지 모르겠으나 그렇게는 못하겠소."

"소인에게는 꼭 필요한 것이니 꼭 돌려 주십시오."

"못하겠소."

몇 번 실랑이를 하다가 여인의 당숙은 대문을 요란스럽게 닫고 안으로 들어와 버렸다. 밖은 잔잔하였다.

그런 지 며칠 후에 귀신은 다시 찾아왔다.

"무슨 일로 또 왔소?"

"예. 그 구슬을 주십사고 왔습니다."

"못하겠다니까."

여인의 당숙은 딱 잡아떼었고, 귀신은 연방 허리를 굽히며 품에서 또 하나의 구슬을 꺼내었다. 크기는 비슷하였으나 검은 것이었다.

"그것을 돌려 주시면 대신 이것을 드리겠습니다."

"바꿀 필요가 뭐 있소? 아무거나 가졌으면 되었지."

"이렇게 애걸합니다. 바꿔 주십쇼."

귀신은 연방 절을 하였으나 여인의 당숙은 냉랭하게 바라보기만 하였다.

"시끄럽군!"

"제발 덕분에……"

여인의 당숙은 귀신이 들고 있던 검은 구슬마저 빼앗았다.

"시끄러워! 모조리 내가 가질 것이니 어서 돌아가시오."

검은 구슬까지 빼앗긴 귀신은 넋을 잃고 통곡하였다.

여인의 당숙은 본 체 만 체하고 안으로 들어갔다. 귀신은 밤이 새도록 슬피 통곡하다가 어디론가 사라져 버렸다.

그 후, 여인의 당숙은 크게 술에 취하여 길에 쓰러져 잠을 잔 일이 있었다. 깨어 보니 가지고 다니던 두 구슬이 다 없어졌다. 사람들이 말하기를 그 귀신이 찾아갔다고들 하였다.

≪계서야담(溪西野談)≫에서

7. 망령이 아이를 낳게 함

신라 제25대 진지왕(眞智王)의 이야기다.

진지왕은 임금의 자리에 오른 뒤에 정사를 소홀히 하여 나라 안이 어지러워지고 호색적이어서 4년만에 폐위를 당하였다. 그리고 다음에 임금 자리에 오른 사람이 제26대 진평왕(眞平王)이다. 진지왕은 임금 자리에 있을 때 사량부의 도화녀(桃花女)라는 여인을 대궐 안으로 끌어들였다.

그것은 도화녀가 미색이어서 진지왕의 욕심을 자극하였기 때문이었다. 그러나 도화녀는 진지왕의 명령을 거역하고 절개를 지키고자 하였다.

"여인으로서 꼭 지켜야 할 것은, 두 지아비를 섬기지 않는 것이옵니다. 그러니 어찌 지아비가 있으면서 다른 사람을 섬기겠습니까? 이는 설혹 상감마마의 위력으로도 끝내 굴복시키지는 못하실 것입니다."

도화녀는 당돌하게 거역하였고 진지왕은 그녀를 위협

하였다.

"내 너를 죽이면 어쩌겠느냐? 그래도 고집을 피우겠느냐?"

"예. 차라리 죽음을 당할지라도 다른 사람을 섬기지는 않겠습니다."

진지왕은 도화녀를 굴복시키기 어려움을 깨닫고 농을 걸었다.

"허허, 그래? 그렇다면 만일 너에게 지아비가 없다면 내 말을 따르겠단 말이지?"

"예."

도화녀로서는 어쨌든 이 위기를 면하기 위하여 선선히 대답하였다.

"알았다. 갸륵한 일이다. 돌아가거라!"

이렇게 풀려난 도화녀는 대궐을 빠져 나와 집으로 돌아왔다.

진지왕은 이 해에 왕위에서 쫓겨난 후에 죽었다. 그 후 세월이 흘러 3년 만에 도화녀의 지아비도 병을 얻어 죽었다.

도화녀의 지아비가 죽은 지 한 열흘이 지난 밤의 일이었다. 누가 방문을 두드리는 소리에 도화녀가 무심히 열어 보니 거기에는 진지왕이 서 있었다.

"내가 왔다."

죽은 지 오래 되는 진지왕은 살아 있을 때와 다름없는 차림과 낯빛으로 빙긋이 웃었다. 도화녀는 오직 놀랄 따름이었다.

"너는 예전에 지아비가 없으면 내 말을 따르겠다고 하였지. 이제 너의 지아비가 죽었으니 내 말을 따르려무나."

도화녀는 엉겁결에 부모가 자는 방으로 뛰어가서 이 일을 이야기하였다.

"흠. 이미 돌아가신 어른이기는 하나 어찌 상감의 뜻을 어길 수 있겠느냐?"

이 말에 도화녀는 진지왕을 방으로 모셔 들이고, 이날부터 그 뜻을 받들기를 이레 동안에 이르렀다.

진지왕의 망령이 도화녀에게 머무르는 동안 그 방에는 향기가 가득하였고, 집 위에는 오색 구름이 덮여 있었다.

그러다 이레가 되자 진지왕의 망령은 홀연히 사라졌고, 도화녀에게 태기가 있었다. 도화녀는 달이 차서 한 아들을 낳았으니 이름을 비형랑(鼻荊郎)이라고 하였다. 진평왕은 이 소식을 듣고 크게 기이하게 여겨 비형랑을 데려다 대궐 안에서 길렀다. 비형랑은 나이 열다섯이 되자 밤이 되면 어디로 사라졌다가 아침에 다시 나타나곤 하였다. 진평왕은 날랜 용사 오십 명을 골라서 비형랑의 행동을 감시하게 하였다.

"비형랑이 어디를 갔다가 오는지 알았는가?"

"예."

숨어서 비형랑의 행동을 감시하던 용사들은 머리를 조아리며 보고하였다.

"그래, 어디를 가던가?"

"예. 밤이 되면 비형랑은 대궐 담을 넘어 월성(月城)을 지나 황천 기슭으로 가옵니다."

"흠, 그래서?"

"거기에서 비형랑은 뭇 귀신들을 거느리고 노는 것이었습니다."

"흠!"

진평왕은 가볍게 신음하였다. 비형랑이 진지왕 망령의 아들이기에 귀신들을 거느리고 노는가 싶어서 고개를 끄덕였다.

"신들이 숲속에 숨어서 동정을 살피고 있자니 비형랑은 뭇 귀신들을 거느리고 놀다가 여러 절에서 새벽종이 울리자 모두 흩어지는 것이었습니다. 비형랑도 이때가 되어서야 대궐로 돌아왔습니다."

이런 보고를 들은 진평왕은 비형랑을 불렀다.

"네가 귀신들의 두령이 되어서 밤새 노닐고 있다니 과연 그러하냐?"

"예. 그러하옵니다."

비형랑은 거리낌없이 대답하였다.

"그러면 너는 그 뭇 귀신을 시켜서 다리를 하나 놓을 수 있겠느냐?"

"예."

"신원사(神元寺) 북쪽에 개울이 있느니라. 거기에다 다리를 하나 놓아라."

"예."

비형랑은 선선히 대답하고 그날 밤에 뭇 귀신을 독촉하여 다리를 놓기 시작하였다. 돌을 나르고 나무를 잘라 오고 일은 급속도로 진행되었다.

이튿날 아침에는 벌써 큼직한 다리가 놓였으니 하룻밤 사이에 다리가 완성된 것이었다. 사람들은 이 다리를 가리켜 귀신의 다리 즉, 귀교(鬼橋)라고 불렀다.

하룻밤 사이에 다리를 놓은 것을 본 진평왕은 다시 비형랑을 불렀다.

"너의 재주가 놀랍구나. 귀신이 이렇게 좋은 일을 할 줄은 몰랐구나. 그렇다면 또 하나 청이 있다. 뭇 귀신들 중에서 사람 세상에 나타나서 정사를 도울 자가 있겠느냐?"

"길달이라는 자가 있사온데 그자는 능히 정사를 도울 만합니다."

"그러면 데려오너라."

"예."

이튿날 비형랑은 길달을 데려왔다. 길달은 사람과 조금도 다름없는 형상이었고, 진실해 보였다. 진평왕은 길달에게 집사라는 벼슬을 주었다. 길달은 과연 충직하고 맡은 일을 잘 처리하여 진평왕의 마음에 들었다.

하루는 진평왕이 각간 벼슬에 있는 임종과 길달을 불렀고 임종에게 말하였다.

"그대는 늙었고 아들이 없어 항상 한탄이었는데……. 내, 아들을 하나 주겠노라."

"황공하옵니다."

"여기에 있는 길달은 충직하고 앞으로 큰 인물이 될 것 같으니 그대의 아들로 삼음이 어떠한고?"

"예. 다른 뜻이 없사옵니다."

결국 길달은 임종의 아들이 되었다.

임종은 뭇 귀신이 하룻밤 사이에 다리를 놓은 것을 아는지라 하루는 길달에게 이렇게 말하였다.

"흥륜사 남쪽에 누문이 없는데 네가 능히 마련하겠느냐?"

"예."

길달은 쉽게 대답하고 흥륜사 남쪽에 누문을 세웠다. 길달 자신도 이 누문이 몹시 마음에 들었던지 밤이면 언제나 그 누문에 가서 자곤 하였다. 그러기에 사람들은 이 문을 가리켜 길달문이라고 불렀다.

어느 날 길달은 갑자기 여우로 변해 어디론가 사라져 버렸다. 임종은 너무나 어이가 없어 이 변괴를 진평왕에게 보고하였고, 진평왕은 비형랑에게 그 연고를 물었다.

"이 어인 일인고?"

"예, 신이 단단히 혼을 내겠습니다."

비형랑은 크게 노하였다.

"쓸 만하기에 천거하였는데 이런 괴변을 부리다니 용서할 수 없다. 감히 나를 넘신여기고 이런 짓을 할 수가 있단 말인가?"

비형랑은 뭇 귀신을 시켜 길달의 행방을 살피게 하였다. 드디어 비형랑은 길달을 잡아서 죽여 버렸고 이후로 뭇 귀신들은 비형랑을 무서워하여 뿔뿔이 흩어졌다.

사람들은 이 놀라운 일을 시로 만들었고 이 시를 대문에 붙여 귀신을 쫓는 부적으로 사용하였다고 한다.

≪삼국유사(三國遺事)≫ 권1에서

8. 사령(死靈)과의 인연

이완(李浣)은 인조, 효종, 현종 삼 대에 걸쳐서 벼슬을 한 사람으로서 그 지위가 우의정에까지 이르렀다. 또한 이완은 병법에 밝았으며 적을 다루는 데 있어서 기략이 대단하였다.

다음은 이완이 젊었을 때 겪은 이야기이다.

하루는 친구들과 어울려 놀다가 집으로 돌아오게 되었다. 급한 길도 아니어서 언제나 다니던 길이 아닌 곳으로 접어 들었다. 자주 다니지 않던 거리도 한번 구경하고자 하는 마음에서였다.

"흠, 그 집은 꽤 그럴싸하군!"

이 집 저 집의 만듦새를 보아가며 서서히 걸음을 옮기고 있었다. 그러던 차에 한 집 앞에 이른 이완은 눈이 휘둥그래졌다.

대문 앞에 서서 이쪽을 바라보고 있는 한 처녀가 있었기 때문이다.

꽃 같은 나이에 보기 드문 미색이었고 더구나 추파를 던져 이완을 바라보는 품이 장부의 가슴을 녹이기에 족하였다.

이완은 대문 앞을 그냥 지나치기가 서운하여 서성거리며 처녀를 바라보았고 처녀 또한 이완을 바라보고 멈칫멈칫하였다.

"흠!"

"저어……"

이완이 연연한 생각에 헛기침을 한 것을 기회로 처녀가 먼저 말을 걸어왔다.

"외람되옵니다만 이완 도련님이시지요?"

"허!"

이완은 모르는 처녀가 자기의 이름을 아는 것에 놀라 입이 딱 벌어지기까지 하였다.

"바쁜 길이 아니시거든 좀 쉬었다가 가심이 옳을까 합니다만."

"그러면……"

이완은 더 머뭇거리지 않았다. 그렇지 않아도 지나치기 아쉬워 머뭇거리던 차에 상대가 이쪽 이름까지 아는 것을 보고는 대문 안으로 들어섰다. 잠시나마 이런 아리따운 처녀의 대접을 받는다는 것은 흐뭇하고 즐거운 일이었다.

안으로 들어서 보니 밖에서 짐작했던 것보다도 더욱 잘사는 집임을 알 수 있었다. 수많은 하인들이 각기 맡은 일들을 하느라 서성거렸고 부유한 분위기가 감돌았다.

이완은 처녀에게 안내되어 사랑채로 들어갔다. 처녀가 안으로 들어간 뒤에 이완은 고개를 갸웃거렸다.

"흠, 그런데 여기가 누구의 집일까? 내 이름까지 아는 터요, 또 이렇게까지 대접해 주는데 나는 이 집주인이 누군지조차 도무지 알 수 없으니……, 지나친 망신이나 하지 않을는지."

얼마를 앉아 있으려니 미닫이가 스르르 열리고 계집종이 주안상을 들고 들어왔다. 갖가지 안주가 가득 놓인 주안상을 대하자 이완은 다시 한번 놀랐다. 이쪽에서는 주인의 이름도 모르는 터인데 갈수록 융숭한 대접이기 때문이었다.

계집종이 물러가자 아까의 그 처녀가 얼굴에 가득히 웃음을 띠고 나디났다.

"변변치 않사오나 사양하지 마십시오."

"허, 이거 지나친 대접을 받으니 어쩔 줄 모르겠소이다. 그리고 대단히 실례된 일이기는 하나 이 댁이 뉘 댁이오?"

그러나 처녀는 그 말에는 대답 없이 주전자를 집어 들고 술을 권하였다.

"어서 한 잔 드십시오."

"허, 뉘 댁인지나 알고서 술을 마시는 것이……."

"차차 말씀드릴 것이오니 너무 의심치 마시고 어서 드십시오."

아리따운 처녀가 손수 술을 따라 주며 간곡히 권하는 바람에 이완은 단숨에 잔을 비웠다. 아리따운 처녀가 따라 주는 술은 더욱 감칠맛이 있었고 술과 아름다움에 취한 이완은 도도한 기분으로 처녀를 바라보았다.

부잣집에서 자란 처녀여서 조금도 구김살이 없었고 그러면서도 깍듯한 몸가짐이었다.

미인의 권유로 마시는 술이라 이완은 더욱 취기가 돌았고 이 집이 누구의 집인지도 모르고 집으로 돌아가는 길이었다는 것도 모조리 잊은 채, 다만 눈앞에 있는 처녀를 바라보는 것을 흐뭇해할 뿐이었다.

결국 이 날, 이완은 미지의 처녀의 집에서 푸짐하게 대접을 받았을 뿐만 아니라 밤에는 같은 자리에 눕게 되었다.

방은 아담하였고 둘러친 병풍이며 걸려 있는 족자도 아취 있었고 원앙금침이었다. 어느 모로 보나 화촉동방이었으니 이완의 기쁨은 절정에 달하였다.

이완은 등잔불을 끄고 처녀를 얼싸안고 누워서 처녀의 이름과 그 아버지의 이름을 물어 보았다. 처녀는 순순히 가르쳐 주었으나 이완에게는 생소한 이름들이었다. 그러나 그런 것이 문제될 판국이 아니었다. 이완은 황홀경에 빠져 들어갔고 그것으로 족하였다. 단꿈을 꾸고 이완은 이튿날 아침에 처녀와 작별하게 되었다.

"이렇게 인연이 맺어졌으니 버리지는 않으리다."

"……."

"자주 들를 것이오."

"……."

웬일인지 처녀는 대답이 없었다.

이완은 더 깊이 생각하지 않고 처녀와 작별하고 대문을 나섰다.

"어?"

대문을 나서자 마침 앞을 지나가던 동리 사람이 눈을 크게 뜨고 이완을 바라보았다. 그 모습이 불쾌해서 이완은 다소 시비조로 나무랐다.

"여보시오. 남을 그렇게 빤히 쳐다보는 법이 어디 있소?"

그 사람은 대답도 않고 놀란 듯 두어 걸음 물러섰다. 다른 동리 사람이 지나가자 이자는 그리로 분주히 달려갔다.

"저 사람이 저 집에서 나왔어."

"뭐?"

두 사람은 이완을 아래위로 훑어보았다. 이완은 더욱 불쾌해져서 혀를 찼다.

"왜들 이러시오?"

"댁이 이 집에서 나오셨소?"

후에 지나치던 사람이 물었다.

"그렇소. 그게 어쨌다는 거요? 나는 이 집에서 어젯밤을 지내고 이제 나오는 길이오."

이완은 당당하게 대답하였으나, 두 사람은 한결같이 놀란 얼굴들이었다. 이런 오가는 말에 많은 동리 사람들이 모여들어서 서로 수군거렸다. 혹은 이완을 손가락질하기도 하였다. 아무래도 무슨 곡절이 있는 성싶었다.

"대체 어쨌다는 거요?"

이완이 거듭 물었으나 누구 하나 쉽게 대답하려 하지는 않았다. 얼마 만에야 늙수그레한 사나이가 앞으로 나섰다.

"댁이 이 집에서 밤을 지내었다니 모두들 놀랄 수밖에요. 이 집은 매우 부유하게 잘사는 집안이었는데 갑자기 몹쓸 병이 돌아 온 식구가 다 죽었소. 하인들까지 다 죽어 집안은 시체로 가득 찼고 그 후로는 아무도 이 집 안에 들어선 사람이 없소. 그런데 댁이 이 집에서 나왔고 또 어젯밤을 이 집에서 지냈다니 누구든 귀신이나 도깨비로밖에 어떻게 생각하지 않겠소?"

"그럴 까닭이 있나?"

이완에게는 도무지 믿어지지 않는 말이었다. 이완은 다시 대문 안으로 들어섰고 동리의 담대한 젊은이들이 몇이 뒤를 따랐다. 과연 집 안 곳곳에 식구들의 시체가 뒹굴고 있었다. 어젯밤 이완이 처녀와 더불어 단꿈을 꾸었던 방으로 가 보니 그 처녀도 시체로 뒹굴고 있었다.

이완은 어이가 없어 한탄조차 나오지 않았다. 결국 이완의 사나이다움에 반한 처녀의 죽은 넋이 잠시 이완을 유인하여 하룻밤을 지내었던 것이었다.

≪송천필담(松泉筆談)≫ 권3에서

9. 죽은 소저(少姐)의 연모

임진왜란이 일어난 2년 후의 일이었다. 왜병은 전국을 휩쓴 뒤에 점차 물러가기는 하였으나 아직도 남쪽에는 남아 있었다. 명나라 구원병이 왔고 강화가 논의되고 있었으며 북쪽으로 피난 갔던 임금도 서울로 돌아오기는 하였지만 싸움의 피해는 막대하였고 더구나 기근이 들어서 굶어 죽는 사람이 허다하였다. 심지어는 송장의 고기를 먹었다는 소문까지 떠돌고 서울 장안도 처참하기만 하였다.

박엽(朴燁)이라는 사람은 싸움이 벌어지자 먼 산골로 도망쳐 있다가 이 해에야 겨우 서울로 돌아왔다. 서울의 모습은 너무나 처량하였다.

마시교(馬市橋) 근처에 있는 친척집에 가 보았다. 여기도 매한가지여서 거의 굶는 판이었다. 그래도 가까운 친척이라고 멀건 죽을 쑤어 주는 것을 한 그릇 얻어먹고 일어섰다.

"자고 가지."

"아니, 집으로 가 봐야지."

어디서 잔들 무슨 상관이 있을까마는 너무나 을씨년스럽고 처량한 꼴이 보기 싫어서 간다고 일어선 것이었다. 친척들도 더 이상 만류하지는 않았다.

박엽은 어두운 거리로 나섰다. 거리에는 사람이 거의 없었고, 굶어 죽은 시체는 거두는 사람도 없이 아무렇게나 뒹굴고 있었다.

"참혹한 일이로군! 장안이 이 지경이 되다니 말이나 되는가……."

박엽은 처량한 생각이 들어서, 몇 번이고 한숨을 몰아쉬었다.

"저어……."

가냘픈 여인의 목소리에 놀란 박엽은 돌아다보았다. 어둠 속에서도 아직 나이 어린 것이 짐작되었다. 이렇게 처량한 거리에서 여인을 만나기란 참으로 드문 일이어서 박엽은 잠시 입이 딱 벌어졌다.

"집까지 데려다 주시겠어요?"

이렇게 어둡고 허전한 거리니 혼자서 걷기가 무섭기도 하리라고 생각되어 박엽은 순순히 승낙하였다.

"그러죠."

"고마워요."

"천만에."

박엽은 여인과 나란히 걸어가게 되었다. 여인에게서는 향기가 물씬 풍기는 듯하였고 박엽은 절로 신바람이 났다.

얼마 가지 않아 큰 대문이 있는 집 앞에 이르렀다.

"여기예요."

"……."

박엽이 두루 살펴보니, 이만저만한 대가집이 아니었다.

"여기까지 바래다 주셨으니 잠시 들어갔다가 가시죠."

"……."

박엽으로서는 그러고 싶은 생각은 많았으나 감히 그럴 수가 없어서 머뭇거렸다.

"싸움이 지나가고 모두 서로 의지해야 할 터인데 어떻겠어요?"

그 말에 기운을 얻어 박엽은 안으로 들어갔다. 집 안에는 하인들이 많았으나, 모두 여기저기 쓰러져 곤히 잠이 들어 있었다.

"이것들이 무슨 잠을 이렇게들 잔담……."

여인은 혼잣말로 나무라면서 방 안으로 인도하였다. 방 안에 들어서서 등잔불 밑에서 보니 여인은 보기 드문 절색이었고, 머리를 길게 땋아 늘인 품이 과부 아닌 처녀였다.

"좀 앉으세요."

"이거 원……."

아무리 이런 세월이라고는 하지만, 규중처녀의 방에 들어온 것이 민망하여 박엽은 얼굴을 붉히며 자리에 앉았다.

"이렇게 귀한 손님을 모시고 왔으니 무엇을 좀 대접하여야겠는데……"

"아아니, 괜찮습니다."

여인의 혼잣말에 놀라서 박엽은 손을 저었다.

"참, 이웃에 새로 술을 담근 집이 있어요. 거기에 가서 좀 얻어 올테니 기다리세요."

"괜찮다니까요."

여인은 방문 밖으로 나갔고, 박엽은 할 일 없이 혼자 방 안에 앉아 있었다.

얼마 후에 여인은 벙글벙글 웃으며 구리로 된 큼직한 바리에다 술을 가득 담아 가지고 들어왔다. 박엽은 엉겁결에 일어나 받아서 놓았다.

"흉년이 들어서 귀한 손님에게 대접할 것이 없군요. 마침 이웃에서 술을 얻어 왔으니 몇 잔 드세요."

"……."

박엽은 고마워서, 권하는 대로 술잔을 기울였다. 몇 잔 술이 들어가니 새로운 기운이 생겨 잔을 여인에게 내밀었다. 여인은 얼굴을 붉히기는 하였으나 사양하지 않고 받아 마셨다.

이렇게 술을 권하거니 받거니 하다가 바리의 것이 거의 다 없어졌다. 그럴 무렵에는 박엽과 여인은 아주 친숙해져서, 박엽은 여인의 손목을 쥐어 보기까지 하였다.

결국, 이 날, 박엽은 여인과 한 이불 속에서 잤다. 알던 곳이라고 찾아오기는 하였으나 비감한 생각만이 가득하던 박엽은 그저 꿈꾸는 듯하기만 하였다. 이렇게 대갓집 처녀와 인연을 맺게 된 것도, 따지고 보면 서울이 황폐해진 덕분이겠구나 생각하며 잠이 들었다.

이튿날 새벽에 박엽은 온몸에 냉기가 느껴져 잠을 깼다. 냉기는 옆에 누워 있는 여인에게서 오는 것이었다.

"허! 낭자! 낭자!"

몇 번 흔들어 보았으나, 여인은 깨지 않았고, 박엽은 일어나 앉아서 졸린 눈을 비볐다.

"어허, 아아니!"

박엽은 자기도 모르게 외마디 소리를 지르고 벌떡 일어섰다. 옆에 누워 있는 소저나 대청에 뒹굴고 있는 것은 모두 싸늘하게 식은 지 오래된 시체들이었다.

"허!"

박엽은 기가 막혀 거리로 뛰어나갔다. 몇 집 앞에 등불이 켜져 있는 것을 보자, 급히 달려가 문을 두드렸다.

"여보시오, 여보시오!"

그 집은 신을 만드는 것을 영업으로 하는 집으로 얼마만에야 주인이 눈을 비비며 나왔다.

"후유! 어제 우연히 어느 집에 가서 잤는데, 오늘 새벽에 보니 그 집 식구는 모두 죽어 있더군요, 어떻게 놀랐는지……."

박엽은 대충 설명하였으나 아직도 놀라움이 가시지 않아 말이 띄엄띄엄 나왔다.

"이이, 도무지 마음이 진정되지 않으니 술이 있거는 한 잔 주시오."

"그러시오."

주인은 쾌히 승낙하고 안으로 들어갔다. 안에서 주인의 목소리가 들려 왔다.

"아아니, 바리가 어딜 갔을까? 바리가 있어야 술을 뜨지?"

바리란 말에 박엽은 귀가 번쩍하였다. 얼마 후에 주인

은 사발에 술을 퍼 가지고 나와서 혼잣말 비슷하게 말하였다.

"괴이한 일이오. 술을 푸던 바리가 없어졌고, 또 술독을 봉해 두었는데 아구리가 뜯어져 있으니 이상하군요."

"바리라니, 구리로 된 바리가 아닌가요?"

"그렇지요, 어떻게 아시오?"

"허, 참."

정신을 가다듬고 박엽은 이 집주인과 같이 자기가 밤을 샌 대가집으로 가 보았다. 여인의 시체가 있는 방에는 어젯밤에 술을 마시던 구리로 된 바리가 있었고, 그것은 신 만드는 집의 것이었다. 따라온 신 장수 주인은 신기하게 여겨 이렇게 말하였다.

"이 댁은 큰 대가집이었는데 난리통에 이 꼴이 되었지요. 이 댁 소저(少姐)는 오랜 병과 굶주림으로 죽었고, 하인들도 모두 굶어 죽었지요."

박엽은 생각하는 바가 있어서 여인의 시체를 정중히 묻어 주고 제사를 지냈다. 박엽은 후에 가선대부(嘉善大夫)까지 되어서, 의주부윤(義州府尹)을 지냈다고 한다.

≪어우야담(於于野談)≫ 권3에서

10. 죽어서 뱀이 된 여승

홍이란 성을 가진 절도사가 있었다.

이 절도사가 아직 벼슬길에 오르기 전의 일이었다. 관직이 없어 그저 홍생이라고 불리던 터였고, 서울로 올라가는 길에 산 속을 지나게 되었다.

"허!"

급한 길도 아니어서 산 속 경치를 두루 살피며 걷던 홍생은 탄식을 하며 하늘을 쳐다보았다. 빗방울이 떨어지기 시작했기 때문이었다.

"이런 산 속에서 비를 만났으니 어쩌면 좋을꼬?"

홍생은 난감하여서 걸음을 빨리하였고 빗방울은 굵어졌다. 산 속 오솔길을 허둥지둥 가다 보니 자그마한 집이 보였다. 홍생은 기꺼워서 단숨에 뛰어가 주인을 찾았다.

"여보시오, 주인장!"

얼마 만에 나온 사람은 젊은 여승이었다. 나이는 열일곱쯤 되어 보였고, 머리는 깎았으나 보기 드문 미인이었다. 그 자태가 황홀하여 홍생은 비를 맞고 서 있는 것도 잊어버리고 빤히 바라보기만 하였다.

"여기가 암자였군……."

"예."

여승은 목소리도 또한 아름다웠다.

"길 가던 사람이 비를 만났으니 잠시 쉬어 갈까 하오."

"들어오십시오."

홍생은 안으로 들어가 두루마기를 벗어 말리게 하고 쭈그리고 앉았다. 여승의 아름다운 자태에 넋을 잃은 홍생은 의아한 생각이 들었다. 암자가 작기는 하였으나 다른 사람이 보이지 않기 때문이었다.

"이런 산 속에 암자가 있는 것은 괴이할 게 없으나 어찌 혼자 계시오?"

"혼자가 아니라 셋이 있습니다. 두 분은 마을로 시주를 받으러 나가셔서 아직 안 돌아오셨습니다."

여승은 혼자 있기 적적하던 터라 그런지 대답을 잘하였다.

"혼자 적적하시겠소이다."

"예. 시수를 받으러 가셔서 빠르면 사나흘, 늦으면 이레나 여드레가 걸릴 때도 있습니다."

"더욱 적적한 일……."

밖에서는 빗소리가 요란하였다. 가끔 천둥 소리도 들려왔고 산골짜기를 흐르는 물소리도 요란하게 들려 왔다.

저녁이 되자 여승은 찬은 없었으나 깔끔하게 밥상을 차려다 주었다.

홍생은 달게 먹고 피곤을 풀고자 누웠으나 잠이 오지 않았다.

여승이기는 하였으나 젊고 아름다운 여인과 단둘이 있다는 생각에 가슴이 뛰기만 하였다.

홍생은 더 참고 있을 수가 없어서 벌떡 일어나 여승이 있는 곳으로 갔다. 여승은 깜짝 놀라서 쳐다보았고 그 모습은 더욱 아름다웠다.

"흠!"

홍생은 신음하며 여승의 손목을 덥석 잡았다. 여승은 고개를 떨구어 외면하였을 뿐 잡힌 손목을 뿌리치지는 않았다. 여기에 힘을 얻은 홍생은 여승의 허리에 팔을 감았고 여승은 눈을 감고 홍생의 품에 안겨 왔다. 홍생은 이 날 밤을 여승과 함께 보냈다.

"비가 맺어 준 인연이로다."

이튿날도 홍생은 이 암자에서 떠나지 않았다.

"나으리, 이미 속인이 된 몸이오니 데리고 가십시오."

여승은 홍생의 무릎을 잡고 애걸하였고, 홍생도 쾌히 승낙하였다.

"암, 어찌 내가 너를 버리겠느냐? 그러나 지금은 서울로 올라가는 길이니 데리고 갈 수 없고 내년 이 달 이 날에 내가 이리로 오지. 다 마련하고서 데리러 올 것이니 일 년만 기다려라."

"예, 꼭 믿고 있겠습니다."

이날 밤에 얼싸안고 자리에 누웠을 때 여승은 또 다짐을 받았다.

"일 년 후에는 꼭 나으리께서 데려가셔야 합니다."

"암."

"만일 안 오시면 아마도 이 몸은 죽을 것입니다."

"흉한 소리를 하는군."

"그럼 기다리다 원통하게 죽었으니 아마도 뱀이 될 것입니다."

"허허…… 점점 더 흉한 소리를."

홍생은 손으로 여승의 입을 막았다.

홍생은 꽃 같은 여승과 사흘을 지내고서 떠나게 되었다. 비도 멎었거니와, 이 암자에 있는 다른 여승들이 돌아오기 전에 떠나야 했고 또 갈 길이 바쁜 까닭이었다.

여승은 얼마를 따라오며 연방 눈물을 흘렸다.

"나으리, 일 년 후를 기다리고 있겠습니다."

"내년 이 달 이 날에 꼭 오지."

"나으리."

애절하게 작별을 하였고, 홍생은 돌아서지지 않는 발걸음을 떼어 놓았다.

꿈 같은 사흘을 지내기는 하였으나 그 후에 홍생은 여승의 일을 까마득히 잊어버렸다.

한편 여승은 일 년을 꼬박 기다렸고 홍생이 나타나지 않자 상사병으로 시름시름 앓게 되었다.

병들어 누워서도 홍생만을 기다리다가 여승은 마침내 죽고 말았다.

홍생은 그 후에 벼슬길에 올랐고 절도사가 되어서 먼 남쪽으로 부임하였다.

어느 날 홍생은 방 안에 들어온 자그마한 도마뱀을 발견하였다.

"여봐라, 방에 벌레가 들어왔다."

하인이 달려와서 도마뱀을 잡아다 땅에 던지고 밟아 죽였다.

다음 날은 실같이 가는 뱀이 방 안으로 들어왔다.

"허, 괴이한 일이다.!"

다음 날도 역시 방 안에 뱀이 들어왔다. 오늘 것은 어제보다 약간 커져 있었다. 이번에도 하인을 시켜 잡아 죽이게 하였으나 홍생은 의아하게 생각되었다.

"허 참, 전날에 내가 산 속에서 비를 만났을 때 여승과 사흘 동안을 지낸 일이 있으렷다. 그때 여승이 기다리다 죽으면 뱀이 되겠노라고 말했었는데……."

비로소 지나간 일이 생각나며 겁이 나서 많은 하인들을

모두 모이게 하였다.

"만일 뱀을 보거든 당장에 죽여라."

이튿날도 뱀은 나타났고 달려들어 동강을 내어 죽였다. 이런 일이 계속되었다. 뱀은 매일 나타났고 날이 갈수록 점점 큰 것으로 변해 갔다.

"이를 어쩌누?"

아무리 막으려 해도 소용이 없음을 알게 되자 홍생은 깊이 탄식하였다.

"모조리 죽여 없앨 수도 없고 막을 수도 없다면 어쩐다? 차라리 방 안에 놔두는 것이 소란을 떨지 않는 길일지도 모르지."

홍생은 이렇게 생각하고 궤를 짜서 그 안에 뱀을 넣어 두게 하였다. 매일 새 뱀이 나타나고 이것을 막으려고 법석하던 일은 없어졌다. 그러나 홍생은 점점 정신이 혼미해지기 시작하였다. 홍생의 방 안에는 언제나 뱀이 들어 있는 궤가 놓여 있었고, 어디에 갈 일이 있으면 하인을 시켜 이 궤를 메고 뒤를 따르게 하였다. 어느덧 홍생은 〈뱀 절도사〉라고 불리게 되었고 그 소문은 자자하였다.

"괴이한 일이지, 참."

"어떤 여인에게 못할 일을 해서 저렇게 됐다는군. 아녀자가 원한을 품으면 오뉴월에도 서리가 내린다지 않나."

"허, 아무튼 망측한 일이야?"

홍생은 점점 정신이 혼미해졌을 뿐만 아니라 얼굴이 말이 아니게 야위어 갔고 눈만이 퀭해졌다.

그러니 기력을 쓸 수 없었고 음식도 잘 먹지 못하였다.

그러다가 결국 죽고 말았으니 말라 죽은 셈이었다.

≪용제총화(慵齊叢話)≫ 권4에서

11. 사후(死後)에도 아내를 못 잊어

임천(林川)이란 곳에 보광사라는 절이 있었다. 여기에 대선사란 존칭을 받는 중이 있었다.

그 중은 이 고을의 원님인 안공(安公)을 자주 찾아 다녔다. 이 고을에는 원 이외에는 말벗이 될 만한 사람이 없다고 생각하였기 때문이었고, 또한 원도 더불어 말할 만하다고 여겨서 후하게 대접하였다.

그러나 이 중에 대해서 하나의 소문이 떠돌고 있었다. 즉 마을의 어느 여인을 아내로 삼고 있으며 남의 눈을 피해 서로 왕래하고 있다는 것이었다.

"허, 그렇다면 파계승이 아닌가."

원은 이렇게 생각하며 다음 번에 찾아왔을 때에는 다른 눈으로 그를 바라보았다. 중은 여전히 잘생겼고 학식이 깊어 다른 이야기로 꽃을 피우는 동안에도 세속적인 데가 묻어 보이진 않았다.

"그런 사람이 파계했을 까닭이 있나?"

의심스러워진 원님은 수하에 있는 아전을 불렀다.

"여봐라. 너는 보광사의 대선사를 알겠구나?"

"예."

새삼스럽게 말을 끌어내는 것이 의아하다는 듯, 아전은 눈이 휘둥그래졌다.

"그 대선사가 아내를 가지고 있다니 과연 그러하냐?"
"예."
"이상한 노릇이다. 어디 아는 대로 말해 보아라!"
"예. 이 마을에 있는 여인을 아내로 삼고 있음은 누구나 다 알고 있는 일입니다. 밤이면 어둠을 타고 여인의 집으로 오기도 하며 혹은 여인이 절로 올라가서 다음날 내려오기도 합니다."
"과연, 그렇지?"
"예, 서로 왕래하는 것을 본 사람이 그렇다 하옵고 또 여인의 집에서 둘이 앉아 있는 것을 본 사람도 한둘이 아닙니다."
"알았다!"

그 후에 원은 중이 찾아왔을 때 이 이야기 저 이야기하다가 문득 이렇게 물었다.

"불문에 있는 사람이 아내를 가지고 있다면 이것에 대해 대선사는 어떻게 생각하시오?"
"……."

중은 얼굴이 붉어졌을 따름이요, 대답이 없었다.

"세상에 떠돌고 있는 풍문을 대선사는 아시오?"
"……."

중은 역시 말이 없었다. 소문이 사실이었다는 것을 안 원은 이맛살이 찌푸려졌고 입맛이 쓰게 느껴졌다. 그 후로 원은 중을 뜨악하게 여기기 시작하였다. 그러나 중은 여전히 드문드문 찾아왔고, 그 넓은 학식을 보여 주었다. 더불어 이야기할 수 있었기에 원은 파계한 것을 더 추궁

하지 않고 이럭저럭 대하였다.

그러던 차에 중이 죽었다. 중이 죽은 지 얼마 되지 않아, 더욱 괴상한 소문이 돌기 시작하였다. 즉 중이 죽어서 뱀이 되어 그 아내를 찾아왔다는 것이었다. 그리고 조금도 그 여인의 방에서 떠나지 않는다는 것이었다. 그뿐이 아니었다. 뱀은 낮에는 자그마한 단지 속에 들어가 있지만 밤이 되면 나와서 여인의 온몸을 휘감고 있다는 것이었다. 여인의 온몸을 휘감고 머리를 여인의 가슴에 기대어 올려 놓으며 꼬리 근처에 있는 혹은 마치 사나이의 생식기 같아서 여인과 교합한다는 것이었다.

이런 소문을 들은 원은 눈살을 찌푸리고 혀를 찼다.

"살아 있을 때 파계하였다는 것도 용납되지 않거늘 죽어서까지 이게 무슨 추태일꼬?"

원은 즉시 그 여인을 데려오게 하였다. 여인은 원 앞에 이르러 공손히 꿇어 앉아 고개를 숙였다.

"물어 볼 일이 있으니 숨기지 말고 대답하여라."

"예."

"너는 죽은 보광사의 중의 아내라고 하는데 과연 그러하냐?"

"예."

여인의 고개는 더욱 수그러졌다.

"그 중이 죽은 뒤에도 뱀이 되어서 너에게 와 있다고 하는데 과연 그러하냐?"

"예."

여인은 얼마 만에야 가느다란 목소리로 대답하였다.

"어떻게 그 뱀이 죽은 중이 화한 것인 줄 알았느냐?"

"대선사님께서는 생시에 언제까지나 저를 버리지 않고 같이 있겠다고 하셨습니다. 그리고 자신이 죽는 일이 있으면 뱀이 되어서라도 제 옆에 있겠다고 하셨습니다. 뱀이 처음 들어왔을 땐 놀랐사오나, 혹시나 하여서 '대선사님' 하고 부르니 뱀은 고개를 끄덕끄덕하였습니다.'

"흠, 밤에는 같이 잔다지?"

"예."

원은 차마 더 물어 볼 수가 없어서 혀를 찼다.

"낮에는 단지 속에 들어가 있다니 그 단지를 가져오너라!"

여인은 황망히 집으로 돌아가서 단지를 가져왔다. 원은 단지를 뜰에 놓게 하고 점잖게 불렀다.

"대선사!"

속에 들었던 뱀은 고개를 쳐들고 단지 밖을 내다보았고, 원은 벽력같이 꾸짖었다.

"불문에 있는 몸이 파계한 것도 용납 못하겠거늘 죽어서까지도 여색을 잊지 못하여 뱀이 되었으니 불도를 닦는 몸이 이럴 수가 있는가?"

뱀은 놀라서 고개를 움츠리고 단지 속으로 들어가 버렸다.

원은 여인에게 한 계교를 가르쳐 주었고, 여인은 그것에 따랐다.

"대선사님!"

방 안에 앉아 있던 여인이 다정스럽게 불렀다. 뱀은 곧 고개를 내밀었다.

"대선사님을 위하여 새로 집을 만들었으니 그리로 옮기

십시오. 단지에서야 어디 편안히 계실 수 있겠어요?"

여인은 자그마한 궤를 단지 옆에 가져다 놓았다. 뱀은 고개를 돌려 궤를 바라보았다. 여인이 치맛자락을 궤 안에 펴니 뱀은 단지에서 나와서 궤로 들어가 도사리고 있었다.

"됐어."

방문 밖에 숨어서 동정을 살피고 있던 건장한 포리들이 달려들어서 궤의 뚜껑을 닫았다. 뱀은 궤 안에서 벗어나고자 펄떡펄떡 뛰었으나, 궤 뚜껑에다 사정 없이 못을 박아 밀폐해 버렸다.

"됐어! 이제야 나오려고······."

"음탕한 파계승도 이제 운수가 다 된 거야······."

포리들은 이런 말을 주고받으며 궤를 들고 원에게로 갔다. 원은 보광사의 중들을 불러다가 장사 지내는 절차를 밟게 하였다. 명정(銘旌:죽은 사람의 관직 성명을 기록한 기)에는 대선사의 이름을 쓰고 뱀이 든 궤를 만들게 하였으며 여러 중들이 염불을 외며 길을 떠났다.

강에 이르러 뱀이 든 궤를 물에 띄워 내려 보내게 하였다. 강가에 섰던 여러 중들은 끊임없이 염불을 외웠다. 궤는 둥둥 떠내려가 사라져 버렸고 그 여인 앞에 다시 뱀이 나타나는 일은 없게 되었다.

≪용제총화(慵齊叢話)≫ 권6에서

12. 질투의 귀신

신익성(申翊聖)은 선조의 부마가 된 사람이었다. 즉 선조의 셋째 왕녀인 정숙 옹주(貞淑翁主)에게 장가 들어 동양위(東陽尉)라고 불리게 되었다.

신익성은 성격이 호탕하여 부마가 되었다 하여 그 행동을 더 조심하거나 하는 법이 없었다. 그러기에 여자 관계에 있어서도 부인인 정숙 옹주를 꺼려 하는 법이 없이 마음에 들면 아무나 데려다 첩으로 삼곤 하였다.

하루는 거리에서 아리따운 여인을 보게 되었다.

"흐음!"

신익성은 저절로 신음하였고 걸음을 옮길 수가 없었다.

"미색을 보고 그냥 지나친다면 어찌 장부라고 할 수 있겠느냐?"

신익성은 그 여인의 뒤를 따라갔다. 여인은 얼마를 가다가 길가 집으로 들어갔고 신익성은 그를 눈여겨보고 돌아왔다. 그 후에 심복을 시켜 알아 보니 그 여인에겐 아직 지아비가 없다고 하였고, 신분 또한 대단치 않다고 하였다. 첩으로 삼기에는 안성맞춤이었다.

"됐어!"

신익성은 무릎을 탁 쳤다.

급히 서둘러 중간에 사람을 내세웠고 교섭은 순조롭게 진행되었다. 여인 쪽에서는 첩이 되기를 승낙하고 날을 받아 신익성의 집으로 옮겨 왔다.

"흠, 이름이 무엇인고?"

신익성은 흐뭇한 마음으로 그녀를 바라보며 물었다.

"옥이라고 하옵니다."

여인은 나직하게 대답하였으니 그 목소리는 은쟁반에

옥을 굴리는 듯하였다.

"옥이라? 허허……. 그것 아주 좋은 이름이다. 네 자태에 꼭 알맞는 이름이로구나. 어디 얼굴을 들어 보아라."

"……."

옥은 다소곳이 숙이고 있던 얼굴을 찬찬히 쳐들었고 빤히 바라보던 신익성은 자기도 모르게 군침을 삼켰다.

"허, 이리 좀 가까이 오너라."

"예."

이로부터 신익성과 옥의 연연한 사이는 옆에서 보기에도 민망할 지경이었다.

"옥아!"

신익성은 무슨 일에든지 우선 옥부터 불렀고, 옥은 입에 혀같이 시중을 들며 옆을 떠나지 않았다.

"대감께서 버리시면 이 몸은 죽사옵니다."

옥은 아양을 떨었다.

"무슨 소리냐? 내가 어찌 너를 버린단 말이냐?"

신익성은 옥의 등을 쓸어 주며 몇 번이고 다짐을 하였다.

옥은 아양을 떨며 저만 귀여워해 달라고 하였고, 이에 신익성은 서슴지 않고 고개를 끄덕였으나 그렇게만은 되지는 않았다.

신익성이 원주에 볼일이 있어 다녀오는 길에 기생을 데리고 왔다. 이 기생은 옥에 비해 조금도 뒤떨어지지 않는 곱상한 얼굴이었고, 나이도 옥보다 아래였다.

신익성은 원주 기생과의 새 정이 깊어 한동안 옥의 방을 찾는 것을 잊기까지 하였다.

옥은 질투의 불길이 타올라 뜬눈으로 밤을 새웠고, 베개를 눈물로 적시기가 일쑤였다.

어느 날 신익성이 옥의 방에 들어서자 옥은 옷자락을 붙들고 늘어졌다.

"대감!"

"어, 왜 그러지?"

"대감, 이 몸을 죽으라는 것이옵니까?"

옥은 눈을 뽀얗게 흘겨 보였고 신익성은 웃음으로 얼버무리려 하였다.

"그게 무슨 요사한 소리냐?"

"그렇지 않사와요? 그년이 죽거나 내가 죽거나 해야지, 이러구야 어디 살겠사와요?"

"점점 더하는군. 그년이라니 무슨 소리냐?"

"대감께서 원주에서 데리고 오신 년 말이에요. 그년이 이 집 대문 안에 들어서자 이 몸은 헌신짝같이 버림을 당했으니 어찌하옵니까?"

"허허……. 시기가 심하군!"

옥은 이를 뽀드득 갈았으나 신익성은 연방 너털웃음을 웃으며 어름거리기만 하였다.

"그년이 죽는 것을 봐야만 속이 시원하겠사옵니다."

"못 써!"

신익성이 듣다 못해 정색을 하고 꾸짖었다.

"내가 어디 너를 버리거나 잊거나 하였느냐? 죽느니 사느니 하고 시기함은 못 쓰느니라. 더 이상 그런 소리를 하면 정말 다시는 네 방에 들르지 않겠다."

그제야 옥은 입술을 깨물고 말이 없었다.

그런 지 며칠 후에 집안이 발칵 뒤집혔다. 옥이 목을 매어 자결한 것이다.

옥은 끓어오르는 질투를 걷잡을 수 없어 몸부림 치다가 드디어는 스스로 대늘보에 목을 매고 눈을 뜬 채 죽었다.

"허, 고년 독하군. 시기하여 스스로를 망치다니……"

신익성은 어처구니없어 한동안 벌어진 입을 다물지 못했다.

신익성은 죽은 옥이 생각을 하면 측은하기만 하였다.

"고것이 미색이더니 그 값을 했어."

이로부터 오래지 않아 신익성은 병석에 눕게 되었다. 여러 가지 약을 썼으나 소용이 없었다. 심지어는 중을 불러다 경을 읽히기도 하고 무당을 데려다 굿을 하기도 하였으나 병세는 차도가 없었다.

"도시 무슨 병환인지 알 수가 있어야지."

"심상치 않은 노릇이야……."

식구들은 서로 수군거리기만 하였지, 도리가 없었다.

병은 오래 계속되었고 식구들은 병구완으로 지치고 피로하기만 하였다. 옆에 지키고 있다가 물을 달라면 떠다 주고 일어나고 싶다면 일으켜 주는 등의 시중을 드는 것이 고작이었다.

병이 워낙 오래 계속되니 옆방에서 대령하고 있던 식구들은 꾸벅꾸벅 졸기 시작하였다. 졸다가 문득 인기척에 눈을 뜬 식구들은 귀를 기울였다. 신익성이 누워 있는 방에서 들려 오는 말소리였다.

"대감!"

"음. 역시 옥이 제일이다."

"버리지 마셔요."

"암. 그럴 까닭이 있겠니?"

그건 분명 신익성과 옥이의 속삭이는 말소리였다.

기겁을 한 식구들은 살며시 미닫이를 열고 방 안을 들여다보았다. 이부자리 속에서는 신익성과 옥이 나란히 누워서 수작을 벌이고 있는 판이었다.

"대감!"

"응?"

"누가 들여다보아요. 어찌 감히 이럴 수가 있사와요."

"허허. 고얀 일이다. 꾸짖어 다시는 그러지 못하게 하마."

"대감!"

옥은 아양을 떨고 신익성의 몸에 팔을 감았고 신익성은 허청허청 웃었다.

들여다보던 식구들은 민망한 생각에 미닫이를 닫고 물러섰다. 그러나 다시 생각하니 괴이한 노릇이었다.

신익성이 병석에 누운 지 오래여서 계집을 끼고 수작을 할 수도 없으려니와 옥은 벌써 죽은 사람이었다.

"가만있자, 분명 옥의 모습이요, 음성이었는데……."

"그럴리가 있나, 아무래도 이상해. 이러고 있을 때가 아니군."

식구들은 선뜻 두려운 생각이 들어 다시 미닫이를 열어 보았다. 옥의 자태는 보이지 않았고 신익성은 싸늘하게 숨져 있었다.

질투에 몸을 불살라 자살한 옥은 죽은 뒤에도 질투를 버리지 못하고 드디어는 신익성을 데려갔다고들 하였다.

≪기문총화(紀聞叢話)≫ 권4에서

Ⅱ 요괴(妖怪)

12. 성황신(城隍神)의 호소

 이씨 왕조에 있어서의 당파 싸움이란 너무나 유명한 고질이다. 이 당파 싸움은 선조 때 생겼으니, 심의겸(沈義謙)을 중심으로 하는 파를 서인이라고 하고, 김효원(金孝元)을 중심으로 하는 파를 동인이라고 하였다. 이렇게 되자 조정은 물 끓듯하였고 중심이 된 두 사람을 다 지방으로 내보내기로 되어 김효원은 삼척 부사(三陟府使)가 되어 떠났다.
 삼척이란 곳은 원래 귀신·도깨비가 많기로 이름나 있었다. 김효원이 도착했을 때 삼척에서는 관아로 들어가게 하지 않고 주막을 정하여 거처하게 해 주었다. 김효원은 의심이 나서 아전들에게 물었다.
 "이 어인 일이냐? 엄연히 관아가 있을 것이어늘 어이 된 일이냐?"
 "관아가 있기는 하오나 원래 버려진 지 오래 되어 감히 모시지 못하였습니다."
 "그건 또 왜?"
 "예. 그곳에는 종종 귀신이 나타나고 이로 인하여 목숨을 잃은 분이 여럿이어서 자연히 버려지게 되었습니다."

"괴이한 소리가 다 있구나. 염려 말고 어서 관아를 말끔히 치워라. 나는 거기에 가서 묵으련다."

단호한 명령이 내려지자 아전들은 서로 얼굴을 쳐다보고 수군거렸다.

그러나 감히 원의 명령을 거역할 수 없어서 관아를 청소하였다.

"이 어른이 돌아가시려고 이러지……."

"누가 아니래……."

아전들은 서로 중얼거렸고 근심스럽게 김효원을 쳐다보았다. 김효원은 태연하게 관아로 들어가서 넓은 방에 단정히 앉았다.

날이 어둑어둑해지자 아전들은 저녁 인사를 하고는 각기 황망히 돌아갔다. 어두운 뒤에 관아 안에 있다는 것이 두려워졌기 때문에 앞다투어 돌아간 것이다.

"허망한 노릇이다!"

김효원은 탓하지 않고 돌아가게 내버려 두었다. 우선 부임하기에 바빠 김효원은 식구들을 서울에 남겨 둔 채 혼자서 이곳 삼척에 온 것이다.

그러기에 이날 밤은 넓은 관아 안에서 혼자 자게 되었다.

김효원은 밤늦게까지 책을 읽다가 문 단속을 하고 불을 끄고 자리에 누웠다.

피로하였기에 금새 잠이 들었다.

얼마를 자고 난 김효원은 선뜩선뜩한 바람에 눈이 떠졌다. 찬바람이 몰아쳐 들어오고 있었다.

"허, 신기한 일……."

일어나 앉아 보니 분명히 닫았던 문이 저절로 열려 있었다.

열려진 문으로 바라보니 마당 가운데 반딧불 같은 것이 흔들거리고 있었다.

"허!"

바라보고 있는 동안 이것은 외로 바로 돌면서 그 모양이 커졌다 작아졌다 하더니 마침내는 큰 독만하여졌다.

"휘익!"

이 불은 김효원이 앉아 있는 방 안으로 거침없이 굴러들었다. 김효원은 단정히 앉아 꾸짖었다.

"사람과 귀신과는 서로 그 길이 다른 법이거늘 어찌 요사스럽게 사람을 해하고자 하느냐. 만일 원통한 일이 있어 호소하고자 하거든 이런 못된 수단을 쓸 것이 아니라 자세히 말하라."

김효원의 말이 끝나자 그 불은 다시 소리를 내며 마당으로 나가더니 어디로 사라졌는지 없어지고 말았다. 김효원은 다시 문단속을 하고 자리에 누웠다.

꿈에 한 사나이가 나타나 넙죽 절을 히였다.

"넌 누구냐?"

"예. 소인은 이 고을에 있는 성황신이옵니다. 억울한 일이 있사와 호소하고자 왔습니다."

"들을 것이니 말하라!"

성황신은 꿇어 앉아 호소하였다.

"소인은 성황신으로서 성황당에 있었던 바, 신라의 왕녀라고 자칭하는 귀신이 소백산에서 이리로 와서 백성들을 혹하게 하였습니다. 그 수단에 넘어간 백성들은 성황당의 위판을 떼어다 관아 곳간에 아무렇게나 뒹굴게 하고 성황당에 그 귀신을 모시게 되었습니다. 그러니 이렇게 억울한 일이 어디에 있겠습니까? 그리하여 이 일을 호소하고자 하였으나 모두들 겁내어 귀신이리고 두려워하고 놀라 죽으니 참으로 통분합니다."

"알았다!"

고개를 끄덕이다가 김효원이 문득 눈을 떠 보니 그것은 꿈이었고 날은 밝기 시작하고 있었다.

"그런 연고가 있었구나!"

김효원은 급히 말을 준비하여 떠나고자 하였다.

아전들은 지난 밤에 김효원이 죽은 줄로만 알고 모여들었다. 그러나 김효원은 무사하였고 어디로 가려는지 말 위에 안장을 얹고 있는 것이었다.

"무사하시었으니 다행입니다."

"암, 별일 없더라!"

"어디로 가시고자 하십니까?"

"어디든 같이 가자꾸나……."

아전들은 혀를 내두르며 김효원의 뒤를 따랐다. 김효원이 아전들만이 아니라 글공부하는 유생들까지 몇몇 데리고 도착한 곳은 성황당이었다. 여기에는 비단으로 된 장막이 둘러쳐졌고 역시 비단·금·은 등으로 만든 여러 가지 물건들이 진열되어 있었다. 무엇인지도 모르는 요괴를 받들어 모시는 곳이 되어 있었다.

"저것을 모두 부숴라!"

김효원이 손가락질하며 명령하였으나 아전들은 꽁무니를 빼고 벌벌 떨었다.
"안 됩니다."
"왜?"
"이곳에 모셔진 신령은 영하기가 짝이 없사옵고 조금만 정성이 모자라도 여러 가지 불길한 일이 일어납니다. 하물며 다 부숴 버렸다가는 어떠한 큰 재앙이 닥쳐올지 모르는 노릇입니다."

그러나 김효원은 눈썹 하나 움직이지 않고 더욱 독려하였다.
"너희들이 들어가 자면 죽는다던 관아에 들어가서 자도 아무 일 없지 않더냐. 걱정 말고 모두 부숴라. 설혹 재앙이 닥쳐온다 할지라도 시킨 내가 당할 일이지, 너희들에게 관여될 게 없다."

그러나 아전들은 여전히 머뭇거리기만 하였다. 김효원은 유생들을 돌아보고 분부하였다.
"성현의 글을 배우는 자는 마땅히 사(邪)를 쫓아야 할 것이다."

결국 이곳에 있던 위판이나 비단으로 된 장막·금·은으로 된 집기 등은 모조리 끌어내어 쌓고 불을 질렀다. 불길이 타올라 모조리 탔으나 쇠붙이로 된 것은 그대로 남았다. 이번에는 그것들을 산산조각을 만들어 버리게 하였다.

김효원은 관아의 곳간을 뒤져 오래 된 성황당의 위판을 찾아 다시 제자리에 걸게 하고 친히 제를 지내었다.

이날 밤 꿈에 다시 성황신이 나타났다.

"어지신 덕 무엇으로 갚을지 모르겠습니다."

"덕이랄 것이야 있소. 다만 앞으로 이 고을에 다시는 기괴한 일이 일어나지 않도록 하오."

"예. 명심하겠습니다."

고을 사람들은 이제나 저제나 큰 재앙이 닥쳐오리라고 전전긍긍하였다. 그러나 아무 일 없이 무사하였고 더구나 이제까지 귀신이나 도깨비 많기로 이름이 있던 삼척에 다시는 기괴한 일이 생기지 않게 되었다.

누구나 김효원을 크게 찬양하였다.

≪어우야담(於于野話)≫ 권1에서

14. 귀신이 쌓은 제방

마미(馬微)라는 사람이 있었다. 어느 날 냇가에서 낚시질을 하고 있었다. 하루 종일 앉아 있어도 시원스럽게 걸리는 것이 없어 차츰 짜증이 나기 시작하였다.

"오늘은 허탕인가?"

다시 한번 낚싯줄을 늘어뜨리고 수면을 바라보았다. 이번에도 걸리는 것이 없으면 그냥 돌아가려던 참이었다.

"옳지!"

찌가 움직이는 듯하여 낚싯대를 다그쳐 보았다.

"허!"

그러나 이번에도 고기가 걸리지 않았다. 다만 알 수 없는 것이 걸려 있을 따름이었다.

무엇인가 하고 보니, 그것은 작은 돌이었다.

그것도 하나만이 아니라 다섯 개나 되었다. 그리고 오색이 영롱하여 무슨 귀한 보물같이 생겼다. 아직 이렇게 신기하게 생긴 돌을 본 일이 없음은 물론이거니와 들은 적도 없는 터라, 입이 딱 벌어졌다.

낚시질을 하던 것도 잊어버리고 찬찬히 들여다보았다.

"이것이 예사 돌은 아니야. 이렇게 오색으로 빛나는 것을 보면, 무슨 귀한 구슬인지도 모르지? 아무튼 오늘은 뜻하지 않게 신기한 것을 얻었군!"

마미는 다섯 개의 돌을 품속 깊숙이 건사하고 집으로 돌아갔다. 웬지 모르게 저절로 싱글벙글해지기만 하였다.

이날 밤, 그는 대청에 앉아서 넓은 뜰을 바라보고 있었다. 앞으로 탁 트여 넓은 뜰이 있었고, 또 그 앞으로는 밭이 깔려 있었으며, 거기에 달빛이 훤히 비치고 있었다.

"그게 무슨 보물일까?"

아직도 품에 품고 있는 오색 빛이 나는 다섯 개의 돌을 지그시 만져 보며 혼자 중얼거렸다. 그러는 터에, 키가 훌쩍 크고 괴기한 얼굴을 한 사나이가 어디서 나타났는지 마미 앞에 꿇어 엎드렸다.

"누구요?"

마미는 얼떨결에 물었다. 그러한 사나이는 한 사람만이 아니었다. 자꾸만 꾸역꾸역 더 나타나서 꿇어 엎드렸으니, 넓은 뜰에 가득하였고 밭에까지 빽빽이 되었다. 마미는 슬그머니 겁이 났으나, 마음을 다부지게 먹고 다시 물었다.

"누구들이오? 나에게 무슨 볼일이 있어서 이렇게들 왔소?"

"우리는 귀신들이오."

그 중의 하나가 대답하였다. 이 말에 마미는 정신이 아찔하였다. 이렇게 많은 귀신이 한꺼번에 몰려 왔으니, 도무지 심상치 않은 일이었다. 그러나 모두들 꿇어 엎드려서 절을 하고 있는 품이 또한 알 수 없는 일이다.

"무슨 일로 왔소?"

"제발 저희들을 살려 주십시오."

"어?"

"살려 주십시오."

귀신들이 연방 애걸하며 절을 하니, 마 미로서는 더욱 모를 노릇이었다.

"날더러 살려 달라니 모를 말이구려."

"귀왕부(鬼王符)를 돌려 주십시오."

"귀왕부라?"

"예. 저희들의 불찰로 그것을 잃었던 것입니다. 오늘 낚시질을 하시다가 얻으신 것이 바로 그것입니다."

"흠."

마미는 그제야 그 이상한 다섯 개의 돌이 무엇이라는 것을 알았다. 그러나 그러한 내력을 듣고 보니 더욱 돌려 주고 싶지 않았다.

"돌려 주십시오."

"······."

"저희들을 살려 주십시오."

"……."
"제발 빌겠습니다."
"……."
모든 귀신들은 또 수없이 절을 하였다.
"그것만 돌려 주신다면, 무엇이든 하라시는 대로 하겠습니다."
"……."
"어서 분부를 내려 주십시오."
마미는 당황하였다. 이렇게 되면 결국 안 돌려 줄 수 없으리라는 짐작이 갔다. 그러기에 마미는 할 수 없이 한 문제를 내었다.
"그러면 오천(梧川)에다 돌로써 큰 제방을 만들어 줄 수 있겠는가?"
"예. 쉬운 일입니다."
"그러나 하룻밤 사이에 그것을 하여야 하네."
"예, 알았습니다. 감사합니다."
여러 귀신들은 또 무수히 절을 하고는 어디론가 사라져 버렸다. 마미는 너무나 신기해, 이날 밤은 잠을 이루지 못하였다.
이튿날 아침에 일찍 오천으로 나간 마미는 눈을 둥그렇게 뜨고 놀랐다. 어제까지도 없던 큰 제방이 만들어져 있었다. 그것도 큰 돌로 단단하게 만든 것이었다.
"거, 참으로 놀라운 일이로군! 이렇게 큰 것이 어찌 하룻밤 사이에 만들어졌담."
마미는 너무나 놀라워서 입을 딱 벌리고 있는데, 또 수

많은 귀신들이 앞에 나타났다.
"어떻습니까?"
"놀랍소."
"마음에 드셨습니까?"
"음, 아주 훌륭해. 결국 이것을 돌려 줄 도리밖에 없군."
 마미는 품속에서 그 다섯 개의 돌을 꺼내 주었다. 귀신들은 여러 번 절을 하고 사라지려 하였다.
"잠깐!"
 마미는 급히 손을 저으며 일어섰다.
"이렇게 큰일을 하여 주었으니 어디 그냥 있을 수 있겠나. 그대들의 노고를 위로하기 위하여 다소의 음식을 마련할 것이니 원대로 청하라."
"우리는 인간들같이 많은 음식을 먹지는 않습니다. 그러나 모처럼 주신다니, 황두(黃豆)나 한 되쯤 삶아 주시면 감사하겠습니다."
"그러리라."
 황두 한 되쯤이라면 아주 간단한 청이었다. 마미는 급히 황두 한 되를 삶아 귀신들에게 내어 주었다.
"자아, 나누어 먹세."
 귀신들은 모두 모이더니, 황두 한 알씩 먹는 것이었다. 마미는 또한 처음 보는 일이라 자세히 바라보았다.
"어?"
 황두 삶은 것 한 알씩을 다 차지하였는데, 마지막 귀신 하나는 차례 갈 것이 없었다.
"저런, 그럼 다시 황두를 삶게 할 것이니 잠시 기다리오."

마미는 다급하게 말하였으나, 그 귀신은 고개를 저었다.
"아니오. 이제 다시 또 삶는다니 어찌 그것을 기다리겠소."
"그러나 서운해서……"
"아니, 나는 내가 쌓은 것만큼 도로 허물어 놓겠습니다. 그러면 황두 한 알을 못 얻어먹은 값을 한 게 되겠지요."

여러 귀신들은 어디로 갔는지 모두 사라져 버렸다. 나중에 살펴보니, 이 큰 제방은 가운데 한 곳이 몇 자 넓이로 돌이 빠져 있었다.

"허허, 이곳을 고쳐야겠군."

마미는 인부를 시켜 그곳을 고쳤다. 이 제방이 있음으로 해서 임실과 남원 땅의 논은 많은 곳에 물을 댈 수 있게 되어 큰 이익을 보게 되었다. 즉 임실현 오원 땅에 있는 제방이 바로 이것이라고 한다.

이 후로 어떠한 장마가 지든지 이 제방은 단단하여 끄덕도 하지 않았다. 다만, 돌이 빠져서 인부를 시켜 고친 곳은 큰물이 나면 허물어지곤 하였다. 그러기에 사람들은 사람의 재주와 귀신의 재주는 엄연히 다르다고들 한탄하였다.

마미는 후에 부원군이 되기까지 하였다고 한다.

≪청장관전서(靑莊館全書)≫ 권68에서

15. 흉가(凶家)의 귀신

서울 남부 소공동에 신막점(申莫占)이라는 사람의 집이 있었다. 집은 오래 되었고 비어 있기가 일쑤며, 남에게 빌려 주고 그 세를 받았다. 원래 주인이 살다가 이렇게 남에게 빌려 주게 된 데는 다음과 같은 까닭이 있기 때문이었다.

주인이 이 집을 사들였을 때의 일이었다.
"주인장."
누가 부르는 소리에 대문께를 보았으나, 열려 있는 대문 밖에는 사람이라곤 없었다. 어리둥절하여 멍청히 서 있는데 또 부르는 소리가 났다.
"주인장."
"뉘시오? 어디서 부르시오?"
"주인장 바로 옆에 있소이다."
주인은 좌우를 살펴보았으나 사람은 역시 없었다.
"허허……. 귀신이 곡할 노릇이군. 어디에 있단 말이오?"
"바로 옆에……."
"엉? 사람이오, 귀신이오?"
"나는 귀신이오."
이 말에 주인은 온몸에 소름이 쫙 끼쳐 이 집에 이사온 것을 후회하였다.
"귀신이면 썩 물러가시오."
"주인장, 놀랄 것 없소이다. 나도 가족이니 일이나 좀 거들지요. 무슨 할 일이 없소?"
주인은 등골에 식은땀이 흘렀으나 얼떨결에 대답하였다.
"막 이사를 와서 아직 정신이 없으니 마당에 어지러진 물건들을 헛간으로 치워 주었으면 고맙겠소."
말이 떨어지자마자 마당에 아무렇게나 뒹굴고 있던, 절

구니 함지박이 날 듯 헛간으로 옮겨져 갔다. 주인은 너무나 놀라워서 입을 딱 벌리고 바라보았다.
"주인장, 이제 저녁이나 주시오."
얼마 후에 또 귀신의 목소리가 들려 왔다.
"어디다 차려 놓을까?"
"아무 데나 차려 놓으면 내 먹으리다."
이후로 무슨 일을 시키든 귀신은 잘 들었다. 그러나 일일이 식사 시중을 하는 것이 귀찮아 거를 때도 있었다.
그러면 귀신은 크게 노하여 솥에 거름을 퍼 담기도 하고 쌀독에 재를 넣기도 하였다.
주인은 점차 귀신을 싫어하기 시작하였다. 더구나 주인이 그 부인과 더불어 잠자리에 누우면 귀신은 너털웃음을 터뜨리곤 하는 것이었다. 그 웃음은 으레 자리 밑에서 일어났다.
주인은 이래저래 다른 집으로 이사를 가려고 부인과 상의하였다.
주인이 이사 갈 상의를 하자, 귀신은 앞질러서 말하였다.
"주인장, 어디로 이사 가시오? 그러면 나도 따라가리다."
"아니, 그대는 이 집에 있는 귀신이 아닌가?"
"집에 있다니요. 주인장과 정이 들었으니 이사 간다면 따라가야지요."
너무나 어이가 없어 주인은 길게 한숨만 몰아 쉬고 이사 갈 것을 단념하였다.
결국 주인은 귀신과 동거할 수밖에 없었다.
어느 날 주인은 귀신에게 청하였다.

"그대는 이 집에서 나와 같이 오래 살았으나 한 번도 그 자태를 나타낸 일이 없다. 내 한 번 보고자 하니 어떠한가?"

"자태를 나타낼 수는 없소."

"그러면 그대의 자태를 벽에다 한 번 그려 보라. 그 그림으로써 나는 그대의 자태를 짐작하고자 하노라."

"그것은 쉬운 일이기는 하나 주인장이 보면 아마 놀라서 기절할 것이오. 나는 주인장을 까닭 없이 놀라게 하고 싶지는 않소이다."

그러나 주인의 호기심은 가라앉지 않았다.

"놀라든 어쩌든 한 번 그려 보아라."

"그럼, 자······."

삽시간에 벽에는 한 괴기한 그림이 나타났다. 머리는 둘이고 눈이 넷이며 높은 뿔이 돋아 있었다. 입은 가로 찢어진 듯 크고 코는 간신히 콧구멍이 있을 따름이며 눈은 붉고 눈동자도 역시 붉었다.

주인은 그 그림을 보자 손으로 얼굴을 가리고 외쳤다.

"그만, 그만······. 이제 알았노라. 어서 그림을 지우라!"

"허, 그러기에 내 뭐랬소. 안 보는 것이 좋다고 하지 않았소. 자 그림은 지웠으니 안심하시오."

주인이 간신히 고개를 들어 쳐다보니 벽에는 한 획의 그림도 없었다.

'귀신과 같이 살다니······. 더구나 그렇게 흉하게 생긴 것하고. 전생에 무슨 죄가 있기에 이 꼴인가?'

무수히 한탄한 주인은 은근히 귀신을 없앨 방도를 연구

하였다. 이름 높은 도사가 있다기에 찾아가서 사정 이야기를 하고 대책을 물었다.

"흠, 그 귀신을 죽여야만 하겠군."
"어떻게 하면 될까요?"
"귀신이 노상 음식을 청한다니 쉬운 노릇이오."
"독약을 먹게 할까요?"
"아니, 독약을 먹게 하지 않더라도 좋은 방도가 있소."
"그게 무엇입니까?"
"귀신을 죽이려거든 들쥐를 잡아 구워서 먹게 하면 될 것이오."
"들쥐? 그것을 먹을까요?"
"잘 구우면 모르고 먹을 게요."
"알았습니다."

주인은 금새 어깨가 가벼워지는 듯하였다. 그 길로 들쥐를 잡으러 갔다. 일이 되느라고 그랬던지 들쥐는 쉽게 잡을 수 있었다.

그것의 껍질을 벗기고 잘 구워서 그릇에 담았다. 먹음직스러워 보이라고 위에는 갖은 양념을 뿌려 그럴싸한 냄새까지 풍기게 하였다.

주인은 준비가 되자 조마조마한 마음으로 귀신의 소리가 들리기만을 기다리고 있었다.

"으흠!"

얼마 있자 귀신이 기침을 하는 소리가 들렸다.

"어디에 갔다가 이제 오나?"
"오늘은 좀 멀리 놀러 갔었소."

"구경 잘하구?"

"암요. 구경은 잘했는데, 워낙 멀리까지 놀러 갔었기에 어떻게나 시장한지……. 주인장, 어서 나를 위해 뭐 먹을 것을 마련해 주어야겠소이다."

주인은 담(膽)을 크게 하고 시치미를 떼고 말하였다.

"허허, 마침 오늘은 그대에게 주려고 맛있는 고기를 마련하고 기다리던 터인데 잘 되었군……."

"어디요?"

"저기 놓여 있는 저것이지. 어서 먹어 보게나."

주인이 들쥐 구운 것을 가리키자 그릇이 공중으로 떠올랐다. 귀신의 모양은 보이지 않지만 귀신은 시장기가 몹시 심한 것 같았다. 그릇이 공중으로 떠오르더니 그 안에 들어 있던 들쥐 구운 것이 삽시간에 없어졌다. 귀신은 아마도 한 입에 삼켜 버린 듯싶었다. 주인은 눈을 크게 뜨고 숨도 제대로 못 쉬고 서 있었다.

"어, 흐흐흐…… 어흐, 흐흐흐……."

얼마 있자 귀신의 통곡하는 소리가 요란하게 들렸다.

"주인장, 주인장, 어찌 나를 속이시오. 이것은 들쥐 고기가 아니오?"

"……."

"나는 이제 죽소. 내 주인장에게 아무 해도 끼치지 않았는데 어찌 나를 해하려고 하오. 어흐 흐흐흐……."

귀신은 무수히 통곡하였다. 그 후로 다시는 귀신의 음성을 들을 수 없었다.

아마도 귀신은 죽었다고 짐작되나 그 주인은 그 집이

싫어서 노들 강 근처로 이사를 갔다. 그래서 집은 비어 있거나 누구에게 세 주게 되었다.

그리고 다시는 기괴한 일이 일어나지 않았다.

≪어우야담(於干野談)≫ 권1에서

16. 회나무 귀신

서울의 홍인문, 즉 동대문 안쪽에 파성군(坡城君)의 집이 있었다. 이 집 앞에는 큰 회나무가 있어서 그늘을 드리웠고, 명물이 되어 있었다.

"그 회나무 크기도 하다."

"아마 무척 오래 된 것이겠지."

지나는 사람들은 누구나 잠시 걸음을 멈추고 회나무를 쳐다보기도 하였고, 그 밑에서 쉬었다 가기도 하였다.

파성군의 사위는 처가에서 기거를 하고 있었다. 어느 날 밤에 집으로 돌아오는 길에 사청(射廳) 앞을 지나게 되었다. 사청이란 활을 쏘아 무술을 닦는 곳이었다. 무심코 지나치려던 파성군의 사위는 걸음을 멈추고 놀라서 바라보았다.

사청 위와 그 앞길에 수많은 사람들이 와글거리고 있었기 때문이었다. 사청 위에는 활을 쏘아 재주를 겨루는 사람들이 있었고, 그 앞에는 말을 달리며 창을 휘두르는 사람들이 있었다. 또는 격구를 하는 사람도 있었고, 말을 달리며 활을 쏘는 사람도 있었다. 이렇게 소란하여 길은 막혔고 무술을 닦는 엄연한 기운이 떠돌고 있었다.

"허, 대단하군!"

감탄하여 바라보던 파성군의 사위는 문득 기이한 생각이 들었다. 무술을 닦는 것도 좋으나 이렇게 밤에 모여서 소란을 부리고 있다니 도무지 알 수 없는 일이었다.

그건 그렇고 길이 막혀서 집으로 돌아갈 수 없는 것이 탈이었다. 다른 길로 돌아가자면 얼마를 더 걸어야 할지 모르는 일이었고 밤은 점점 더 깊어지니 탈이었다.

"길을 막고 소란을 떠는 것은 저 사람들의 잘못이지 길을 가려는 나에게는 잘못이 없다. 그러니 사정하면 되겠지."

이렇게 마음먹은 파성군의 사위는 차차 걸음을 옮겼다. 무술을 닦고 있던 사람들 중에서 한 사람이 흘긋 쳐다보았다.

"길을 지나가려는 사람입니다."

파성군의 사위는 공손히 말하였으나 대답이 없었다.

"갈 길은 급하고 밤은 깊어 부득이 지나가는 것이니 언짢게 생각하지 마십시오."

"……."

여전히 대답은 없었다. 파성군의 사위는 그것으로 변명이 된 줄 알고 뚜벅뚜벅 걸어가려니까 덜미를 꽉 잡는 사람이 있었다.

"이놈!"

쩌르릉 울리는 호령이었다.

이렇게 되자 파성군의 사위는 정신이 아찔해졌다.

"이놈! 감히 어디를 지나가려는 것이냐? 고얀 놈이다!"

파성군의 사위를 잡은 사람은 연달아 호령이었고 옆에

있던 다른 사람들도 덩달아 호령들이었다.
"무례한 놈이다."
"단단히 버릇을 고쳐 놔야겠다."
 모두들 달려들어 파성군의 사위를 결박하였다. 이유 없이 당하는 일이었으니 파성군의 사위는 반항하였다.
"여보시오. 길을 지나가려는 것이 무엇이 잘못이오. 설혹 잘못 되었다 하더라도 이렇게 욕보이는 데가 어디 있소?"
"이놈이!"
 그 말이 떨어지자 차고 때리고 야단이 벌어졌다.
"그놈을 아주 죽여라!"
"다리 몽둥이라도 분질러 놓아라!"
 더욱 심하게 차고 때리는 서슬에 그 아픔을 참을 수가 없었고, 파성군의 사위는 드디어 애걸하기 시작하였다.
"잘못하였으니 살려 주시오."
"이놈 죽일 놈이다."
"살려 주시오."
"이놈!"
 그러나 듣지 않고 여전히 차고 때리고 하였고, 이렇게 되자 모두들 몰려들어 구경을 하였다. 활쏘던 사람, 말달리던 사람 할 것 없이 첩첩이 둘러서서 구경하였고 제각기 한 마디씩 던졌다.
"그놈, 아주 죽여 버려!"
"버릇을 가르쳐 줘야지!"
 파성군의 사위는 심한 매로 기절할 지경에 이르렀다. 이대로 가다가는 죽음을 당하겠구나 싶었고, 그런 중에서도 연방 살려 달라고 애걸하였다.
"잠깐, 잠깐……."
갑자기 많은 사람들 중에서 키가 훌쩍 큰 사나이가 앞으로 나왔다.
"잠깐 멈추라니까……."
키 큰 사나이는 매질하는 사람들을 물리치고 험한 얼굴로 쭉 훑어보았다.
"이렇게 심하게 치는 데가 어디에 있나? 이분은 바로 내 주인이 되는 어른인데 감히 이 지경에 이르게 한단 말인가?"
키 큰 사나이가 호령을 하자 모두들 멈칫멈칫 물러섰다. 키 큰 사나이는 파성군 사위의 결박을 풀어 주었고 파성군의 사위는 온몸의 힘이 빠져 아무렇게나 쓰러졌다.
"어서 일어나십시오. 가셔야죠."
"고맙소이다."
키 큰 사나이는 공손히 말하였고 파성군의 사위는 부축을 받고서야 겨우 일어섰다.
"이런 데서 머뭇거릴 게 아니라 어서 가셔야죠."
키 큰 사나이는 파성군의 사위를 부축하고 걷기 시작하였다. 뭇매를 맞아서 몸이 쑤시고 아팠으나 빠져 나가게 된 것만도 다행이라 여기며, 파성군의 사위는 비틀비틀 걸었다. 키 큰 사나이는 계속 부축하고 걸어 주었다.
사청 앞을 멀리 지나치게 되니 저절로 한숨이 쉬어졌고 또 기이한 생각이 들었다.
"그곳에서 살아날 수 있었던 것은 오로지 댁이 구해 준 덕분이오. 그런데 모를 일이 있소이다."
"예?"
"아까 날 주인이라 하였는데 그게 무슨 뜻이오?"
"아실 때가 있을 것입니다."
 키 큰 사나이는 더 말하지 않았다. 파성군의 사위는 화제를 바꾸었다.
"아까 그 사람들은 웬 사람들이오? 밤에 그렇게 많은 사람들이 모여서 무술을 닦는 것을 아직껏 본 일이 없소이다."
"그것도 아실 때가 있을 것입니다."
 파성군의 사위로서는 더 물을 수가 없었다. 키 큰 사나이는 갈 곳을 잘 아는 듯 흥인문 쪽으로 길을 잡았다.
 어느덧 집 가까이까지 오자 키 큰 사나이는 부축하였던 팔을 놓았다.
"이제 다 오셨으니 어서 들어가십시오."
"구해 주고 또 이렇게까지 바래다 주니 참으로 고마운 일이오."
 파성군의 사위는 비틀비틀 혼자 걸어서 대문 앞까지 이르렀다. 문득 은인의 이름도 묻지 않았다는 생각이 나서 뒤돌아다 보았다.
 키 큰 사나이는 천천히 이쪽으로 다가오더니 회나무 옆에 이르자 홀연히 자태를 감추고 말았다.
"허, 알 수 없는 노릇이다."
 파성군의 사위는 너무나 놀라워서 마디마디 아픈 몸을 이끌고 회나무가 서 있는 곳까지 되돌아갔다.

그러나 그 키 큰 사나이는 어디로 갔는지 없었다.

"내가 무엇에 홀렸나? 그렇지 않다면 어느 신선인 도사가 나를 구해 준 것일까?"

후에 알아보니 사청 앞에서 많은 사람들이 무술을 닦고 있었던 일은 없었다고들 하였다.

그 근처에 사는 사람들도 전혀 모르는 일이었다.

결국 그 무리들은 모두 여기저기서 모여든 귀신들이었고, 파성군의 사위를 구해 준 키 큰 사나이는 회나무에 깃들여 있는 귀신이라고들 하였다.

≪청파극담(靑坡劇談)≫에서

17. 귀신의 장난

성세창(成世昌)은 중종 때 사람으로 그 벼슬이 좌의정에까지 이르렀던 사람이다.

성세창이 젊었을 때의 일이다. 그의 집 서쪽에는 숲이 무성하였고, 낮에도 어둠침침하였다.

어느 날 날이 어두웠는데 이 숲에서 은은하게 종소리가 들려 왔다. 마을 사람들은 귀를 기울이며 서로 수군거렸다.

"이게 무슨 소릴까? 저 숲속에 절이 있는 것도 아닌데."

"저게 어디 종소린가? 무슨 종이 저렇게 음침하고 흉한가?"

그러고 보니 그 소리는 더욱 음산하기만 하여 듣고 있노라면 온몸에 소름이 끼쳤다.

이런 야릇한 소리만 들려 오는 것이 아니었다.

어둠이 깔리면 숲 쪽에서 돌이 날아오기도 하였다.
그것은 아주 억센 힘으로 던지는 듯, 집안으로 굴러 떨어지기도 하였고 항아리를 깨기도 하였다.
"숲속에 귀신이 있어서 장난을 한다."
"멋모르고 그 앞을 지나다가 돌에 맞아서 상한 사람도 있대."
이런 소문이 돌기 시작하였다. 그 소문을 뒷받침하는 듯 돌은 매일 날아왔고 더욱 기괴한 일이 생겼다. 이글이글 타는 불이 공중을 날아다니기도 하였다. 사람들은 그 불이 귀신이 들고 다니는 것이라고 하였다.
이런 일이 있은 후로는 어느 집에서나 날이 저물기 전에 대문을 굳게 닫았다.
대문만이 아니라 방문까지 닫고 일체 출입하지 않았다. 사람들은 겁에 질려 귀를 기울였고 어서 날이 밝기만을 기다렸다.
음산하고 요기가 도는 종소리가 은은히 들려 오거나 어디로 날아가는지 돌팔매 소리가 들리기도 하였다.
혹 담대하여 뜰에 나왔던 사람은 날아다니는 불을 보았다고들 하였다.
그러나 성세창 또한 담대하여 이런 소문에 놀라지 않았다.
"두려울 게 뭐냐? 너무 겁을 집어먹고 있으니 더욱 기괴한 일이 일어나는 것이다. 바르고 강한 기운 앞에는 그런 요사스러운 것도 감히 접하지 못하는 법이니라."
문단속을 하는 사람들을 비웃었고, 식구들에게 바르고 강한 기운을 갖기를 권하였다.

그러나 온 식구가 다 그렇게 강하고 담대한 기운을 가질 수는 없었고, 다만 문단속이나 경계가 소홀해졌을 따름이었다.

이런 판에 더욱 기괴한 일이 생기고야 말았다.

보름달이기는 하였으나 검은 구름장에 가려 아주 어두워진 밤이었다.

무심코 변소를 가려던 계집종은 질겁을 하였다. 아무것도 보이는 것은 없었으나 무엇이 앞을 탁 가로막는 듯 걸음이 멈춰졌고 어깨가 짓눌리는 듯하였다. 그 순간, 온몸에 소름이 끼친 계집종은 급히 방으로 뛰어들려 하였으나 그것도 불가능하였다.

"앗!"

계집종은 아차 하는 사이에 땅바닥에 뭉그러지듯 쓰러졌다.

"어이구머니!"

계집종은 고함을 질렀다. 집안 식구들은 잠이 깨어 방문들을 열었다.

계집종은 무엇에 짓눌리는 듯 일어날 수가 없었고 팔다리를 움직일 수도 없었다. 더구나 치맛자락은 제멋대로 걷어 올라갔다.

"사람 살류······."

찢어지는 듯 고함을 쳤으나 다음에는 무엇이 입을 틀어막았는지 고함을 칠 수도 없었다. 식구들은 방문을 조금 열고 고개를 내밀기는 하였으나 겁이 나서 쉽게 뛰어 나오지 못했다.

"뭐야?"

"누구야?"

서성거리기만 하였다.

잠시 구름이 걷히고 달빛이 비치자 기괴한 꼴이 보였다. 계집종이 마당 가운데 쓰러져 있었다. 더구나 아랫도리는 벌거숭이가 되어 허우적거리고 있었다.

"허!"

어처구니없어 혀를 차기는 하였으나 아직도 뛰어나가는 사람은 없었다.

얼마 후에야 하나, 둘, 식구들이 마당으로 내려섰고, 계집종은 지쳐서 식은땀만 흘리고 있었다.

"어이된 일이냐?"

아무리 물어도 계집종은 대답을 못하였다.

사랑채에서 자던 성세창은 늦게야 이 소식을 듣고 계집종을 불렀다.

"누가 너를 잡더냐?"

"아무도 없었사와요."

"흠. 그럼 어찌 땅에 쓰러졌느냐?"

"무엇인가 강한 힘이 소인을 쓰러뜨렸사와요."

"그러고는?"

"……."

계집종은 고개를 푹 수그리고 더 대답을 하지 못하였다. 계집종은 귀신에게 겁탈을 당하고 말았던 것이다.

"쳇, 이런 괴변이 있나!"

성세창은 혀를 끌끌 차고 안타까워하였다.

이 소식은 삽시간에 동리에 퍼졌다. 또 날이 갈수록 계집종의 배는 불러 갔다. 귀신에게 겁탈을 당하여 임신하였다는 것이다.

이런 일은 비단 성세창의 집에서만 일어난 것이 아니라 같은 동리의 몇몇 군데에서 연달아 일어났다.

인심이 흉흉해지고 술렁거렸다.

"무당을 불러다가 굿을 하면 귀신을 쫓을 수 있을 거야."

"아니, 중을 불러다 경을 읽어야만 될 거야."

무당을 불러오는 집도 있고, 중을 불러오는 집도 있었다. 부적을 만들어 집 여기저기에 붙이기도 하였고 심지어는 술사니 도사니 하는 사람들이 불려오기도 하였다. 그러나 아무런 효험도 없었고 귀신의 장난은 여전하였다.

"이런 괴변이 계속된다면 어디로 이사를 가기라도 해야지, 어떻게 산담……."

인심은 더욱 술렁거리기만 하였다.

성세창은 이를 갈았다.

"허, 왜들 이럴까? 모두 당황하여 술렁거리니 귀신은 더욱 날뛸 게 아니냐 말야. 더구나 계집종이 겁탈당한 것이 우리 집이 처음이었다니 이런 망측한 일이 있는가?"

수치를 씻는 방법은 귀신을 쫓는 길밖에 없다고 생각되었다.

성세창은 집 밖에 돗자리를 깔고 서쪽 숲이 있는 곳을 향하여 단정히 앉았다.

"바르고 강한 기운 앞에 어찌 감히 귀신이 접한단 말인가? 내가 대결하여 한번 귀신을 쫓자!"

밤이 깊어지자 성세창은 더욱 정신을 바짝 차리고 눈을 부릅떴다. 눈도 깜박거리지 않고, 귀신과 대결하려는 각오를 단단히 하고 있었다.
 이렇게 몇 시간이 지났으나 귀신은 나타나지 않았다. 종소리가 들려 오지도 않았고 돌이나 불덩이가 날아오지도 않았다.
 "흠!"
 성세창은 긴장이 풀리고 자랑스러운 생각만이 가슴에 가득 찼다.
 "어떠냔 말이다. 바르고 강한 기운 앞에는 음기인 귀신이 접하지 못하느니라."
 성세창은 일어나서 집으로 들어가려고 돌아섰다.
 "어!"
 순간 온몸에 소름이 쫙 끼치더니 큼직한 돌이 바로 발뒤꿈치에 떨어졌다.
 그 후, 점차 귀신의 장난은 없어졌는데 사람들은 말하기를, 성세창이 쫓은 것이라고들 하였다.

≪용천담적기(龍泉談寂記)≫에서

18. 귀신을 쫓고 아내를 얻다

 남이(南怡)는 세조에서 예종에 걸친 시대의 사람이다. 다음은 남이가 젊었을 때의 이야기다. 하루는 한가하게 거리를 거닐고 있다가 문득 발을 멈췄다.
 "허, 이상한 일이로군."

바로 앞에 어느 집 하인인 성싶은 차림의 사나이가 보에 싼 작은 궤를 짊어지고 가고 있었다. 그것만이면 조금도 괴이할 것이 없겠으나, 그 궤 위에는 한 귀신이 걸터앉아 있었다. 귀신은 여자였고, 얼굴에는 뽀얗게 분을 바르고 있었다.

 거리에는 사람들이 많았으나 누구의 눈에도 귀신은 보이지 않는 듯 살펴보는 사람도, 걸음을 멈추는 사람도 없었다.

 "아무튼 이는 심상치 않은 일이로다."

 이렇게 생각한 남이는 그 뒤를 따라갔다. 궤를 짊어진 하인은 이리 꾸부러지고 저리 꾸부러져 한 대가집 안으로 들어갔다. 같이 따라 들어갈 수는 없는 노릇이라 남이는 밖에서 서성거렸다.

 "아무래도 어느 재상의 집인 듯하군. 그런데 그 귀신은 이 집에 들어가서 어쩌려는 것일까?"

 남이는 궁금한 마음에 차마 돌아서지 못하고 얼마를 서성거리기만 하였다.

 집 안에서는 갑자기 수런수런하더니 곡성이 낭자하게 들려 왔다.

 "글쎄, 어째 수상쩍더라니……."

 남이는 귀를 기울이고 동정을 살폈다. 그러던 차에 한 하인이 밖으로 나오는 것을 붙들고 물어 보았다.

 "이 댁에 무슨 일이 생겼나?"

 "이 댁 아가씨가 갑자기 돌아가셨습니다."

 그 말에 남이는 고개를 끄덕이고 한 발 다가섰다.

"허, 그것 참 낭패로다. 그러나 내 짐작이 가는 일이 있으니, 내가 들어가 보면 이 댁 아가씨를 살릴 수 있겠네."

"……."

하인은 말없이 남이를 쳐다보더니 터무니없다는 듯 어깨를 으쓱하였다.

"어서 들어가 그렇게 여쭈어라!"

"참, 별꼴을 다 보겠어."

하인은 투덜거리며 안으로 들어갔으나 소식이 없었다. 남이는 여전히 밖에서 서성거리고 있었다.

안으로 들어간 하인은 엉뚱한 말을 하였다가 꾸중을 들을까 봐 망설이다 남이가 한 말을 전하였다. 이 집에서는 너무나 갑자기 당한 일이었기에 어찌 할 바를 모르다가 살릴 수 있다는 사람이 밖에 있다는 말에 두말 없이 청해 오라고 하였다.

"들어오시랍니다."

하인의 전갈을 듣고 남이는 안으로 들어갔다.

남이는 하인에게 안내되어 안으로 들어갔고, 이 집 아가씨가 죽어 있는 방으로 들어갔다.

보니 아까 거리에서 본 그 여자 귀신이 아가씨의 어깨에 걸터앉아 있었다.

"저런!"

남이는 혀를 찼고, 귀신은 남이를 보자 놀라 방 밖으로 달아났다.

"끙!"

그러자 죽었던 아가씨는 길게 기지개를 켰다. 온 식구

들은 반갑고 기뻐서 물을 마시게 한다, 팔다리를 주무른다, 법석들이었다.
"이렇게 용하신 분인 줄 몰라 뵈었습니다."
"이 은혜를 다 어떻게 갚아야 할지 모르겠습니다."
모두들 남이에게 치사를 하였다. 그러니 남이는 더 앉아 있기 거북하여 방 밖으로 나갔다. 일이 끝났으니 작별을 하고 돌아가려는 것이었다.
"어머나, 이 일을 어째!"
막 남이가 댓돌로 내려서려는데 방 안에서는 또 비명이 들려 왔고, 몇몇 사람이 남이에게로 달려왔다.
"또 절명하였으니 좀 봐주십시오."
남이는 또다시 방으로 들어갔다. 남이가 나가자 귀신은 다시 들어와 아가씨를 깔고 앉아 있었다. 남이가 나타나니 귀신은 도망치고 아가씨는 다시 살아났다.
남이가 나가면 아가씨는 죽고, 남이가 방에 들어서면 살아나고 하는 일이 몇 번 되풀이되었다.
"허, 괴이한 일이야!"
"어쩌면 좋을까?"
모두 어찌할 바를 몰랐다. 남이는 아까 거리에서 보던 일부터 차근차근 설명하였다.
"그 궤 안에는 무엇이 들어 있었습니까?"
"거기에는 홍시가 들어 있었는데 집의 아이가 먼저 하나 집어먹더니 숨이 막혀 쓰러졌지요."
아가씨의 어머니인 듯한 부인이 설명하였다.
남이는 의원을 부르게 하여 먹은 홍시를 토하게 하고

또 여러 가지로 약을 쓰게 하여서 아가씨를 완전히 소생시켰다. 또 한편으로는 귀신을 쫓는 주문을 외우게도 하였다.

이 집은 좌상인 권남(權擥)의 집이었고, 아가씨는 권남의 넷째 딸이었다. 권남은 기이하게 여겨 혼자서 고개를 갸웃거리며 생각했다.

"허, 참 신기도 하지. 아마도 그 사나이와 집의 아이가 천생연분인가 보군……. 그렇기에 이러한 일이 생기지."

권남은 남이를 사위로 삼으려고 작정하였다. 마음이 정해지자 남이의 점을 쳐 보게 하였다.

점쟁이는 이리저리 따지더니 고개를 설레설레 저었다.

"왜? 좋지 않은가?"

권남은 근심스럽게 물었다.

"예. 이 사람은 요절할 팔자입니다."

"흠."

일찍 죽을 운수를 타고 났으니 길하지 않다는 말이었다.

"어니 그뿐입니까. 부귀를 누리기는 하겠으나 죄명을 쓰고 죽을 것이니 더욱 길하지 않습니다."

점쟁이의 말대로라면 이 혼사는 틀린 일이었다.

"그건 그렇고. 어디 이번에는 내 딸자식의 운수를 한번 쳐 보게나."

점쟁이는 남이의 덕으로 죽었다 살아난 아가씨의 운수를 점쳤다.

"허!"

점쟁이는 고개를 설레설레 저었다.

"어떤가?"
"감히 대감께 말씀드리기 송구하옵니다."
"숨길 것이야 있나. 본 대로 말하게나!"
점쟁이는 한동안 입맛만 쩍쩍 다시더니 무겁게 입을 열었다.
"지극히 단명하옵고 또 무자(無子)입니다."
아주 일찍 죽을 것이며 슬하에 소생도 없을 것이라는 말이다.
"그래?"
"하옵고 부귀를 누리기는 하겠으나 화를 당할 팔자는 아니옵니다. 이러한 팔자라면 그 사람을 사위로 맞으셔도 무방할까 합니다."
"허허……. 그래?"
결국 남이는 권남의 사위가 되었고, 그 아가씨는 남이의 아내가 되었다.

그 후 남이는 열일곱에 무과에 급제하였고, 세조의 극진한 사랑을 받았다. 이시애가 반란을 일으켰을 때는 선봉에 서서 크게 싸워 그 공로가 일등으로 기록되었다. 스물여섯에는 벌써 병조판서가 되었으니 그 부귀가 뛰어났었다.

그러나 세조가 돌아가고 예종이 왕위에 오른 뒤에 소인들이 정권을 잡고 백방으로 남이를 모함하였다. 드디어 모반하였다는 누명을 쓰고 스물여덟에 피살되었다.

권남의 딸이며 남이의 아내였던 여인은 이보다 수년 전에 이미 죽었으니 처참한 꼴은 안 보았다. 결국 점쟁이는 앞일을 잘 보고 맞혀 냈던 것이다.

남이가 다른 사람이 못 보는 귀신을 볼 수 있었다는 것도 기이하거니와, 귀신을 쫓은 것으로써 아내를 맞이하였다는 것도 재미있는 일이다.

≪연려실기술(燃藜室記述)≫ 권육6에서

19. 귀신을 쫓은 술사(術士)

황철(黃轍)이라는 술사가 있었다. 귀신을 볼 수 있는 것은 물론이려니와 여러 가지 도술을 부려 사람들을 놀라게 하였다.

황철이 젊었을 때 산 속 절간에 묵은 적이 있었다.

밤은 깊고 조용하였는데 느닷없이 사슴 우는 소리가 들려 왔다. 절 안에 들어와서 우는 듯 아주 가까이에서 들려 왔고 이로 인해 쉽게 잠을 이룰 수가 없었다. 황철은 몇 번이고 혀를 찼으나 중들은 비웃었다.

"사슴이 우는 것을 어쩌겠소. 속 끓이지 말고 주무시기나 하쇼."

"허, 그놈의 소리가 듣기 싫거든……"

"글쎄, 할 수 없지 않소. 정 듣기 싫거든 나가서 쫓고 오구려."

젊은 중들은 서로 쳐다보고 허허 웃었다. 더욱 약이 오른 황철은 중얼중얼 입 속으로 주문을 외더니 중들을 돌아보았다.

"내일 아침에 나가 보구려. 절 문 밖에 사슴이 죽어 넘어져 있으리다."

황철은 돌아누웠다. 그 후로 이상하게 사슴의 우는소리는 멎었고, 중들은 의아하게 여기다가 잠이 들었다.

이튿날 아침에 빗자루를 들고 나갔던 중은 과연 절 문밖에 사슴이 죽어 넘어진 것을 발견하였다.

이것은 어젯밤 우는 소리가 너무 시끄러워서 황철이 도술로써 죽인 것이었다.

황철은 늘 이런 말을 했다.

"서울의 복판에도 귀신이나 도깨비가 득실거리고 있단 말이오. 번화한 거리에서도 이 귀신들은 사람을 두려워하지 않고 갖가지 나쁜 짓을 마음대로 하고 있소. 다만 사람들이 귀신을 볼 수 없기에 미리 피하지 못하고 해를 당하고 있으니 딱한 노릇이오."

이런 말을 들은 사람들은 모두 질겁을 하고 놀랐다.

그래서 혹 귀신에게 씌우거나 집에 기괴한 일이 생기면 황철을 청해 갔다. 그러면 황철은 선선히 나서 주었고 대개는 아무 탈 없게 만들어 주었다.

이래저래 황철은 도술을 부리는 사람이며, 능히 귀신을 볼 수 있다는 소문이 자자하게 퍼졌다.

하루는 좌랑 벼슬을 하는 김의원 집에서 사람이 왔다.

"저희 댁에서 부르십니다."

"그래? 무슨 일이 있는고?"

"저희 댁 나으리의 조카뻘 되시는 어른의 댁에 기괴한 일이 많고 식구들은 까닭 모를 병환들을 앓고 계십니다."

"흠, 가 보세."

황철은 선선히 일어나 심부름 온 사람의 뒤를 따랐다.

김의원의 조카뻘 되는 사람의 집에 이르니 과연 기괴한 일이 일어나고 있었다. 식구들은 모조리 이름 모를 병을 앓고 있는 것이었다. 아무리 약을 써도 낫지 않았고 푸닥거리나 경도 효험이 없다고 하였다.

"뛰어난 도술을 가졌다는 소문을 들은 지는 이미 오래이니 우리를 좀 살려 주오."

"예. 어려울 것 있겠습니까."

황철은 손쉽게 장담하였다.

"도대체 무슨 까닭으로 이런 일이 생기는 것이오?"

"가만히 계십시오."

황철은 고개를 좌우로 돌려 집 안을 훑어보고는 알았노라고 고개를 끄덕였다.

"대단치 않은 일입니다. 댁과 원한을 품은 사람이 있어 사람의 해골을 빻아서 뿌린 것입니다."

"저런!"

집주인은 놀라워하며 피를 췄다.

"그 가루가 온 집 안에 흩어져 거기에 뭇 귀신들이 붙어서 이런 장난을 하고 있는 것입니다."

"허허……. 좀, 어떻게 없애 주시오."

"예, 오늘 밤에 없애 드리죠. 귀신은 음기가 되어서 밤에 발동을 하니 밤에 다스리는 것이 좋습니다. 부적 한 장이면 충분하죠."

"부탁하오."

황철은 사랑채에서 귀한 손님으로 대접을 받았다. 저녁

에 차려져 나온 주안상은 상다리가 부러질 정도였다.

밤이 되자 황철은 부적을 만들어 붙이고 입 속으로 주문을 세 번 외웠다.

얼마 있지 않아 집 안 여기저기에서는 반짝이는 작은 불이 너울너울 춤을 추었다. 그것은 꼭 개똥벌레같이 생긴 것이었다.

"어허!"

바라보고 있던 식구들은 모두 깜짝 놀랐다.

"이 추위에 개똥벌레가 있을 까닭이 없는데?"

"글쎄, 알 수 없는 일이야."

여기저기서 너울너울 춤을 추는 듯하던 불들은 모두 뜰로 모여들었고 담 밑에 이르러 여러 작은 불들은 서로 엉키어 큼직한 하나의 덩이가 되어 툭 떨어졌다.

"기괴한 일······. 어서 불을 가져오너라!"

이 집주인의 분부를 따라서 하인이 불을 켜 들었고 모두들 아까 큰 불이 떨어진 담 밑으로 가서 들여다보았다.

그것은 하나의 해골이었다. 가루가 되어서 집 안 도처에 흩어져 있던 것이 황철의 도술로 한데 모아져 원래의 모습으로 돌아간 것이다.

"자아, 이것을 어디 정결한 곳을 찾아 묻으십시오."

황철의 말에 따라 이 해골을 묻으니 다시는 기괴한 일이 생기지 않았고 식구들의 병도 나았다.

하루는 안효례라는 사람에게서 전갈이 왔다.

"좀 와서 도와 주십시오."

"뭔데?"

"실은 저의 주인의 유모되는 사람이 금년에 칠십이 넘습니다. 그런데 근래에 심한 학질에 걸려 쉽게 낫지를 않습니다. 아무래도 귀신의 조화인 것 같사오니 좀 오셔서 보아 주십시오."

황철은 잠시 말없이 앉았더니 고개를 끄덕였다.

"그대로 돌아가오."

"예?"

"내일이면 신기한 일이 일어날 것이오. 그리고 병 앓는 환자의 꿈에 그 신기한 일이 나타날 것이며, 그 후로는 병이 없어질 것이오."

"그래요?"

심부름 왔던 사람은 알 수 없어서 머뭇머뭇하다가 하는 수 없이 그냥 돌아갔다. 과연 이튿날 낮에 학질을 앓는 노파는 잠시 졸았다.

꿈에 한 여인이 황급히 뛰어와 노파 등뒤에 숨어서 애걸하였다.

"나를 좀 살려 주십시오."

노파는 영문을 몰라서 어리둥절해 하기만 하였다.

"나를 살려 주십시오. 나를 감춰 주세요."

그러자 한 건장하게 생긴 사나이가 나타났다.

"요년, 네가 어디에 숨으려고……."

사나이는 노파의 등뒤에 숨은 여인을 우악스럽게 잡아서 꽁꽁 묶어 가지고 어디론지 사라져 버렸다.

꿈을 깨니 학질은 씻은 듯 다 나아 있었다. 꿈에 보였던 여인은 노파에게 씌워져 낫지 않는 학질을 앓게 하던 귀신이요, 여인을 잡아간 사나이는 황철이라고 하였다.

또 한 번은 황철이 귀신을 잡아 가둔 일이 있었다.

장난이 심한 귀신을 잡아서 작은 상자 속에 가두고 봉하니 바람에 날리는 듯한 소리가 나며 상자가 혼자서 껑충껑충 뛰었다. 이 상자에 돌을 매어 강에 던지니 다시는 그 귀신의 장난이 나타나지 않았다고 한다.

≪어우야담(於干野談)≫ 권1에서

20. 고승(高僧)의 힘

신라 선덕여왕 때의 일이다. 여왕이 무거운 병으로 눕게 되자 흥륜사의 중 법척(法惕)을 불러 경을 읽게 하였다. 그러나 아무런 효험이 없었다.

"아뢰오. 듣자옵건대 밀본(密本) 대사라는 고승이 있어 이름이 높사오니 불러서 한 번 경을 읽게 하여 봄이 좋을 줄로 아뢰오."

신하 중에서 밀본 대사라는 고승을 천거한 사람이 있었다.

"그 이름 널리 떨치오니 법척과 바꾸는 것이 옳을 줄로 아뢰오."

"지당한 줄로 아뢰오."

한 번 밀본 대사의 이름이 나오자 많은 사람이 추천하였다. 그만큼 밀본 대사라는 고승은 신통력이 있다는 소문이 자자하였었다.

"그를 부르게 하오."

여왕의 분부가 내렸고, 밀본 대사는 대궐 안으로 들어

왔다.

 밀본 대사는 여왕이 앓고 있는 방 밖에서 약사경(藥師經)을 읽기 시작하였고, 여러 신하들이 지켜 보고 있었다.
 "휘잉!"
 약사경을 읽기 시작한 지 얼마 되지 않아 요란스러운 소리가 나며 밀본 대사가 가지고 있던 여섯 개의 고리가 공중으로 날아 여왕이 앓고 있는 방으로 들어갔다. 갑자기 비명이 일어나며 늙은 여우와 법척이 데굴데굴 굴러 나왔다.
 각기 가슴에는 고리가 찔려져 있었다.
 "허, 저 늙은 여우가 도섭을 부려서 상감마마를 괴롭히고 있었구나!"
 "법척은 재주도 없으면서 무엄히 상감마마를 구하겠노라고 하여 같은 벌을 받는군. 아무튼 밀본 대사가 고승이기는 허이……."
 모두들 놀라워하며 혀를 내둘렀다. 더욱 놀라운 것은 밀본 대사의 머리 위에는 오색이 찬란한 신광이 비치고 있는 것이었다. 지켜보고 있던 여러 신하들은 자기도 모르는 사이에 꿇어 엎드렸다. 밀본 대사의 신통력은 더욱 소문이 높아졌거니와 뭇 귀신을 다루는 것에 다음과 같은 이야기가 있다. 당시 신라 명문의 아들에 김양도(金良圖)라는 젊은이가 있었다. 어느 날 갑자기 김양도는 혀가 굳어 말을 할 수 없었고 온몸도 돌같이 되어 손가락 하나 움직일 수 없게 되었다. 그러면서도 눈에는 뭇 귀신들이 보이기 시작하였다.

키가 크고 흉악하게 생긴 귀신이 여러 작은 귀신들을 거느리고 나타나 제멋대로 까불고 집 안에 있던 모든 음식을 먹어 버리며 행패를 부리기 시작하였다.

 이렇게 되니 집 안이 발칵 뒤집혔다. 다른 사람들 눈에는 귀신이 보이지 않아 음식이 없어지고 그릇이며 물건들이 흔들흔들 왔다갔다하는 영문을 알 수 없었다. 더구나 귀한 아들이 눈만 끔벅일 뿐 움직이지도 못하고 말도 못하게 되었으니 야단이었다.

"어서 무당을 불러라!"

 김양도의 아버지는 무당을 부르게 하여 굿을 시작하였다.

"히, 이거 뭐야?"

"놀려나 줘라!"

 뭇 귀신들은 무당 좌우에서 춤을 추기도 하였고, 무당의 옷을 끌어당기기도 하였다. 굿도 제대로 벌이지 못하고 무당은 도망치고 말았다.

"허허……. 이거 큰일이다. 스님을 불러다가 경이나 읽어 보자."

 김양도의 아버지는 법류사의 중을 불러왔다. 중은 단정히 앉아서 경을 읽기 시작하였다.

"이건 또 뭐야?"

"히히히히."

 뭇 귀신들은 이번에도 중의 좌우에서 춤을 추며 조금도 거리끼지 않았다. 뭇 귀신들의 두목인 키 큰 귀신은 눈을 부릅뜨고 중을 노려보다가 어깨를 으쓱하고 분부하였다.

"여봐라."

"예."

뭇 귀신들이 대답하였다.

"저건 꼴 보기 싫으니 없애라."

"예."

뭇 귀신 중의 하나가 앞으로 나서며 자그마한 망치로 중의 머리를 쳤다. 경을 읽고 있던 중은 피를 토하고 쓰러져 죽었다.

김양도는 귀신들의 행패가 빤히 보였으나 말할 수 없고 몸을 움직일 수 없어 안타깝기만 하였다. 다른 식구들은 무슨 영문인지를 몰랐고 그저 아연실색할 따름이었다.

"허, 큰일이다. 어쩌면 좋단 말이냐?"

김양도의 아버지는 며칠을 두고 두루 궁리하던 끝에 소문에 들은 밀본 대사를 불러오기로 하였다. 이렇게 되자 뭇 귀신들도 수군거리기 시작하였다.

"밀본을 불러온대……."

"그럼 도망쳐야지."

"그 녀석은 딱 질색이야."

"누가 아니래."

뭇 귀신들은 얼굴에 당황한 빛이 역력하였고 어쩔 줄 몰라 하였다. 그러나 키 큰 귀신은 태연자약하게 뭇 귀신들을 비웃고 꾸짖기만 하였다.

그러던 중 한 귀신이 외쳤다.

"밀본이 온다."

이 말에 뭇 귀신들은 도망칠 곳을 찾느라고 우왕좌왕하였다. 그러나 키 큰 귀신이 고함을 버럭 질렀다.

"이놈들! 밀본이 무서울 게 뭐냐? 그 녀석이 나타나거든 내가 당장 때려 죽일 터이니 걱정 말라."

"……."

뭇 귀신들은 수줌하였나.

"그런 걱정 말고 어서 춤추고 노래나 불러라!"

그제야 뭇 귀신들은 안심한 듯 또 춤추고 놀기 시작하였다.

"암, 우리 두목이 제일이야. 히히히히."

"그래, 그래, 히히히히."

뭇 귀신들은 춤추고 행패를 계속하였다. 그러나 갑자기 사방에 역신(力神)이 무수히 나타났다. 역신들은 말도 안하고 달려들어 뭇 귀신들을 결박하였다.

그렇게 큰 귀신도 움츠러들어 결박을 당하고 말았다.

역신들은 모두 갑옷 투구에 손에는 창과 방패를 들었고, 그 위엄이 늠름하였다. 귀신들을 모조리 결박하더니 역신들은 어디론지 사라져 버렸다. 김양도는 너무나 신기하고 놀라워서 그저 어안이 벙벙해질 따름이었다.

역신들이 귀신들을 잡아 결박하고 사라진 뒤에 이번에는 여러 천신(天神)들이 나타났다. 천신들은 줄줄이 늘어서서 두 손을 마주 잡고 허리를 굽혀 공손한 태도를 취하고 있었다. 그런 지 얼마 있지 않아서 밀본 대사가 나타났다. 천신들은 밀본 대사를 마중하려고 나타난 것이었다.

밀본 대사는 서서히 걸어 들어와 단정히 앉았다. 김양도 쪽을 홀긋 쳐다보고는 들고 왔던 경문책을 펼쳐 놓았다.

"후유……."

밀본 대사가 채 경을 읽기 시작하기도 전에 김양도는 긴 한숨과 함께 입이 트였다.

팔다리도 제대로 움직여졌다.

"대사님!"

김양도는 밀본 대사 앞에 꿇어 엎드려 치사를 하였다.

김양도의 아버지를 비롯하여 온 식구들도 무수히 절을 하고 높은 덕을 찬양하였다.

다른 식구들의 눈에는 아무것도 보이지 않아 몰랐지만 김양도는 깊이 느끼는 바가 있었다.

김양도는 후에 장군이 되어 삼국 통일을 하는 데 큰 공을 세웠거니와 불법을 믿는 마음 또한 지극하고 평생 변하지 않았다.

흥륜사의 미타존상과 좌우의 보살은 김양도가 이룩한 것이라고 한다.

≪삼국유사(三國遺事)≫ 권5에서

21 수령(守令)이 귀신을 다스림

임천(林川) 땅에는 귀신이나 도깨비가 득실거리기로 이름이 나 있었다. 그러기에 고을 사람들은 몹시 두려워하고 또 귀신이나 도깨비를 섬기기조차 하였다.

이 고장에 새로 수령이 되어서 온 사람은 안(安)이란 성을 가진 사람이었다. 안공은 귀신을 볼 수 있다는 소문을 가진 사람이었다.

안공이 처음으로 부임하여 관아에 들어서려고 하니 옆

에 있던 아전들이 질겁을 하고 말렸다.
"들어가시면 안 됩니다."
"허, 수령된 자가 관아에 들어가지 않으면 어쩌란 말이냐?"
"관아에는 귀신이 있어 들어가는 자는 모조리 죽었습니다. 그러기에 다른 집을 장만하고 거처해 왔습니다. 그러니 원님께서도 아예 그곳에 들어가실 생각은 마십시오."
"허, 당치 않은 소리, 어찌 귀신을 두려워하겠느냐!"
안공은 피식 웃고는 서슴지 않고 들어서려 하였다. 아전들은 눈물까지 흘려 보이며 만류하였다.
"큰일 납니다."
"시끄럽다."
결국 안공은 당당히 관아로 들어갔고, 아전들과 하인들은 하는 수 없이 뒤를 따랐다.
그런 지 며칠이 지나지 않은 어느 밤이었다. 하늘엔 먹장 같은 구름이 꽉 끼고 비조차 부슬부슬 내리고 있었다.
안공은 한밤중에 변소에 가게 되었다.
"등촉을 들어라!"
어린 종에게 등을 들려서 앞세우고 가게 되었다. 변소에 가자면 그 중간에 대나무가 빽빽이 들어선 작은 숲이 있었다.
"앗!"
시선을 들어 대나무 숲은 바라보던 안공은 소릴 질렀다. 한 여자가 앉아 있는 것이었다.
위, 아래 통으로 된 붉은 빛의 옷을 입었으며 머리는

풀어 산발을 하고 있었다.

옳거니, 저것이 바로 이제까지 관아에 들어온 원들을 죽인 귀신이로구나 싶어서 안공은 똑바로 노려보았다.

앞에 선 어린 종은 아무것도 보이지 않으므로 터덜터덜 걷고 있었다.

안공은 똑바로 노려보며 서슴지 않고 그 앞에까지 이르렀고 태연하게 지나쳐 변소 쪽으로 갔다.

"휘익!"

안공의 태연하고 야무진 행동에 눌린 귀신은 바람을 일으키며 담을 넘어 도망쳤다. 그 후로 다시는 이 귀신이 안공의 눈에 띄지 않았다.

하루는 안공이 잔치를 벌이고 이웃 고을의 원들과 술을 마시고 있었는데 갑자기 개가 짖기 시작하더니 쉽게 그치지를 않았다. 시끄럽고 파흥이 되어서 잠시 얼굴들을 찌푸렸다.

"여봐라! 저 개가 왜 저렇게 짖느냐? 잡인이 들어오기라도 하였느냐?"

"예, 뜰에 있는 큰 나무를 향하여 개가 짖사온데 쫓아도 가지를 않습니다."

안공의 물음에 한 하인이 대답하였다.

"그래?"

의심쩍게 여긴 안공은 뜰로 내려왔다. 일전 밤에 변소에 가던 길에 본 그 귀신이 또 나타났는가 싶어서였다. 개가 짖는 곳에 이른 안공은 큰 나무를 바라보았다. 한 괴물이 그 나무에 기대 서 있었다. 차마 볼 수 없게 흉물로 생긴, 얼굴이 방석만큼이나 큰 사나이의 꼴이었고, 머리에는 야릇한 관을 쓰고 있었다.

"이놈!"

안공이 눈을 부릅뜨고 노려보니 그 괴물은 점점 모습이 흐려지더니 사라져 버렸고 개도 짖기를 멈췄다.

임천 마을에는 오래 된 우물이 있었는데 그 우물에는 신령이 살고 있다는 것이었다. 그러기에 마을 사람들은 그 우물 앞에 와서 무수히 절을 하고 빌기가 일쑤였다.

"그 우물을 메워라!"

안공은 엄한 명령을 내려 우물을 메우기 시작하였다. 반쯤 메워졌을 때 우물 속에서는 마치 소가 외치는 것 같은 소리가 낭자하게 들리기 시작하였다.

고을 사람들은 기겁을 하고 안공에게 애걸하였다.

"제발 우물을 메우지 마십시오. 이러다가는 큰 재앙이 있을 것입니다."

"모르는 소리. 재앙이라니 말이나 되느냐!"

안공은 고개를 옆으로 저으며 끝끝내 우물을 메우고 말았다. 소가 울부짖는 듯한 소리는 사흘이나 계속되어 들렸고 고을 사람들은 무서움에 떨었으나 다른 일은 일어나지 않았다.

고을 사람들이 귀신이나 도깨비를 섬기기 위해서 세웠던 사당 등속을 안공은 차례로 부수거나 불태우게 하였다. 이러한 안공의 힘으로 임천 고을은 귀신이 들끓는 고장이란 이름을 벗게 되었다.

그 후, 안공은 서원(瑞原) 땅에서 살았다.

거기에는 하늘을 찌를 듯 높은 고목이 있었다. 날이 흐리면 그 나무에서 귀신의 곡성이 들렸고, 밤이면 도깨비불이 번쩍였다. 그러기에 가까이 가는 사람이 없었다.
　귀신이나 도깨비불이나 고목을 두려워할 안공은 아니어서 서슴지 않고 그 앞을 지나다녔다. 하루는 매 사냥을 나가서 매를 놔 주고 그 뒤를 따르니 이 고목에까지 와서 매는 어디로 갔는지 없어지고 말았다. 이웃에 사는 한 젊은이는 담이 크고 힘이 세어 그때 이렇게 장담하였다.
　"그까짓 거 내가 이 나무를 잘라 버릴 것이니 두고 보시오."
　이 젊은이는 도끼를 들고 와서 그 고목을 찍었다. 그러나 고목은 쓰러지지 않았고 젊은이는 미쳐 버렸다.
　미친 젊은이는 이리 뛰고 저리 뛰고, 발광을 하였고 누구도 그 힘을 당해 낼 수 없었다. 고목에 있던 귀신이 젊은이에게로 씌워졌다는 것이다.
　이 소문을 듣고 안공이 달려왔다.
　"무고한 사람에게 씌워져 괴롭히니 그냥 내버려 둘 수는 없다."
　안공은 젊은이의 집 밖에 이르러 꾸짖었다.
　"어서 나오너라!"
　젊은이는 집 안에 숨어서 벌벌 떨었다.
　"그 녀석을 잡아 오시오."
　동리 사람들이 달려들어 젊은이의 머리를 잡고 안공 앞으로 끌어내었다. 안공과 젊은이의 수작이 아니라, 안공과 젊은이에게 씌워진 귀신과의 대결이었다.

"이놈!"
"살려 주십쇼."
"듣거라. 너는 감히 내가 지나가도 꿇어 엎드려 인사를 하지도 않았고, 또 내가 사냥한 매를 감추었다. 이제 이웃에 사는 젊은이를 이 지경으로 만들었으니 더 두고 볼 수 없다."
"제발 살려 주십시오."
안공은 복숭아나무에서 동쪽으로 뻗은 가지를 잘라 오게 하였다. 그것을 대충 깎아 칼 모양을 만들어서 높이 쳐들었다.
"이놈!"
"어이쿠, 나 죽는다."
그 복숭아 가지로 안공이 젊은이의 목을 치는 시늉을 하니 젊은이는 데굴데굴 구르며 비명을 질렀고, 죽는 시늉을 하였다. 그러다가 아주 정신을 잃고 까무러치고야 말았다. 젊은이는 정신을 잃은 지 사흘 만에 겨우 정신이 들었고 다시는 미친 짓을 하지 않게 되었다. 젊은이에게 씌워졌던 귀신이 떨어졌기 때문이다. 아울러 고목에서 들리던 귀신의 곡성이나, 밤마다 보이던 도깨비불도 없어지게 되었다.
이백 년이나 묵었던 귀신은 안공이 내리친 복숭아나무 가지로 만든 칼에 목이 떨어져 죽었기 때문이라고 하였다.

≪용제총화(慵齊叢話)≫ 권3에서

22. 조상이 귀신을 쫓다

선조 때 사람으로서 원사용(元士容), 원사안(元士安) 형제가 있었다. 원사용은 벼슬이 군수에 이르렀고, 원사안의 벼슬은 사성에 이르는 집안이었다. 원사용의 아내 남씨는 병을 얻어 일찍 죽었고 남씨의 동생은 아직 나이가 어려 출가 전이었다.

하루는 이 어린 남씨가 홀연히 원씨 집에 나타났다. 원씨 집안에서는 있음직하지 않은 일이라 모두들 눈이 둥그래졌거니와, 그 하는 말에 더욱 놀랐다.

"빨래는 다했느냐? 뒤뜰은 어째 쓸지 않았누?"

방 안에서 원사용의 누이가 뛰어나왔다. 사돈 처녀라 감히 남자들이 나서기는 어려웠기 때문이었다.

"아가씨, 왜 그렇게 놀라우?"

"……."

"어서 들어가서 놓던 수나 마저 놉시다."

"……."

그 말하는 투가 꼭 죽은 남씨와 같아서 어안이 벙벙하였다.

그러나 어린 남씨는 태연히 그의 언니였던 죽은 남씨가 있던 방으로 들어갔다. 하는 일, 하는 말이 모조리 죽은 남씨와 똑같았고, 스스로도 이 집 맏며느리 행세를 하는 것이었다.

원씨 집안은 발칵 뒤집혀 공론이 구구하였다.

"이거 심상치 않은 일이로군."

"죽은 사람의 혼이 그 동생에게 씌워진 것일까?"

약을 쓰고 백방으로 수단을 강구하였으나 어린 남씨의 증세에는 변함이 없었다. 이렇게 날이 가고 달이 갔다.

"죽은 사람의 혼이 씌워졌다면 이렇게까지 우리를 못 살게 굴지는 않을 게 아닌가? 이는 필시 못된 귀신이 있어 장난을 하여 우리 두 집안을 모조리 괴롭히려고 하는 것이다. 그러니 잠시 피하자."

이렇게 상의가 되어 원씨 집안은 온 가족이 원주로 이사를 갔다. 원주에는 원씨 집안의 본가가 있었으니, 상서롭지 않은 일이 일어난 집을 잠시 떠나고 또 귀신의 장난을 피하려는 생각에서였다.

이 길에는 어린 남씨도 데리고 갔다. 워낙 일 년 가까이나 이 집안의 맏며느리 행세를 해 왔고 또 병도 고쳐 줄 생각에서였다.

원주로 가서 숨을 돌리기도 전에 어린 남씨의 괴상한 발작은 여전히 계속되었다. 어린 남씨에게 씌워졌던 귀신이 그대로 따라왔기 때문이었다. 모두 낙담이 되어 이제는 도리를 강구할 힘들도 없어졌다. 더구나 어린 남씨에게 덮어씌워진 귀신은 간간이 밖으로 나돌아 다니기까지 했다.

이 귀신이 밖으로 나갔을 때는 어린 남씨는 제 정신이 돌아왔고, 귀신이 집 안으로 들어오면 어린 남씨는 또 원씨 집안의 맏며느리 행세를 하는 발작을 일으키곤 하였다.

어느 날 역시 귀신이 밖으로 나간 사이에 머리와 수염이 희고 풍채가 당당한 사람이 쑥 들어섰다.

"아무도 없느냐?"

원사용, 원사안 형제는 어느 귀한 손인가 하고 나와 보았다.

"나는 이 집안 선조다. 내 후손이 귀신에게 괴롭힘을 받는다기에 구해 주려고 왔다."

형제는 어쩔 줄을 몰라 하였다.

"원주와 여주 사이에 양만(兩灣)이라는 강이 있는데 그 강으로 수십 보 들어가면 보랏빛 돌이 있느니라. 넓이는 한 치쯤 되고 길이가 서너 치 될 것이니 그것을 네가 가서 가져오너라."

선조는 원사안을 가리켰고, 원사안이 그 강에 갔더니 과연 그런 돌이 많이 있었다. 이것을 가져다 바치니 선조는 이모저모로 살펴본 다음 고개를 저었다.

"허허, 모두 가짜다. 다시 한 번 가 보아라."

원사안은 다시 가서 두루 찾아 역시 그런 돌 수십 개를 주워 왔다. 선조는 그 중에서 하나를 골라 내주었다.

"이것은 경귀석(警鬼石)이라는 돌로 용왕의 문갑 위에 놓여 있던 것이다. 자웅 한 쌍으로 되어 있는 것이고 근자에 용왕이 나간 사이에 놀러 나왔던 것이다. 아마 먼젓번에 갔을 때 찾아왔더라면 자웅을 모조리 얻을 뻔하였는데 하나만 얻었으니 아깝게 되었다. 이 돌은 영특한 힘을 가진 것으로 뭇 귀신이 감히 가까이 하지 못하느니라. 그러니 이 돌을 옷에 차고 있고, 누가 빌려 달라더라도 주지 말아라."

"예."

말을 마치자 선조의 자태는 홀연히 사라져 버렸다. 원사용, 원사안 형제는 허리를 굽히고 망연히 서 있었다. 그러나 가르쳐 준 대로 이 돌을 끈으로 매어 원사용이 몸에 지니고 있기로 하였다.

 이날 어린 남씨는 내내 발작을 일으키지 않았다. 그 이튿날도 역시 무사하였다. 경귀석의 덕분으로 이제까지 괴롭히던 귀신은 다시 돌아오지 못한 모양이었다.

 "후유!"

 원씨 집안에서는 비로소 긴 한숨을 몰아 쉬었고 어린 남씨도 정상적인 사람이 되었다.

 그 후, 원씨 집안은 다시 서울로 돌아와서 살게 되었다. 경귀석의 효험과 그 신기한 이야기는 자자하게 퍼져 모르는 사람이 없었다.

 하루는 어느 양반 집에서 일부러 찾아온 사람이 있었다.

 "이렇게 찾아뵌 것은, 어려운 청을 하나 드릴까 해서입니다."

 "무엇입니까?"

 "댁에 있는 경귀석을 잠시 빌려 주실 수 없겠습니까? 댁의 보물을 빌려 달라는 것은 예가 아니오나 부득이하게 간청을 드리러 온 것입니다."

 "······."

 원사안은 묵묵히 고개만 저었다. 그때 선조가 말하기를 누가 빌려 달라더라도 주지 말라던 말이 생각났기 때문이었다.

 "간청하겠습니다. 실은 집안에 귀신에 씌운 사람이 있

는데 백약이 무효하더군요. 사람 하나 살리시는 셈 치시고……."

"허!"

원사안은 역시 묵묵하였다. 선조의 말을 따르자면 거절하여야겠으나 고생해 본 경험이 있는 터라 모르는 척하고만 있을 수도 없었다.

결국 원사안은 경귀석을 빌려 주었고 경귀석을 빌려 간 사람은 그 돌의 덕으로 효험을 보았다. 이렇게 되니 이집 저집에서 경귀석을 빌려 달라는 사람이 많았고 자연 경귀석을 다루는 데도 소홀해졌다.

원씨 집에서는 경귀석을 끈에 매어 벽에 걸어 두고 있었다. 그러던 것이 어느 날 보이지 않게 되었다.

"가보를 잃었다."

"야단 났어. 어디 갔을까?"

아무리 찾아도 경귀석은 보이지 않았고 집 안을 다 뒤져도 소용이 없었다. 모두들 낙심하였고 그런 지 얼마 지나서 이 경귀석을 술 단지 속에서 찾게 되었다.

"경귀석이 걸려 있던 밑에 술 단지가 있었는데 어쩌다 떨어져 그 속에 **빠졌었나** 보군."

"아무튼 다시 찾았으니 십분 다행한 일이야."

식구들은 서로서로 기뻐하였고 경귀석을 잘 닦아서 이번에는 아주 소중하게 간직하였다. 다시 잃어버리는 소동을 벌이지 않으려고 비단에 싸서 장롱 깊이 넣어 두었다.

그러나 그 후로 경귀석은 귀신 쫓는 힘을 나타내지 못하였다. 술 단지에 **빠졌었기** 때문에 영특한 힘을 잃고 말았던 것이다. 원씨 집안이 아끼던 가보를 손실한 것은 물론, 세상이 다 이를 아까워하였다.

≪어우야담(於干野談)≫ 권1에서

Ⅲ 예언(豫言)

23. 길흉(吉凶)을 점치는 귀신

양주 땅에 사는 정씨 집안이 있었다.

이 집에는 귀신이 어린 계집종에게 씌워서 여러 가지 말을 하였다.

화와 복과 길하고 흉한 것을 말하되 일일이 들어맞았고, 어디 감춰진 물건도 그곳을 알아내었다. 이래서 집안 식구들은 모두 두려워하고 믿었다.

그 목소리는 늙은 꾀꼬리 같았고 낮에는 공중으로 떠돌아다녔으며 밤에는 대들보 위에 머물렀다.

무엇이나 물으면 들어맞기에 이웃에서 답답한 일이 있으면 물으러 오기를 잘하였다.

한 번은 이웃집에 사는 여주인이 계집종을 데리고 온 적이 있었다. 여주인의 값진 비녀가 없어졌고 이것을 꼭 계집종의 소행이라고 여겨 무수히 때렸다.

"아씨, 전 모르는 일이에요. 정말이에요."

"요년! 모르긴! 네 짓이 아니면 누구의 짓이란 말이냐?"

이렇게 되어 결국 정씨 집을 찾아왔던 것이다.

"비녀가 어디에 있나 가르쳐 주십시오. 감춘 것이 요년이라는 것은 뻔한 노릇이지만 있는 곳이나 가르쳐 주십시오."

여주인은 몇 번이고 이렇게 당부하였으나 귀신의 목소리는 얼마 만에야 마지못한 듯 대답하였다.
"내 벌써 있는 곳을 알기는 하노라. 그러나 차마 입으로 밀릴 수 없으니 어찌 하리요."
"왜요?"
"만일 내가 말한다면 그대가 오죽 창피스럽겠느냐."
이 말에 여주인은 어이없는 듯 피식 웃고 다시 비녀 있는 곳을 가르쳐 달라고 간청하였다. 그러나 귀신은 끝내 대답이 없었고, 드디어 여주인은 노발대발하였다.
"흥, 모르니까 대답을 못하지, 알면 왜 말을 못해, 뭐든지 알아맞힌다더니 다 헛소리군."
"알기는 알지만……. 그대를 생각해서 말을 못한다니까……."
"핑계가 좋지!"
도둑의 누명을 쓴 계집종은 두 손을 마주 대고 싹싹 빌면서 간청하였다.
"신령님, 비나이다. 제발 비녀가 있는 곳을 가르쳐 주소서. 그래서 불쌍한 이 몸의 허물을 벗겨 주소서."
이쯤 되고 보니 더 버틸 수도 없어서 귀신의 목소리는 천천히 말을 시작하였다.
"그럼, 내 가르쳐 줄 터이니 자세히 들으라."
여주인과 계집종은 한결같이 귀를 기울였다.
"일전에 그대는 이웃에 사는 아무개와 더불어 남의 눈을 피해 가며 닥나무 밭에 들어간 일이 있지? 그때 머리가 나뭇가지에 걸리는 바람에 비녀가 빠져서 아직도 그 곳에 있느니라. 자, 말하기가 얼마나 수월한 지 알았는가?"

이 말이 떨어지자 여주인은 갑자기 얼굴이 붉어졌다. 실은 이웃에 사는 자와 은근히 정을 통하고 있었고, 그 날도 같이 닥나무 밭에 가서 시시덕거리고 정을 통하였던 것이다.

도둑의 누명을 썼던 계집종은 좋아라고 날뛰었고 옆에 앉았던 동리 사람들은 우르르 몰려 닥나무 밭으로 갔다. 말썽을 일으켰던 문제의 비녀는 그곳에 있었다.

"어쩌면!"

"용하기는 하군."

모두들 이렇게 수군거렸으니 여주인의 꼴은 더욱 말이 아니었다. 이제까지 남의 눈을 피해 오던 은근한 정사가 여지없이 폭로되었기 때문이었다.

하루는 정씨 집에서 물건이 없어진 일이 있었다.

"어디에 갔으며, 누구의 소행인지 아십니까?"

이렇게 물으니 귀신의 목소리는 서슴지 않았다.

"이는 하인 돌쇠의 소행이며 엉뚱하게 도둑질할 생각을 하였기 때문이다."

이 말이 떨어지자 지목을 받은 하인 돌쇠는 낯빛이 달라지며 외쳤다.

"저, 저런! 생사람을 잡으려고 하는군그래."

"틀림이 없노라!"

돌쇠는 귀신이 씌워 있는 계집종에게 달려들어 행패를 부리려고 하였다.

"어디의 귀신이 함부로 이 댁에 와서 이 지랄이냐?"

돌쇠는 주먹을 불끈 쥐고 덤벼들려고 하였으나 '칵'소리를 지르며 그 자리에 쓰러졌다.

"이게 웬일이냐?"

"관격을 일으켰나?"

모두들 당황하여 술렁거렸고 한동안이 지나서야 돌쇠는 겨우 제정신이 들어 숨을 길게 쉬었다.

"웬일인가?"

"후유."

"왜 그래?"

"내가 달려들려고 하니까, 난데없이 수염이 긴 사나이가 내 머리를 때리지 않겠어? 그래서 정신이 아찔해 쓰러졌었지."

이 말에 모두는 서로 돌아보고 눈이 휘둥그래졌다. 아무도 그런 사나이를 본 사람은 없었다. 그러기에 더욱 두려움에 오싹 소름이 끼쳤다.

돌쇠는 보았고 맞기까지 하였는데 다른 사람의 눈에는 보이지 않았다는 것이 기이하였다. 그리고 여태까지는 다만 목소리만 들릴 뿐이었던 귀신이 그 정체를 나타낸 것이라고 여겨졌다.

집안에서는 아무 해도 끼치지 않았기에 그저 그러려니 여겨 오던 식구들도 이 일이 있은 후로는 두려워하고 싫어하기 시작하였다.

이 정씨 집안에 높은 벼슬을 한 정공이라는 사람이 있었다. 평시에 정공이 나타나면 귀신은 자취를 감추는 듯 그 목소리가 들리지 않았다. 그리고 정공이 밖으로 나가면 다시 귀신의 목소리가 들리곤 하였다.

 그래서 식구들은 의논해 정공에게 당부하여 귀신을 쫓아 달라고 하였다.
 "잘 아시겠지만, 이제는 지긋지긋합니다. 어떻게 좀 쫓아 주십시오."
 "흠!"
 "공께서 이 집 안에 들어오시면 그 변은 없어지고, 공께서 나가시면 또 그러한 일이 있으니 공에게는 아마도 귀신을 쫓는 힘이 있으리라고 믿습니다만……."
 정공은 온 식구들의 간곡한 당부를 받고 귀신이 씌워져 있는 계집종 앞으로 갔다. 계집종은 허탈한 듯 앉아 있었고, 귀신의 목소리는 들리지 않았다.
 "듣거라. 너는 나를 싫어하는 성싶구나. 그러나 오늘은 내가 너에게 할 말이 있으니 피하지 말고 다시 집 안으로 들어오너라!"
 정공이 섬찍하게 말하자 얼마 안 있어 공중에서 귀신의 목소리가 들려 왔다.
 "무슨 일입니까?"
 "허, 왔느냐. 내 너에게 할 말이 있다. 자고로 사람과 귀신은 각기 그 있는 곳이 다른 법이니라. 그러하거늘 너는 어이하여 이 집에 이다지도 오래 머무르고 있느냐? 썩 어디로든 물러가거라!"
 "그러나 나는 이 집에 온 지 벌써 오랜 세월이 지났고, 또 그 동안에 이 집의 복을 더하게 해 주었죠. 한 번도 재앙을 내리거나 하지는 않았는데 물러가라니 너무 하시는군요."

귀신의 목소리는 애원하였으나 정공은 듣지 않았다.

"허허, 그게 무슨 소린고? 그렇다면 꼭 재앙을 내려야 한다는 말이 아닌가. 어서 물러가거라!"

"정 그러시다면 물러가죠."

연후에 귀신의 목소리는 크게 통곡하고 없어져 버렸고 이후로 다시 정씨 집안에서 귀신의 목소리는 들리지 않았다고 한다.

공중에서 목소리가 나고 흔히 무당에게 씌워서 길흉을 말하는 것을 태자 귀신이라 부른다고 한다.

≪용제총화(慵齊叢話)≫ 권3에서

24. 죽을 시기의 예언

선조 때 김치(金緻)라는 사람이 있었다. 안동 사람으로 벼슬이 감사에까지 이르렀다.

젊었을 때 중국에 간 일이 있어, 그곳에서 이름 난 점쟁이를 찾은 일이 있었다.

"내 운수가 어떠하겠소?"

점쟁이는 이리저리 점을 치더니 고개를 끄덕였다. 김치로서는 넓은 중국 땅의 점쟁이를 대한 터라 다소 긴장이 되어서 기다리고 있었으나, 점쟁이는 대수롭지 않게 종이에 두 줄의 글을 적어서 보여 주었다.

"이것이오."

"어!"

받아 보니 이렇게 적혀 있었다.

花山騎牛客
頭戴一枝花

"화산 기우객 두대 일지화? 꽃핀 산중에 소를 탄 나그네요, 머리에 한 송이 꽃을 이었도다?"

그러나 그것이 무엇을 가리키는 말인지 도무지 이해할 수가 없었다.

"이것이 나의 운수란 말이오?"

"그렇소."

"무슨 뜻인지 도무지 모르겠소이다."

"알 날이 올 것이오."

김치는 도무지 석연치 않았다. 짐작이 가지 않는 말이기 때문이었다.

"알기 쉽게 가르쳐 주어야지, 이대로는 이해가 되지 않는군요."

"알 날이 올 것이오."

점쟁이는 더 말을 하려고 들지 않았다. 김치는 의아하였으나 그대로 물러나는 도리밖에 없었다.

본국으로 돌아와서도 늘 그 글귀의 뜻을 알아내고자 무척 노력하였으나 도무지 해독 할 수가 없었다.

"아는 척하지만 알기는 무엇을 안담. 그저 어리벙벙한 글을 써 주어서 그 자리를 넘겼을 따름이겠지."

이렇게 생각한 김치는 그 점쟁이를 낮추어 보기까지 하였다. 그런데도 왠지 이 글귀가 머리에서 떠나지를 않았다.

"고얀 일, 내가 공연히 속아서……."

그 후에 김치는 안동부사가 되었다. 안동부사로 있을 때, 심한 학질을 앓았다. 약을 여러 가지 먹고 또 여러 날 누워 있은 나음에야 겨우 움직일 수 있었다.

"어이구, 혼났군."

그러나 그 후 얼마 되지 않아서 또 학질을 앓았다.

"어, 번번이……."

이번에도 또 무진 고생을 하고서야 겨우 나았다. 그런 뒤에는 걸핏하면 학질을 앓아서 아주 버릇이 되었다.

"이렇게 여러 번 학질을 앓는다는 것은 아무래도 예삿일이 아니야."

김치 자신도 이렇게 생각하였거니와 옆에서도 여러 가지로 권하였다. 즉 무슨 약을 쓰면 좋다느니, 점을 치라느니, 또는 무슨 비방을 하라느니…….

그런 것을 일일이 믿는 것은 아니었으나 너무 여러 번 학질을 앓는데 진력이 나서, 좋다는 것은 골고루 하여 보았다. 그러나 역시 아무 효과 없이 계속 학질을 앓았다.

그런 차에 하루는 이렇게 권하는 사람이 있었다.

"학질을 떼는 데에 아주 좋은 방법이 있습니다."

"뭔데?"

이제는 아주 진력이 나서 김치는 탐탁하게 듣지도 않았다.

"다름이 아니고, 소를 타고 다니면 학질은 떨어진다고들 합니다."

"허, 그게 무슨 소리……."

김치는 어이없어서 피식 웃었다.

"웃을 일이 아닙니다. 흔히 소를 타면 학질이 떨어진다고 하여, 그러는 수가 많습니다. 백성들 사이에 떠도는 말이기는 하나, 누가 압니까? 혹 효험이 있을지도 모르는 노릇이니, 한 번 시험하여 보십시오."

"허허……."

소를 타고 다니면 학질이 떨어진다고들 하는 풍습이 있다는 말은, 김치도 전부터 들어오기는 한 말이었다.

"그렇게 해 보세요."

"그럴까?"

김치는 반은 농으로 대답하였다. 그러나 그 후에 소를 타고 이 고을 저 고을로 구경을 다녀 보았다. 소를 타고 다니는 것이 말을 타고 다니는 것보다는 풍류로 여겨졌기 때문이었다. 또한 너무나 학질에 시달렸기 때문에 혹시나 하는 요행을 바라는 마음도 없지 않았다. 더구나 마침 봄철이어서 산에는 꽃이 만발하였고 한가한 구경거리로는 그럴 듯하였다.

"허허……. 산이 온통 꽃으로 덮였구나. 이렇게 소를 타고 다니며 꽃구경하는 것도 그럴 듯하다."

김치는 소를 타고 시를 읊조리며 거드럭거렸다.

그러나 소를 타 보아도 소용이 없었다. 김치는 또 심한 학질에 걸려 어느 고을에서 쓰러지고 말았다. 구경을 다닌다는 흥취는 어디로 사라지고 앓는 몸이 되었다.

이 고을의 원님은 약을 달여 주었고, 기생들을 시켜서 정성으로 구완하여 주었다.

그러던 어느 날 김치는 끙끙 앓다가 이마가 선뜻하여

눈을 떴다. 한 기생이 쪼그리고 앉아서 이마를 짚어 보고 있는 것이었다. 옆에는 약사발도 놓여 있었다.

"좀, 어떠하시옵니까?"

김치는 몽롱한 눈을 띠서 머리맡에 쪼그리고 앉은 기생을 쳐다보았다. 갸름한 얼굴에 수심을 띠고 지켜 보는 모습이 한 폭의 그림같이 아름다웠다. 이마까지 짚어 보는 품이 오래 정이 들은 터이기나 한 듯 객지에서 앓고 있다는 사실을 잠시나마 잊게 하였다.

"허, 고생을 많이 시키는구나."

"원 별말씀을 다하십니다."

그 음성도 부드러웠다.

"네 나이가 몇이냐?"

"예. 스물하나이옵니다."

"그래……"

김치는 또 한동안 기생을 쳐다보았다. 이렇게 젊고 아름다운 기생의 병구완을 받으면 쉽게 일어날 수 있을 것만 같았다.

'일어나거든 이 기생에게 치사를 단단히 하여야지. 옳지, 이곳 원에게 청을 넣어서 아주 데리고 갈까……. 소를 타면 학질이 낫는다더니 다 헛말이었군. 아냐, 너무 흥에 겨워서 지나치게 무리를 하고 다녔기 때문이었을게다.'

김치는 이런 생각을 하며 여전히 기생을 쳐다보았다.

"약을 드시겠습니까?"

"아니!"

김치는 고개를 저어 보였다. 그까짓 것보다는 기생이

옆에 앉아 있는 것이 더 약이 되겠다 싶었던 것이다.
"네 이름이 무엇이냐?"
"일지화입니다."
"일지화?"
김치는 정신이 번쩍 들어서 눈을 크게 떴다.
"예. 한 가지 꽃이라는 뜻이옵니다."
기생은 김치가 잘 알아듣지 못한 줄로만 알고 이렇게 덧붙였다.
"허!"
김치는 기가 꽉 막혀서 두 눈을 굳게 감았다. 언젠가 중국 땅에서 점쟁이가 써 보여 주던 글귀가 생각난 것이다.
"화산 기우객 두대 일지화."
과연 자기는 소를 타고 경계 구경을 다니겠다고 나섰으니 꽃동산에 소를 탄 나그네였다. 지금 또 일지화라는 이름의 기생이 머리맡에 앉아서 이마를 짚어 보고 있으니 말하자면 머리에 한 가지 꽃을 인 것이나 다를 바가 없다.
"후유……. 언젠가 알 날이 올 것이라고 하더니……. 그 글귀는 결국 내 죽을 날을 미리 가르쳐 준 것이었구나."
김치는 길게 한숨을 쉬었고 이마에는 식은땀이 배어 나왔다.
김치는 너무나 신기하고 어이가 없어 벌어진 입을 다물지 못했다. 그런지 얼마 후에 김치는 숨을 거두었다.

《독좌문견일기(獨坐聞見日記)》에서

25. 귀신과 장님

 이항복(李恒福)은 어렸을 때 이웃에 사는 재상집에 자주 드나들었다. 재상의 아들이 이항복과 막역하게 지내는 동무이기 때문이었다.
 하루는 재상의 아들이 중한 병에 걸려 자리에 눕게 되었다. 여러 가지 약을 썼으나 소용이 없었고, 중을 불러다 경을 읽히고 무당을 불러다 푸닥거리도 하였으나 다 소용이 없었다.
 그러던 중 명성이 자자한 장님 점쟁이를 불러다 물어보게 되었다. 장님은 산통을 흔들어 점을 쳐보고 육갑을 짚어 보고 하더니 길게 한숨을 쉬었다. 재상은 몸이 달아 다급하게 물었다.
 "이 병이 무슨 연고로 시작된 것이며, 장차 어찌 되겠소?"
 "후유……."
 "속시원하게 말이나 하구려."
 장님은 한동안 머뭇거리더니 마지못해서 입을 열었다.
 "금년을 넘기지 못할 것입니다."
 "뭐? 그래, 무슨 수가 없겠는가?"
 "있기는 꼭 한 가지 있습니다만."
 "그게 무엇이란 말인가?"
 재상은 장님의 손을 덥석 잡고 애걸하다시피 하였으나 장님은 쉽게 입을 열지 않았다.
 "죽을 사람을 살린다는 것이 얼마나 갸륵한 일인데 머뭇거리는가?"

"그것을 모르는 바 아니오나……."

장님은 입맛을 쩍쩍 다시기만 하였고 재상은 더욱 몸이 달았다.

"내 아들을 살리기만 한다면 무슨 보답이라도 할 것이니 어서 말하게나."

"이 일이 어려운 것은 아닙니다만……. 댁의 아드님은 까닭이 있어 귀신의 노리는 바가 되었사옵고, 소인이 피하는 방법을 말한다면 소인의 목숨은 없어지고 말 것입니다."

"어허, 그건 또 왜?"

"그 귀신은 소인이 입을 놀려 제 뜻을 이루지 못한 것을 짐작할 것이며, 그러면 그 재앙이 어디로 가겠습니까?"

"흠!"

아들을 살리자면 장님이 죽을 것이라는 말에 재상은 팔짱을 끼고 신음하였다. 아무리 다급한 터이기는 하였으나, 너는 죽더라도 내 아들만 살려 놓으라고 하기는 어려웠기 때문이었다.

장님은 주섬주섬 산통 등 늘어놓았던 것을 챙기기 시작하였다. 더 어려운 간청이 나오기 전에 어서 돌아가려는 생각에서였다.

장님이 막 일어서려는데 화닥닥 미닫이가 열리더니 한 여인이 뛰어들어와 장님의 멱살을 잡았다. 손에는 시퍼런 단도가 들려져 있었으니 바로 환자의 부인이 되는 여인이었다.

"이놈!"

환자의 부인은 단도로 장님의 목을 겨누며 호령을 하였

다. 너무나 뜻밖의 일이라 재상은 그저 멍청히 바라보기만 하였다.

"내 미닫이 밖에서 다 들었다. 듣자 하니 너는 사람을 구하는 도리를 알고 있으면서도 입을 봉하고 있으니 괘씸하다. 네가 비록 장님이기는 하나 내 손에 쥐어진 이 칼을 짐작할 것이다."

환자의 부인은 버럭버럭 호령을 하였고 장님은 부들부들 떨었다.

"자, 이 칼로 너 죽고 나 죽자. 너는 병자가 죽음을 면하는 도리를 알면서도 구하려고 하지 않으니 내 손에 죽어 마땅하다. 또 나는 지아비를 잃게 되었고 사람마저 죽이게 되었으니 마땅히 죽어야 할 것이다. 나는 이 칼로 너를 죽이고 스스로 자결하고자 한다."

"자, 잠깐만……."

장님은 얼굴이 흙빛이 되어 부들부들 떨면서 먼눈을 끔벅거렸다.

"무슨 할 말이 있단 말이냐?"

"결국 소인은 이래도 죽고 저래도 죽게 되었으니 죽기는 마찬가지 일. 말 안 한다면 소인도 죽고 댁의 바깥어른도 돌아가실 것이요, 말한다면 소인만 죽고 댁의 바깥어른은 살 것이니 두 목숨 죽느니보다는 한 목숨 죽는 것이 나을 것입니다."

"그래서?"

그러나 환자의 부인은 여전히 장님의 멱살을 잡은 채 놓지 않았다.

"다름이 아니라 댁의 바깥어른을 이항복 도련님과 같이 계시게 하시면 액운을 면할 수 있을 것입니다. 댁의 바깥어른을 노리고 있는 귀신은 감히 이항복 도련님을 노리지는 못할 것이니 이 길이 피할 수 있는 길입니다."

 말을 마치자 장님은 이마에 식은땀을 흘리며 기진해서 쓰러졌다. 환자의 부인도 허탈해져서 단도를 놓고 거센 숨결을 몰아 쉬었다.

 지아비를 구하고자 하는 생각에 눈이 뒤집혀 뛰어들어 호통을 치기는 하였으나 막상 듣고 나니 온몸의 기운이 빠져 버린 것이다.

 그 후 재상은 이항복의 집에 찾아가 사정 이야기를 하였다.

"그것 쉬운 일입니다."

 이항복은 선선히 대답하였다. 병자와는 막역한 동무요, 또한 담대하고 겁이 없는 터라 귀신이니 뭐니 하는 이야기를 조금도 겁내지 않았기 때문이었다.

"고마운 일……."

 재상은 진심으로 고개를 숙였다.

 이 날부터 이항복은 병자와 같은 방에서 지내게 되었다. 낮에는 물론이려니와 밤에도 나란히 누워서 자게 되었다.

 이렇게 여러 날을 지내다가 드디어 장님이 말하던 위험하다던 그 날이 되었다. 온 식구들은 모두 잠을 이루지 못하고 조마조마 하였다. 밤, 삼경이 되자 갑자기 음산한 바람이 불기 시작하였다.

"휘잉."

음산한 바람은 미닫이 사이로 방 안에 불어 들었고 등잔은 깜박깜박 금새라도 꺼질 것만 같았다.
 그러더니 방 한 귀퉁이에 칼을 든 귀신이 나타났다. 눈은 불을 뿜는 듯하였고 입은 귀까지 찢어섰으며 손에 든 칼은 등잔불 밑에서 푸른 기운을 뿜고 있었다.
 귀신은 금새라도 병자에게 달려들 듯하더니, 옆에 이항복이 있는 것을 보자 머뭇거렸다.
 "여보시오. 좀 비키시오."
 그러나 담대한 이항복은 요동을 하지 않고 빤히 귀신을 마주 쳐다보았다. 귀신은 열에 떠서 누워 있는 병자를 칼 끝으로 가리키며 말하였다.
 "나는 저자와 전생에 큰 원수가 되는 터요. 그래서 지금 죽이러 온 것이니 저자를 나에게 내어 주시오. 만일 듣지 않는다면 당신까지 함께 죽이겠소."
 "생각대로 하구려."
 그러나 이항복은 겁내지 않고 병자 옆을 떠나지 않았다.
 귀신은 어쩔 도리가 없어 서성거렸고 그러는 사이에 시간은 흘렀다. 새벽이 가까워지자 조급해진 귀신은 이를 갈았다.
 "흥. 누가 이런 수작을 가르쳐 주었는가? 내가 이항복에게는 접할 수 없다는 것을 가르쳐 준 자는 아마도 그 장님 녀석이렷다. 그자가 아니고서 어찌 신통하게 알아내겠는가? 그자를 그냥 둘 수는 없다."
 귀신의 모습이 사라지더니 음산한 바람이 또 한 번 몰아쳐 불었다.

큰 탈 없이 밤을 지낸 식구들은 모두 기쁨에 넘쳤고 병자는 눈에 띄게 회복되었다.

이날 장님 점쟁이 집에서 사람이 왔다.

"오늘 새벽에 돌아가셨습니다."

장님은 죽었다는 것이었다. 재상은 후하게 장님을 장사 지내 주었고 특히 환자의 부인은 일생 동안 그 집과 남은 아이들을 돌봐 주는 것을 잊지 않았다.

≪기관록(奇觀錄)≫ 상편에서

26. 자기 신수를 점친 장님

홍계관(洪繼灌)이라는 장님이 있었다. 점을 잘 치기로 이름이 높았다. 백발백중 신복(神卜)이라고 불렸다. 그러기에 여러 세도 있는 집에 드나들었고 누구나 답답한 일이 있으면 홍계관에게 점을 쳐 달라고 하였다. 이 소문이 널리 퍼져 임금님도 알게 되었고, 한두 번 불러다 본 일까지 있었다.

어느 날, 홍계관은 무료한 터에 점을 치고 있었다. 그날의 자기 일수를 점쳤던 것이다.

"어허!"

홍계관은 얼굴이 파랗게 질려서 몸을 떨었다. 자기의 일수를 점쳐 보니, 죽을 수가 나왔던 것이다.

"죽다니? 이거, 큰일 났군."

어떻게 살아날 길이 없는가 하여 다시 점을 치며 고개를 갸웃거렸다.

"허허."

두어 번 고개를 갸웃거리던 홍계관은 길게 한숨을 몰아쉬었다. 살 수 있는 방법이 있기는 한데, 쉬운 일이 아니었나. 즉, 임금님이 앉아 있는 용상 밑에 숨으면 혹 살 수 있는 길이 열리리라는 점괘가 나왔던 것이다.

홍계관은 급히 대궐로 뛰어갔다. 임금님 앞에 나타나서 엎드려 애걸하였다.

"이 눈먼 신을 살려 주시옵소서."

영문을 모르는 일이었다. 임금은 깜짝 놀라 물었다.

"무슨 일이냐?"

"제발 좀 살려 주시옵소서."

"네가 무슨 죽을 죄라도 지었단 말이냐?"

"아닙니다."

"그러면?"

"신이 오늘 신의 일수를 점쳐 봤더니, 오늘 안에 죽을 점괘가 나왔습니다."

"허, 그래서?"

홍계관의 점이 용하다는 것은 임금도 알고 있는 터라 귀를 기울였다.

"살려면 오직 용상 밑에 숨어 있어야 한다는 점괘가 나왔습니다."

"그래?"

"그러니 신을 살려 주시옵소서."

"괴이한 일이다마는, 그러나 용상 밑에 숨는다는 것이 그리 어려운 일이겠느냐? 어서 들어가거라."

임금은 쾌히 승낙하였고, 홍계관은 엉금엉금 기어서 용상 밑으로 들어갔다. 임금으로서는 너무나 신기한 이야기여서 얼떨떨하였다. 더구나 홍계관의 점이 귀신 같다고 듣고 있던 터라 한 번 시험해 보고 싶은 생각이 들었다.

 자그마한 귤을 손에 쥐고서 홍계관을 불렀다.

 "내가 묻는 말에 능히 대답하겠느냐?"

 "무엇이옵니까?"

 "지금 내 손아귀 속에 들어 있는 것이 무엇이냐?"

 홍계관은 용상 밑에서 먼 눈을 끔벅거리며 한동안 입 속으로 무엇인가 중얼거렸다.

 "알았느냐?"

 "예, 그것은 아마도 황금으로 만든 노리개 학이거나 품질 좋은 귤일 것입니다. 아무튼 누런 것임에는 틀림이 없습니다."

 "옳다."

 임금은 너무나 신기하여 무릎을 탁 쳤다. 과연 소문이 헛되지 않았나고 생각되었다.

 "한 가지 더 묻겠는데 역시 알아내겠느냐?"

 "물어 보시옵소서."

 임금은 한 가지를 더 묻고자 하였으나 물을 것이 얼른 생각나지 않았다. 그래서 두리번두리번하고 있는데 마침 쥐가 한 마리 쪼르르 달아나는 것이 보였다.

 "지금 쥐가 달아났느니라."

 "예."

 "그 쥐가 몇 마리냐?"

"예, 세 마리옵니다."

 홍계관은 서슴지 않고 대답하였으나 임금은 크게 노하여서 벌떡 일어섰다. 누가 보아도 한 마리인 것이 분명하거늘 세 마리라니 어처구니없는 말이었다.

"무엇이?"

 그렇다면 홍계관이 귀신같이 점을 친다는 것은 헛소문이었구나. 사람이 방자하여 감히 허튼 수작으로 용상 밑으로 기어들어 갔으니, 이것은 임금을 업신여기는 짓이 아니고 무엇이겠는가? 임금은 노여움이 치받쳐서 발을 굴렀다.

"이놈을 잡아내어라!"

 명령이 떨어지자 홍계관은 억센 손에 잡혀 끌려 나왔다.

"고얀 놈이다. 감히 거짓말로 속이다니, 그 죄 용서할 수 없다."

"……."

 홍 계관은 파랗게 질려 벌벌 떨기만 하였다.

"이놈을 끌어내어다가 당장 목을 베어라!"

 이렇게 되어 홍 계관은 잡혀 나갔다.

 그 무렵, 죄인을 죽일 때는 강을 건너가서 처형하는 관습이 있었다. 처형장으로 끌려가며 홍계관은 탄식하였다.

 강변에 있는 언덕에 이르렀을 때, 홍계관은 다시 점을 쳐 보았다. 그랬더니 분명히 살 것이라는 점괘가 나왔다. 홍계관은 잡아가던 사람들을 향하여 간청하였다.

"여보시오. 이왕 죽기는 마찬가지이니 좀 천천히 하시오. 지금 점을 쳐 보니 살 도리가 나타날 것이라 하오."

"설마?"

"어쨌든 천천히 형을 받을 것이니 서두르지 마시오."

홍계관은 몇 번이고 애걸하며 무슨 소식이 있기를 기다렸다.

한편 임금은 홍계관을 잡아내게 하고서 돌이켜 생각하였다.

"흠, 손아귀에 들어 있는 것을 귤이라고 분명히 알아내는 자가 쥐가 몇 마리인지 모를 까닭이 있겠는가?"

이렇게 생각한 임금은 아까의 그 쥐를 찾으라고 명하였다. 다행히도 그 쥐는 맞은편 전각 앞에서 아직도 오락가락하고 있었다. 그 쥐를 잡아 오게 하였다. 틀림없는 한 마리였다.

"이상하구나. 그 쥐를 죽여 보아라."

"예."

임금의 분부에 따라 쥐를 죽이고 배를 가르니 그 속에서 새끼 두 마리가 나왔다.

"흠, 과연 세 마리였구나. 그렇다면 홍계관은 역시 귀신같이 맞힌 것이다. 어찌 그런 자를 죽이겠는가."

임금은 급히 새로운 명령을 내렸다.

"어서 가서 홍계관을 죽이지 말라고 하여라."

이 소식을 가지고 달려간 자가 강 언덕에 이르러 보니 마침 홍계관을 죽이려고 하는 참이었다.

"어어이!"

소식을 가지고 온 자는 급히 손을 저으며 악을 썼다. 그러나 홍계관을 잡아온 자는 이 광경을 보고 어서 죽이라고 재촉하는 것으로 잘못 알고 홍계관의 목을 향해 칼을 내리쳤다.

이 소식을 들은 임금은 탄식하였다.

"아까운 노릇이다. 죽어도 용상 밑에서 죽겠다고 하였더라면 살게 되었을 것이다. 점괘대로 용상 밑에 있지 않았기에 죽은 것이다. 그러나 내 손으로 죽게 하다니 더욱 딱한 노릇이구나……."

이후에, 강변의 그 언덕을 가리켜 사람들은 '아차 고개'라고 불렀다. 아차 하는 실수로 죽게 되었다는 뜻에서였다.

≪견첩록(見睫錄)≫ 권육에서

27. 신통한 점

정광필(鄭光弼)은 중종 때의 명신이었다. 일찍이 연산군 때 사리를 따져 간하다가 아산으로 귀양을 갔고 중종이 반정하자 다시 벼슬에 오르게 되었다. 후에 지위가 점차로 올라가 영의정에 이르렀다.

그러나 이때는 김안로 등의 무리가 세력을 휘어잡고 드디어 중종을 움직여 많은 선비들을 죽이고자 하였다. 이때 물리침을 받은 사람은 조광조 일파였고, 이 소동을 가리켜 기묘사화라고 한다.

이 소동이 일어나자 정광필은 급히 대궐 안으로 들어가 조광조 등을 살리고자 노력하였다. 정광필은 몇몇 동료들을 돌아보며 꾸짖었다.

"공은 성상을 받들어 나라 일을 보살펴야 할 지위에 있거늘, 어찌 유자광과 같은 짓을 하는가?"

유자광이란 연산군 때 사화를 일으켜 많은 선비들을 죽인 사람이었다. 이 말로써 조광조를 죽이고자 하던 무리들을 나무라고 아울러 중종의 마음을 돌리고자 한 것이었다.

그러나 중종은 김안로 등에게 혹하여 있는 때라 이 말이 귀에 거슬려 자리에서 벌떡 일어섰다. 정광필은 눈물을 흘리며 간하였다.

"상감마마, 비록 그들에게 죄가 있다고는 하오나 어찌 죽이기까지 할 죄야 되겠습니까? 그들은 젊은 탓으로 옛일을 가져다가 지금 시행하려고 하였을 따름이옵니다."

정광필이 눈물로 호소하는 바람에 중종은 마음이 누그러져서 조광조 등을 옥에 가두는 정도로써 일단 끝을 내었다. 그러나 정광필은 중종의 눈에 벗어나 그 지위에서 파면되었다.

그 후, 김안로의 여러 가지 모략으로 정광필은 김해로 귀양을 가게 되었다. 정광필의 식구들은 대부분 김해로 따라갔고, 부인만이 서울에 남아 정세를 살피기로 하였다. 그러나 정세는 급박하여 언제 무슨 일이 생길지 조석을 짐작할 수 없는 형편이었다.

부인은 너무나 답답하여 계집종을 불러 분부하였다.

"얘, 너 광통방(廣通坊)에 좀 다녀오너라."

"예."

광통방이란 정광필과 친척 관계인 채원계(蔡元繼)라는 사람이 살고 있는 곳이었다.

"답답하니, 무슨 소식이 없나 좀 알아 오너라."

"예."
"쪼르르 갔다가 오기만 하지 말고 좀 기다렸다가 소식을 알아 오시거든 오너라."
"예."
계집종은 부인의 분부대로 채원계에게로 갔다. 채원계는 어느 대신 집에 가서 은근히 알아보았으나 뾰족한 소식이 없어 돌아오는 길에 장님 점쟁이를 데리고 왔다.
"별 소식이 없구나!"
"……."
계집종은 사정을 빤히 아는 터라 한숨만 쉬고 앉아 있었다.
"답답하기에 내 돌아오는 길에 점쟁이를 데리고 왔다. 우리 점이나 쳐 보자."
계집종은 여전히 쪼그리고 앉은 채였고 채원계가 점쟁이에게 정광필의 사주를 일러 주었다.
"자아, 한 번 점이나 쳐 보시오."
"예."
점쟁이는 김효명(金孝命)이라는 자였다. 김효명은 손가락을 꼽아 가며 한동안 점을 치더니 껄껄 웃었다.
"염려 없습니다."
"어떻게?"
"이 어른은 아직도 누리셔야 할 부귀가 십 년이나 남아 있으니, 무슨 일이 있겠습니까?"
"그럴까?"
허망된 점이기는 하였으니 채원계는 귀가 번쩍하는 듯

다가앉았다. 지금 김안로는 정광필을 죽이고자 백방으로 모략하여 중종의 윤허가 내리기만을 기다리고 있는 터이니, 빈말이라도 반가웠던 것이다.

"예, 다짐합니다. 아무 일 없을 것이니 안심하십시오."
"그렇다면 오죽이나 좋을꼬."
그러던 차에 하인이 들어와서 허리를 굽혔다.
"나으리 큰일입니다."
"무엇이?"
채원계는 가슴이 덜컥 내려앉았다.
"지금 듣자 하니, 상감마마의 윤허가 내렸다고들 합니다."
"어?"
정광필을 죽이라는 윤허가 내렸다는 것이었다. 채원계는 어처구니없이 넋 잃은 사람처럼 입을 딱 벌리고만 있었다. 옆에 앉았던 계집종이 바르르 떨더니, 김효명의 팔을 덥석 잡았다.

"이 장님이! 지금 그 말을 들었지? 귀가 있으면 들었겠지?"
"허!"
김효명은 갑자기 당하는 일이라 얼떨떨하여 엉거주춤하였다. 계집종은 악을 쓰기 시작하였다.

"뭐라구? 아직 누리실 부귀가 십 년이나 남아 있어? 금시에 드러날 거짓말을 하다니! 우리 댁이 아주 망하게 되었으니 어디 너도 그대로 살 수 있나 보자!"

계집종은 마구 김효명의 먹살을 흔들며 호통을 하였다. 채원계는 방금 들은 소식이 너무 끔찍해서 계집종을 말릴 생각도 못하였고 김효명은 뜻하지 않은 봉변에 쩔쩔매었다.
"허, 이것 놓으라니까!"
"놓긴! 뻔뻔스럽게 거짓말을 하다니, 그 아가리를 찢어놀리!"
"놔! 놔!"
"못 놓는다. 너 죽고 나 죽자!"
계집종의 발악이 점점 심해졌고 김효명은 잡힌 것을 뿌리치려고 하였으나 계집종은 한사코 매달려 호통을 하였다.
"그래 어느 아가리로 그런 말이 나와?"
"허허, 봉변이로군……. 나야 아냐, 그저 점에 나온대로만 말했지."
"그래, 잘했어?"
"놓으라니까!"
김효명은 간신히 계집종의 손에서 벗어나 허둥지둥 도망쳤다. 계집종은 아직도 분이 풀리지 않아 바르르 떨기만 하였다. 그제야 제정신이 든 채원계는 계집종을 달래었다.
"어서 가라. 마님께서 기다리시겠다."
"……."
"어서!"
"예."
그제야 계집종은 주섬주섬 흩어진 옷차림을 고치고 일어섰다.
"나으리."
이때, 하인이 또 들어와서 허리를 굽실하였다.
"무엇이냐?"

"새로운 소식이 또 있습니다."
"뭔데?"
"상감마마께옵서 대감께 특히 죄 등을 감하신다고 합니다."
"어?"

채원계는 자리에서 벌떡 일어섰고 계집종은 눈을 동그랗게 떴다.

"틀림없습니다. 지금 전지를 가진 사람이 대감댁으로 갔다는 소식을 들었습니다."

"휴우……."

채원계는 맥이 풀려 길게 한숨을 몰아 쉬었고, 계집종은 총총히 돌아갔다.

과연 후에 김안로 일파는 물리침을 받아 쫓겨났고, 정광필은 밝은 일월을 다시 보게 되어 편안히 살다가 칠십칠세로 죽었고, 문익이라는 시호까지 받는 몸이 되었다.

사람들은 계집종이 주인을 섬기는 뜻이 대단하다고 칭찬하였고 또 김효명의 점이 실로 귀신 같다는 평판이 장안에 퍼졌다.

"허, 김효명의 점은 실로 천명을 알아낸단 말야."

이런 찬사가 가득하였다.

≪기제잡기(寄齊雜記)≫ 2에서

28. 왕자의 망령(亡靈)

이항복은 선조 때의 명신으로 그 벼슬이 영의정에까지

이르렀던 사람이다. 어렸을 때는 장난꾸러기 골목대장으로 특히 친구인 이덕형과의 수작은 '한음과 오성'이란 이름으로 갖가지가 전해지고 있다. '한음'이란 이덕형의 호(號)이나 이항복의 호는 '오성'이 아니라 '백사(白沙)'이다. 임진왜란 때의 공로로 이항복은 오성부원군이란 칭호를 받았던 것이다.

이항복은 어렸을 때 친구 집에서 묵고 있던 적이 있었다. 마침 그 집이 비어 있어 조용히 글을 읽기에 안성맞춤이라 잠시 머무르게 되었던 것이다.

어느 날 이웃집에 사는 소녀가 슬며시 들어와 글을 읽고 있는 이항복을 빤히 바라보았다. 이항복은 흘긋 쳐다보았을 뿐 다시 책으로 시선을 옮겼다.

혼자 글을 읽고 있는데 이웃집 소녀가 온다는 것이 괴이한 일이었으나 그러나 그런 것에 쉽게 마음이 흔들릴 이항복은 아니었다.

그 후 비가 몹시 쏟아지는 날, 이웃집 소녀는 다시 찾아왔다. 비를 흠뻑 맞고 와서 역시 글을 읽는 이항복을 빤히 쳐다보았다.

아무래도 예삿일이 아니라고 느껴진 이항복은 찬찬히 소녀의 차림새를 살펴보았으나 별로 수상한 흔적은 없었다.

"누군고?"

"예, 소녀는 이웃에 사는 무당이옵니다."

이항복이 묻자 기다렸다는 듯이 대답하였다.

"그래? 그런데 내게 무슨 볼일이라도 있는가?"

"예. 사실은 망령이 소녀에게 씌워졌사온데 그 망령이

도련님을 뵙고자 하옵니다."

"허허, 그래?"

뜻밖의 말이었으나 이항복은 태연하게 고개를 끄덕였다. 사람이든 망령이든 심심하던 차에 잘 되었다는 생각뿐이었다.

"지금 그 망령이 여기에 와 있는가?"

"아니옵니다."

"그러면 너는 돌아가서 그 망령을 데리고 오너라."

"예."

무당이라는 소녀는 허리를 굽히고 돌아갔다.

쏟아지던 비는 밤이 되자 뜸하여졌으나 바람은 여전히 불었다. 검은 구름장 사이로 간간이 달빛이 비치기도 하였다.

무당이라는 소녀가 다시 와서 은근히 불렀다.

"모시고 왔습니다."

"오냐."

이항복은 태연히 대답하고 미닫이를 열고 내다보았다. 무당이라는 소녀 뒤쪽에 한 젊은이가 서 있었다. 얼굴은 옥같이 희고 눈썹은 검고 뚜렷하였으며, 남색 도포에 붉은 띠를 두르고 있었다. 죽은 사람의 망령이라 하더라도 필시 귀한 사람의 넋이라고 짐작되었다.

이항복은 급히 일어나 두루마기를 입고 뜰로 내려가서 공손히 맞았다.

"이세상과 저세상은 서로 다른 것이거늘 어찌하여 만나보고자 하시오?"

"나는 왕자 복성군(福成君)이오."

망령은 설움이 복받치는 듯 흐느끼며 대답하였다. 복성군이라면 중종의 왕자로서 경빈 박씨의 소생이었다. 중종 이십이 년에 세자(世子) 방 근저에서 흉한 물건이 발견된 일이 있었다. 즉 쥐를 죽여 네 다리를 자르고 눈을 불에 지진 일이 있었다. 이것은 세자를 죽이고자 저주한 것이라는 소문이 돌고 대궐 안은 발칵 뒤집혔었다.

쉽게 범인이 잡히지 않았고, 경빈 박씨가 범인이라는 의심을 받아 경빈 박씨와 복성군은 대궐에서 내쫓겨 서인이 되었고, 드디어는 죽음을 당하기에 이르렀다. 그러나 그 후에 이 사건의 범인은 김안로의 아들 김희의 음모로 알려졌다.

"하온데……?"

이항복은 상대가 왕자 복성군의 망령이라는 말을 듣고 더욱 공손한 태도를 취하며 말하였다.

"원통하게도 근거 없는 죄로 죽게 되어 저 세상에서도 한이 맺혀 있었소이다. 그래 누구에게 자세한 경위를 물어 볼까 하였으나 모두 약하여 능히 나를 만나 볼 수 있는 사람을 아직 못 만났던 것이오. 그러나 그대는 비록 아직 나이는 어리나 기백이 대단하고 또한 그 말이 신의 있음을 아는 터라 저 무당을 중간에 놓고 이렇게 나타난 것이오."

"두 분이 억울한 누명으로 세상을 떠나셨다는 것은 천하가 다 아는 터이온데 어찌 아직도 못 들으셨던가요."

이항복은 차근히 대답하였다.

"물론 나는 내게 바쳐지는 제사로써 내게 죄가 없다는 것을 들었소이다. 그러나 내가 듣고자 하는 것은 세상에 떠도는 공론이 어떠한가를 알고 싶은 것이오."

"그 일이라면 이러합니다."

이항복은 세상 사람들이 얼마나 죄 없이 죽은 경빈 박씨나 복성군을 애통하게 생각하고 있나를 서서히 설명하기 시작하였다.

복성군의 망령은 이항복의 설명을 듣자 주르르 눈물을 흘렸다.

"그대는 신의 있는 사람이니 거짓은 아닐 것이로다. 참으로 그러하다면 아홉 번을 고쳐 죽는다 하더라도 유한은 없소이다."

망령이 자기가 원통하게 죽은 일을 세상 사람들이 알아주는지 알아보기 위하여 나타났다는 것을 알자, 이항복은 측은한 생각이 들었다.

복성군의 망령은 무당이라는 소녀를 돌아보았다

"그 가시고 온 것을 드려라."

"예."

무당인 소녀는 들고 온 쟁반을 이항복에게 내밀었다. 거기에는 여러 가지 과일이 담겨져 있었다. 이항복은 영문을 몰라 복성군의 망령을 바라보았다.

"이것은 변변치 못하나 내가 드리는 것이니 사양 말고 받으시오. 속이 후련해진 값이라치면 너무 사소하기는 하나 사양 말고 받으시오."

"예."

이항복은 더 사양하지 않고 과일이 담긴 쟁반을 받았다. 그제야 복성군의 망령은 빙긋이 웃고 고개를 끄덕이며 무당인 소녀에게 말하였다.

"자, 우리는 가자."

 복성군의 망령은 무당인 소녀를 앞세우고 돌아갔다. 그제야 이항복은 문득 황공한 생각이 들었다. 비록 망령이라고는 하지만 왕자의 몸으로서 이런 누추한 곳으로 자기를 찾아 주었다는 것은 예삿일이 아니었다.

"요 앞까지 모셔다 드리겠습니다."

 이항복은 허둥지둥 따라 나갔다. 복성군의 망령은 몇 발자국 가더니 스르르 그 자태가 사라져 버렸다. 무당인 소녀는 뒤도 돌아보지 않고서 제 집으로 갔다.

 비 온 뒤라 땅은 촉촉이 젖었고 찬바람이 불었으며, 검은 구름이 가려서 희미하게 비치던 달빛을 가려 버렸다.

 이항복은 한동안 서 있다가 방으로 돌아왔다. 지금 겪은 일이 꼭 꿈 속의 일 같게만 여겨졌다. 그러나 엄연히 과일이 담긴 쟁반은 놓여 있었다.

 그 후로 이웃에 산다던 무당 소녀는 다시는 이항복 앞에 나타나지 않았다. 복성군의 망령을 보았다는 사람도 없었다.

"허허……. 허망한 노릇이다!"

 이항복은 누구에게도 이 이야기를 하지 않았다. 누구도 쉽게 믿지 않을 것이요, 또 자신에게도 맹랑하게만 여겨졌기 때문이었다.

 그러나 이항복이 늙은 뒤에 귀양살이를 하게 되었을

때, 심심풀이로 이야기하였기에 세상에 전해지게 되었다고 한다.

≪독좌문견일기(獨坐聞見日記)≫에서

29. 죽음을 면케 한 무당

유의(柳誼)라는 사람이 암행어사가 되어 경상도 지방으로 떠났다.

아무에게도 눈치 채이지 않게 허름한 차림을 하고 두루 염탐하며 다녔다. 유의는 진주에 가까워짐에 따라 하나의 소식을 얻어듣게 되었다. 그것은 진주에서 좌수 자리에 있는 자가 간흉하고 혹독하여 행패가 대단하다는 것이었다.

"허, 그자는 호랑이보다도 더 무섭지."

"말을 하여서 뭣 하나……."

농민들은 둘러앉으면 이런 말들을 하였고 유의도 듣게 되었다.

"그게 누구요?"

유의는 지나가는 나그네처럼 물어 보았다.

"좌수라나 뭐라나……. 도무지 죽일 놈이오."

"허허……. 그래요?"

좌수라는 자가 얼마나 혹독한 방법으로 농민의 피를 긁고 있느냐는 따위의 이야기를 많이 듣게 되었다.

"흠, 죽일 놈이로군."

유의는 혼자서 중얼거렸다. 이런 것을 다스리고 바로잡는 것이 자신의 책임이 아니겠는가…….

"진주에 출두하면 그놈을 당장 잡아서 박살을 내야겠다."

몇 번이고 마음속으로 새기며 진주를 향해서 가는데 십여 리를 남겨 놓고 해가 저물었다.

적당한 곳에서 묵고 내일 일찌감치 진주로 들어가기로 하고서 유의는 좌우를 두리번거렸다. 마침 대가로 보이는 집이 있어서 유의는 주인을 찾았다.

"이리 오너라."

두어 번 부르자 대문이 열리고 열서너 살 되어 보이는 소년이 나와서 맞아 주었다.

"누구십니까?"

"주인 어른 계시오?"

유의는 워낙 자신이 초라하게 차린 터요, 또 보아 하니 소년이 양반집 자제인 듯하여 공대하는 말로 물었다.

"아버님께서는 진주성 안에 들어가시고 안 계십니다만."

"허허, 지나가는 나그네가 하룻밤 묵고 갈까 하였더니 낭패로다."

"그러십니까? 어서 들어오십시오. 변변치는 않습니다만 주무실 곳과 잡수실 것은 드릴 수 있습니다."

소년은 상냥하게 안으로 청하였다. 그 태도가 의젓하고 인정 있어 보여서 유의는 대견하게 생각하고 고개를 끄덕이며 안으로 따라 들어갔다.

사랑채는 넓고 깨끗하였다. 소년은 세숫물을 손수 떠오며 깍듯이 대접하였다. 조촐한 저녁상이 나왔을 때도 소년은 옆에 앉아 인사를 잊지 않았다.

"음식이 입에 맞으실지 모르겠습니다."

"허, 지나는 나그네의 주린 창자가 뭣인들 마다고 하겠소."

 나이는 워낙 차이가 있었으나 소년의 높은 기품을 어여삐 여겨 유의는 계속 존대 말씨를 썼다.

"말씀 낮추십시오. 저는 아직 어린아이입니다."

 소년은 유의가 저녁을 든 뒤에도 여러 가지로 말벗을 하고야 제 방으로 물러갔다. 유의는 누워서도 소년의 영리함이 마음에 들었다.

"허, 저런 자식을 둔 사람은 복이 있는 사람이야."

 유의는 피곤하여 잠이 들었다가 소란한 소리에 눈이 떠졌다. 이미 밤은 깊었는데 마당에서는 둥둥 북 치는 소리가 들려 왔다.

 놀라 일어나 미닫이를 열고 내다보니 마당에는 큰 상이 마련되어 있었다. 그 상에는 갖가지 음식이 마련되었고 촛불이 켜 있었으며, 무당이 굿을 하고 있었다. 아까의 그 소년은 연방 두 손을 모아 정성으로 큰절을 하는 것이었다.

"허, 알 수 없는 노릇……."

 유의는 한동안이나 바라보다가 소년을 불렀다.

"이 무슨 일이오?"

"주무시는데 소란하게 하여서 죄송합니다. 하나 좀 사정이 있어서……."

"관계치 않으면 그 사정을 들읍시다."

"예, 집의 가친에게 관재(官災)수가 있다고 무당이 말하였삽고, 또 꼭 오늘 굿을 하여야 그 관재수를 면할 수 있다고 하기에 이렇게 벌인 것입니다."

"허허, 그럼 춘부장 어른이 오셨소?"
 소년의 얼굴빛이 흐려졌다.
 "아닙니다. 언제나 진주성 안에 계시고 이곳에는 별로 오시지 않습니다. 그러기에 오늘의 일은 제가 혼자서 마련하였습니다."
 "흠."
 "이런 말씀 드리기는 부끄러운 일이오나 집의 가친께서는 여러 백성들에게 원한을 많이 사고 계시는 터입니다. 그러지 마시라고 여쭈어도 소용이 없으니 이는 제가 불효한 까닭이 아니고 무엇이겠습니까? 답답한 터에 무당의 말을 따라 이렇게 굿을 벌이고 있는 것입니다."
 유의는 소년의 영리함과 그 효성에 놀라 혀를 찼다.
 "허, 그런데 이 댁 주인 어른은 무슨 벼슬을 하시오?"
 "좌수입니다."
 "허!"
 유의는 너무 놀라서 가슴이 뛰었고, 잠시 말문이 막혔다. 좌수라면 진주에 출두하는 날 때려 죽이려고 벼르던 자가 아닌가. 그런 몹쓸 죄인에게 이런 효성스럽고 인자한 아들이 있다니 놀랍기만 하였다.
 "그런 연유이오니 소란하더라도 널리 용서하십시오."
 "흠. 효성이 지극하니 소원을 이룰 것이오."
 소년은 다시 상을 차려 놓고 굿하는 마당으로 내려갔고, 유의는 이 생각 저 생각에 잠을 이루지 못하였다.
 이튿날 유의는 소년에게 좋은 대접을 받은 치사를 하고서 진주성 안으로 들어갔다. 역시 이제까지 들은 소문과 같이 좌수라는 자는 용납할 수 없는 죄인이었다.

유의는 어사 출두를 하고서 동헌에 좌정하고 앉아 좌수를 잡아들이게 하였다.

"이놈! 네가 네 죄를 아느냐?"

"예……."

좌수는 결박되어 벌벌 떨기만 하였다.

"간악한 것으로 죄없는 백성을 괴롭히고 농간을 부린 것은 죽어 마땅하다. 내 또한 출두하는 날에는 필히 너를 때려 죽여 그 죄를 다스리려고 하였었다."

"……."

"그러나 어젯밤에 뜻하지 않게 네 집에 묵게 되어 네 자식을 보았다. 네게는 실로 과분한 자식이더라. 그 영리하고 효성스러움이 갸륵하니 그런 자식을 어제 대하고 오늘 그 아비를 죽이는 것은 인정이 아니기에 너를 참하는 것만은 용서하리라. 이자를 엄히 다스려 멀리 내쫓도록 하라!"

목숨만은 부지하게 되자 좌수는 눈물을 주르르 흘렸다.

"넓으신 처분 황공하옵니다."

유의는 임무를 마치고 서울로 돌아가는 길에서도 몇 번이고 혼자 중얼거렸다.

"허, 그 무당이 참 용하게 점을 쳤거든……. 그날 내가 그 집에 묵으리라는 것을 어떻게 알았을까?"

이 소문은 삽시간에 퍼져 그 무당은 신무(神巫)라는 이름을 듣게 되었고, 문 앞은 저자를 이루도록 사람들이 모여들었다.

"죽은 목숨도 살릴 수 있다면서……?"
"암, 그저 무엇이든 귀신같이 알아낸다니까……."
비단, 좌수의 아들에게 굿하라고 권한 것만이 아니라, 그 무당은 신통힘이 대단하였다고 한다.

≪기문총화(記聞叢話)≫ 권2에서

30. 욕심 많은 무당

서울 장안 창방(倉坊)이라는 곳에 한 무당이 있었다.
다른 무당과는 달리 이 무당에게는 영특한 신이 씌워 있다는 소문이 자자하였다. 이 무당에게 씌워 있는 귀신은 언제나 무당 옆을 떠나지 않았고, 공중에서도 똑똑하게 말하는 소리가 들려 왔다.

의심쩍은 게 있어서 물어 보면 틀림없이 가르쳐 주었고 병이 든 자에게는 나을 수 있는 방법을 가르쳐 주는데 하나도 틀림이 없었다. 그러기에 용하다는 소문이 자자하게 퍼졌다.

"창방에 가 봤나?"
"암, 용하기 짝이 없더군."

이러한 소문이 점점 퍼지자 무당은 엉뚱한 생각을 하기에 이르렀다. 즉, 돈을 긁어모으기에 여념이 없어 많은 부작용을 일으킨 것이다.

"이번에 평안도까지 다녀오라는 아버님의 분부를 받았는데 무사하게 다녀올 수 있을까요?"
"무사하게 다녀오지."

무당은 귀신의 말을 들어 앞일을 내다볼 수 있었기에 이렇게 말하였다.
"그런데 아버님은 어째서 절더러 다녀오라고 하시는 걸까요? 형님이 두 분이나 계신데요……."
"허, 거기에는 까닭이 있지. 두 형은 다 귀여워하는 터라, 이러한 먼길을 떠나게 하고 싶지 않아서 그대에게 다녀오라는 거지."
이 말을 들은 사람은 크게 그 아버지를 원망하였다. 이후로는 부자간에 정이 뜨악해지고 집안에 냉랭한 기운이 돌기 시작한 것이다.
"저희 집 주인께서는 이번에 저더러 추수해 들이는 것을 보라는데요. 크게 꾸지람이나 안 들을는지요?"
"여러 종들 중에서 특히 너를 보내니 무척 기쁘겠지?"
"암요. 그래서 혹 실수나 않을까 하고 이렇게 물으러 오지 않았겠습니까?"
"그러나 조금도 좋아할 게 없어."
"왜요?"
무당은 고개를 끄덕끄덕 하며 입가에 웃음을 띠더니 말을 이었다.
"주인은 너의 계집에게 욕심을 품고 있단 말야."
"예?"
"그래서 그 더러운 욕심을 채우고자 기회를 만들려는 것에 지나지 않아. 다녀와 보라니까. 네 계집은 벌써 주인에게 욕본 뒤일 테니……."
아무튼 잘 맞히기도 하였거니와 이런 따위로 이간질도

많이 하였다. 부자・형제・부부・노주간에 이 무당으로 인하여 반목하게 되는 일이 수두룩하게 생겼다.

이렇게 되니 소문도 자자하고 찾아오는 사람도 많았으나, 한편 원한을 품는 사람도 적지 않았다.

"공연한 소리를 지껄여 집안에 풍파를 일으켰지."

"어쩌자고 함부로 떠드는 거야?"

이런 판에 하루는 대가집 하인인 듯한 차림의 사나이가 찾아왔다. 그는 무당에게 공손히 허리를 굽혀 보이고는 귀에 입을 대고 속삭였다.

"모시러 왔습니다."

"허, 누구기에?"

무당은 거드름을 피우며 가슴을 쑥 내밀었다.

"다름이 아니오라 흥인문 안에 있는 김 대감댁에서 왔습니다."

"그래?"

김 대감이라는 말에 무당은 귀가 솔깃하였다.

"집안에 급작스러운 환자가 생겼는데 아무런 방법도 없고 아무 약도 듣지 않고 워낙 급하기는 하고 해서요."

"그럼 내게 올 것이 아닌가?"

"그러기에 이렇게 찾아뵈러 온 것이 아닙니까? 곧 모시고 오시랍시는 대감의 분부가 있어서 이렇게 왔습죠."

여기까지 찾아오기가 싫고 남의 눈을 꺼리는 대가집에서는 하인을 시켜 무당을 데려가는 것이 예사였다. 그러면 으레 듬뿍 후한 보수를 받는 것이 보통이어서 이번에도 무당은 저절로 신바람이 났다.

"밖에는 날랜 말을 한 필 대령하였습니다."
"암, 그래야지."
"그러니 어서 가십시오. 워낙 급한 일이라서요."
"두둑이 주시기는 하시겠지."
"암요."

무당은 그제야 하인을 따라서 밖으로 나갔다. 과연 거기에는 말이 한 필 대령하고 있었다. 안장이 눈이 부시게 사치스러운 것으로 미루어 보아 이만저만하지 않은 대가집이라는 게 짐작되었다.

"어서 타십시오."

무당이 말에 오르니 하인은 말고삐를 잡고 어디론가 사라졌다. 이날 해가 저물어도 무당은 돌아오지 않았다. 이튿날도 돌아오지 않았다.

이 무당을 찾아오는 사람이 많았기에 모두들 궁금히 여겼다.

"어찌 된 일일까? 어디에 청을 맡고 가도 다음날까지 돌아오지 않는 일은 없었는데."
"무슨 일이 생기지나 않았을까?"
"허허, 모르는 소리. 앞에 닥쳐올 일까지 환하게 내다보는 사람이 무슨 실수가 있을라구."

이렇게 수군거리는데 기묘한 소문이 돌았다.

성 밖 남쪽 먼 곳에서 무당을 본 사람이 있다는 것이었다.

"무슨 일로 거기까지 갔담!"

모두 곧이듣지 않았으나 여러 날이 되어도 돌아오지 않는 것이 수상쩍었다. 그러던 중 또 새로운 소문이 퍼졌다.

즉 무당이 누구에겐가 죽음을 당하여 개울창에 버려져 있더라는 것이었다. 모든 일을 척척 알아맞히고 앞일까지 알고 있던 사람이 엉뚱한 데서 죽어 넘어졌다니 놀라운 일이었다. 그러나 가서 보고 왔다는 사람도 생겼으니, 틀림없는 사실이었다.

"허, 사람의 일은 알 수 없군. 그렇게 용하던 사람이 자기가 죽는 것은 몰랐다니 알 수 없어. 인명은 재천이라더니 과연 사람의 명은 하늘에 있나 보군."

이렇게 탄식하는 사람도 있었고,

"그 무당에게 씌웠던 귀신이 다른 데로 떠나가 버린 게지. 그렇지 않고야 이런 일이 일어날 수 있을라고?"

이렇게 말하는 사람들도 있었다.

어쨌든 이 무당이 죽은 뒤로는 그렇게까지 떠들썩하고 소문이 자자하던 것도 점차 가라앉았다.

그러던 터에 이번에는 엉뚱한 곳에 있는 무당에게 귀신이 씌워졌다는 소문이 떠돌기 시작하였다.

"바로 창방에 있던 무당에게 씌웠던 귀신이라던데······."

"그래?"

모두들 기이하게 여겨 우르르 그리로 몰려갔다. 그런 사람들 중의 한 사람이 무당에게 이렇게 물었다.

"저어······. 하나 여쭈어 보겠습니다."

"뭔데?"

"신령님은 전에 창방에 있던 무당에게 씌웠던 바로 그 어른이십니까?"

"그렇지"

이 말에 거기에 앉아 있던 사람들은 서로 얼굴을 쳐다 보았다.

"그 사람이 무참히 죽음을 당한 것을 아십니까?"

"알지!"

"앞질러 미리 아셨더랬습니까?"

"암!"

"그러면 어째서 미리 일러 주어서 그런 꼴을 당하지 않게 해주지 않으셨습니까?"

"허허, 모르는 소리. 그 무당은 재물에 너무 눈이 어두워서 남을 이간질하는 것도 돌보지 않았거든. 그래서 그 죄가 너무 커서 드디어 하늘이 벌을 내리게 되었단 말일세. 하늘이 벌을 내리는 터에 나 같은 한낱 귀신이 어떻게 구하겠는가?"

모두들 창방 무당의 행실을 잘 아는 터라 서로 쳐다보며 고개를 끄덕였다.

≪공사견문록(公私見聞錄)≫에서

Ⅳ 망령(亡靈)

31. 왕묘(王廟)의 영이(靈異)

 수로왕(首露王)은 가야(伽倻)의 시조이다. 수로왕은 서기 42년에 가야 아홉 마을의 추대를 받아 임금이 되었고 긴 세월 동안 임금 자리에 있다가 나이 158세에 죽었다고 한다.
 가야라는 나라는 10대에서 망해 신라에게 병합되었으나 수로왕의 왕묘는 대대로 그 자손이 받들어 왔다. 특히 신라의 법민왕은 밭 삼십 경을 떼어 주어 여기서 나는 소출(所出)로서 왕묘의 제사를 지내도록 마련하여 주었다.
 신라 말엽에 장군 충지(忠至)라는 사람이 수로왕의 왕묘가 있는 금관이라는 고을을 다스리게 되었다. 이때 충지 밑에 영규(英規)라는 불량스러운 부하가 있었다.
 영규는 항상 수로왕묘를 못마땅하게 바라보고 있었다.
 "흥, 어느 때 무덤인지도 모르는 것에 제사는 후하게 지내서 뭘 하누……. 차라리 나를 주면 요긴히 쓰지."
 영규는 이런 생각을 할 뿐만 아니라 실제로 행동에까지 나타내었다.
 하루는 몇몇 부하를 거느리고 왕묘 안으로 들어갔다. 이곳을 지키던 사람들은 무슨 영문인지 몰라 서성거렸다.

"썩 나가거라."

"예?"

"너희들은 필요 없으니 어디로든 가 버려. 이제 이 건물은 우리가 차지한단 말이다."

"그건 너무하십니다. 역대로 내려오던 일을 어찌 갑작스럽게 그만두라십니까?"

"흥, 이것은 장군의 명령이다."

영규는 제멋대로 장군을 팔아서 그곳에 있던 사람들을 내몰았다. 장군의 명령이라는 데는 어쩔 도리가 없었고 내몰린 사람들은 뿔뿔이 흩어졌다.

영규는 의기양양하여 왕묘에다 야릇한 우상을 차려 놓고 터무니없는 사당을 만들었다.

"암, 이래야 되지……. 수로왕은 무슨 수로왕이란 말인가?"

제멋대로 굿을 하고 한바탕 기세를 올리려는 참이었다. 생각만 해도 신이 나서 우쭐거리며 밤이 되어서도 왕묘 안에서 거드름을 피우고 있었다.

"우지끈!"

갑자기 왕묘의 대들보가 부러져 영규는 그 밑에 깔려 즉사하고 말았다. 이 소식을 들은 장군 충지는 혀를 찼다.

"허, 까닭 없이 왕묘를 빼앗은 벌이로구나. 그자가 내 이름을 팔았다니 나도 책임이 있도다. 더구나 나는 수로왕이 다스리던 고장에 와 있지 않으냐 말이다. 무슨 도리를 강구해야지."

필시 수로왕의 영혼이 노한 것이라고 생각한 충지는 수

로왕의 초상을 그리게 하였다. 교견(鮫絹) 석 자에다 수로왕의 초상을 그리게 하여 벽에 걸고 조석으로 쳐다보았다.

공경하는 마음으로 바라보던 충지는 깜짝 놀랐다. 사흘째 되던 날 수로왕 초상화의 두 눈에서 피눈물이 흐르고 있었다.

"어허, 신기한 일!"

피눈물은 계속 흘러 땅바닥에 고이기 시작했고 이윽고 점점 고여서 드디어는 한 되 가량이 되었다.

"이러고 있을 게 아니다."

겁을 집어먹은 충지는 초상화를 들고 왕묘로 달려갔다. 이곳에서 정성을 다하여 제사를 지내고 초상화를 태웠다. 그러고도 마음이 가라앉지 않아 규림(圭林)이라는 수로왕의 후손을 찾아갔다.

"내가 수로왕의 초상을 그리게 하여 정성으로 받들었소. 그러나 초상화의 두 눈에서는 피눈물이 흘렀단 말이오. 이는 픽시 대왕의 후손이 아닌 자가 대왕을 받들었기 때문일 것이오. 저번에는 왕묘의 대들보가 부러져 영규가 죽었고, 또 이번에는 이러한 괴변이 생기니 장차 어떠한 벌이 내려질지 두려운 일이오. 그러니 대왕의 후손인 그대가 이제부터는 왕묘에서 정성으로 제를 지내도록 하오."

이리하여 다시 수로왕의 후손이 왕묘를 받들게 되었다.

그 후, 어느 단오날 영규의 아들이 발광하여 왕묘에 침입하였다. 영규의 아들은 차려진 것을 치우고 제멋대로 딴 제사를 올리려다가 갑자기 병을 얻어 그 길로 집에 가서 죽었다.

한 번은 몇몇 도적의 무리가 왕묘를 침범하려고 하였다.
"저곳에는 아마도 금은보화가 있을 것일세."
"그러니 우리 훔쳐내세."
이렇게 짜고서 도적의 무리는 왕묘로 달려들었다.
"이놈!"
그러나 왕묘의 문이 열리고 천둥 같은 호령을 하며 한 사나이가 뛰어 나왔다.
몸에는 갑옷을 입었고 손에는 활을 들어 사면을 향하여 날래게 쏘았다.
"큭!"
"어이쿠!"
삽시간에 칠팔 명이 피를 흘리고 쓰러지자 도적의 무리는 일단 물러갔다.
그러나 그 정도로 순순히 물러설 도적들이 아니었다. 그럴수록 금은보화가 숨겨져 있으리라는 유혹이 강해졌다.
며칠이 지나자 도적의 무리는 또 왕묘에 침범하려고 하였다. 이번에는 더욱 많은 수효가 갖가지 무기를 들고 달려들었다.
"쏴아……."
왕묘 옆에 한 줄기 바람이 불더니 큰 뱀이 나타났다. 두 눈을 번갯불같이 번쩍이고 붉은 혀는 독을 뿜는 듯하였고 길이는 족히 서른 자는 되었다.
"이건 또 뭐야?"
도적들은 겁을 집어먹고 머뭇거렸다. 이 틈에 뱀은 날래게 달려들어 순식간에 팔구 명을 물었다. 한 번 물리기만 하면 온몸에 강한 독이 돌아 그 자리에 쓰러져 죽었다.

"안 되겠다."

"목숨이나 구하자!"

도적의 무리는 허겁지겁 도망쳤다. 그 후로 다시는 왕묘를 침범하지 못하였다.

이상의 일은 모두 아득한 옛날에 일어났던 것들이다. 그러나 이보다 후세인 고려 때도 왕묘의 영이한 일이 일어났다.

991년에 조문선(趙文善)이란 사람이 김해부 양전사(量田使)가 되었다. 양전사란 각 지방에 파견되어 논이나 밭을 측량하고 실태를 파악하는 임무를 띤 사람이었다. 조문선은 다음과 같은 글월을 중앙에 올렸다.

"수로왕묘에 소속된 밭이 너무나 많아 그대로 둘 필요가 없습니다. 반만 그대로 두고 반은 몰수하여 김해부에서 부리는 노동자들에게 양곡을 주는 터전으로 삼는 게 좋겠습니다."

물론 이것은 즉각 승낙이 되었고, 왕묘에 소속되어 있던 밭의 반은 몰수되었다. 이 일은 모두 조문선이 감독하였다.

일이 다 끝날 무렵, 조문선은 무서운 꿈을 꾸었다. 손에 칼을 든 칠팔 명의 무섭게 생긴 귀신들이 조문선을 에워쌌다.

"이놈, 어찌 함부로 밭을 빼앗느냐?"

"너 같은 놈은 마땅히 죽어야 한다."

번쩍이는 칼을 휘두르는 통에 조문선은 놀라 깨었다.

잠이 깨자 심한 고통을 느꼈고, 아무래도 중한 병에 걸린 것만 같았다.

"이러고 여기에서 어물거리다가 무슨 일을 당할지 모르겠다."

겁이 난 조문선은 날이 밝는 것을 기다리지도 않고 도망쳤다. 황급하여 누구에게 떠난다는 말을 하지도 못하였다.

그러나 조문선은 김해부를 채 떠나기도 전에 까닭 모를 원인으로 죽고 말았다.

≪삼국유사(三國遺事)≫ 권2에서

32. 원혼(寃魂)의 통곡

단종의 어머니는 현덕왕후(顯德王后) 권씨다.

권씨는 세종 십삼년에 열 살로서 대궐에 들어와 세자를 모시게 되었다. 이때 세자빈은 따로 있었으나 그 후에 세자빈이 실덕으로 그 자리를 쫓겨나게 되자 권씨가 세자빈이 되었다. 세자빈이 된 권씨는 딸을 낳았고 세종 이십삼년 칠월 이십삼 일에 아들을 낳았으니 단종이었다. 그러나 권씨는 그 다음날에 산고로 돌아갔으니 스물네 살이었다.

단종을 낳고 돌아간 현덕왕후는 안산에 묻혔고 그 무덤을 소릉(昭陵)이라고 일컬었다. 이후에 세종이 돌아가자 문종이 왕위를 이었고 또 문종이 돌아가자 단종이 왕위에 올랐다. 그러나 단종은 숙부인 세조에게 왕위를 빼앗기고 말았다. 이에 격분한 성삼문 등이 들고 일어나 바로잡으려다가 죽음을 당한 것은 너무나 유명한 일이다. 세조는 이에 현덕왕후의 동생인 권자신(權自愼)과 그 어머니도 관련이 있다 하여 죽음을 내렸고 이미 죽은 지 오래인 현덕왕후의 아버지는 그 지위를 내려 서인으로 만들었다.

그 다음 해 어느 날 세조는 낮에 잠시 졸다가 꿈에 현덕왕후를 보고 심한 가위에 눌려 몹시 고생하였다.

"고얀 일이다."

세조는 현덕왕후를 미워하고 보복할 생각으로 그 능을 없애고자 하였다. 이날 밤에 현덕왕후가 묻혀 있는 소릉에서는 여인의 곡성이 구슬프게 들려 왔다.

"허, 어인 일일까?"

"괴변이야."

동리 사람들은 등골이 서늘하여 서로 쳐다보며 귀를 기울였다.

곡성은 더욱 크게 들렸다.

"흐, 으으흐흐, 내 집을 허물려고 하니 장차 누구를 의지한단 말인가?"

이렇게 푸념하며 흐느껴 우는 곡성은 밤이 새도록 들려 왔다. 그런 지 며칠 되지 않아 세조가 보낸 무리들이 들이닥쳐 소릉을 파헤치기 시작하였다. 능을 파헤치고 관을 끌어내려 하였으나 움직이지 않았다.

"아니 이렇게 무거울 수가 있는가?"

"예삿일이 아니야."

공론 끝에 정중히 제를 지내고 다시 관을 끌어내니 이번에는 순순히 나왔다. 이 관을 사나흘이나 그냥 버려두었다가 물가로 옮겨가 아무렇게나 흙을 덮어 버렸다. 파헤쳐진

능의 나무나 석재를 범하는 자가 있으면 아무리 갠 날이라도 천둥이 치고 갑자기 폭유가 쏟아지곤 하였다.

사람만이 아니고 어쩌다 소나 말이 능 경내에 들어가 석재를 밟아도 천둥이 울리고 비가 쏟아졌다.

"돌아가신 분이라도 얼마나 원통하시겠나. 그러니 이런 괴변이 있을 수밖에……."

"암, 통곡을 해도 시원치 않은 노릇이지."

동리 사람들은 서로서로 이렇게 경계하며 능 가까이에는 가지 않았다.

능이 있는 안산 마을에는 바다를 향해서 제사(齋社)가 있었다. 이 제사를 지키는 중은 어느 날 밤에 문득 눈을 뜨고 귀를 기울였다.

"흐, 으으흐, 흑흑……."

바다 쪽에서 여인의 흐느껴 우는 소리가 들려 왔다.

"알 수 없는 노릇이다. 이 밤중에 누가 저렇게 흐느껴 통곡을 할까? 더구나 바다 쪽에서 들리니 더욱 이상한 노릇이다.

여인의 통곡 소리는 점점 가까워졌다. 드디어는 바닷가에까지 이르러서 멈춰졌다.

"허, 괴이한 노릇……."

중은 날이 밝자 바닷가로 뛰어나가 봤다.

"어이크!"

그곳에는 관이 있었다. 아무렇게나 물가에 묻은 현덕왕후의 관이 물에 씻겨 드러나서 떠내려 온 것이었다.

"망극하여라!"

중은 황망히 물가에 있는 풀을 베어 관을 덮었다. 그것만으로는 부족하여 물기 젖은 흙을 덮고 또 풀을 더 덮었다.

몇 년이 지나지 않아 이 근처에는 풀이 무성해져 어디에 관이 있는지 알 수 없게 되었고 다만 봉긋하게 좀 높은 곳이 관이 있는 곳이라고 짐작할 따름이었다.

세조는 조카인 단종의 왕위를 빼앗았을 뿐만 아니라, 드디어는 죽이기에 이르렀다.

이보다 앞서 세조의 꿈에 현덕왕후가 나타났다.

"네 죄를 알겠는가?"

"……."

세조는 형수의 꾸지람에 벌벌 떨 따름이었다.

"죄 없는 내 자식을 죽이려고 하니 나는 네 자식을 죽이겠다."

세조는 놀라 잠이 깼다. 그러자 한 궁녀가 급히 뛰어와 아뢰었다.

"동궁께서 갑자기 돌아가셨습니다."

"허!"

세조의 아들인 동궁은 세조 2년 9월에 죽었다.

세조는 이 놀라운 소식에 넋을 잃고 망연히 앉아 있기만 하였다.

이런 일이 있은 지 십 여 년 후인 성종 2년에 남효온(南孝溫)은 현덕왕후의 소릉을 다시 가다듬고 능호를 올리자고 주장하였다.

이후로 이런 일은 계속 나타났고 약 50년 후인 중종 때에 이르러서는 더욱 자주 나타나게 되었다.

중종 8년 2월에 크게 천둥이 있었고 종묘의 소나무가 흔들렸다. 중종은 3월에 친히 종묘에 제를 지내고 신하들에게 물었다.

"이번 괴변이 왜 일어난다고 보느냐?"

"예, 문종 대왕께서는 홀로 그 위패가 모셔져 있습니다. 하오니 소릉을 다시 가꾸고 문종 대왕과 더불어 모시게 하는 것이 옳을까 하옵니다."

이에 중종은 소릉을 다시 가꾸라고 명령을 내렸다.

그러나 현덕왕후의 관이 어디에 묻혀 있는지 알 수가 없어 다만 마을 사람들 사이에 전해 내려오는 대로 물가 봉긋한 곳을 파 보았다. 그러나 관은 나타나지 않았다.

"아마 허탕인가 보구나."

일을 돌보던 감관(監官)은 낙심하여 어쩔 줄 몰라 하였다. 이날 잠시 잠이 들었던 감관은 꿈에 현덕왕후를 보았다.

"이리 오너라!"

"예."

현덕왕후는 양쪽에 궁녀를 거느리고 있었다. 감관은 놀래 땀을 흘리며 엎드렸다.

"너희들 수고가 많다. 그러나 좀더 수고를 하여라."

"예."

감관은 어쩔 줄을 몰라 하다가 꿈에서 깨었다.

"좀더 파 보자!"

감관은 새로운 힘을 얻은 듯 인부를 독려하여 몇 자를 더 파게 하니 현덕왕후의 관이 나타났다.

현덕왕후의 관은 전에 묻혔던 안산 소릉 자리가 아니고

문종이 묻힌 현릉 옆에 능을 만들어 정중하게 묻었다.
"쏴아……."
이때 갑자기 맑은 하늘에서 비가 쏟아지다가 잠시 후에 그쳤다. 현덕왕후의 원혼이 이제까지의 일을 생각하고 통곡하는 눈물이 비가 되어 뿌린 것이라고 모두들 수군거렸다.
문종의 능과 현덕왕후의 능 사이에는 소나무 몇 그루가 있었는데 저절로 시들었다.
이에 그 소나무를 송두리째 베어 버리게 하니, 두 능은 환히 서로 바라보이게 되었다.
그 후로 다시는 괴이한 일이 일어나지 않았다.

≪음애일기(陰崖日記)≫에서

33. 원혼(冤魂)의 보복

고려 고종 때는 권신 최이(崔怡)가 실권을 잡고 있었다.
이때 김희제(金希磾)라는 사람이 있었다. 한때 최이가 병석에 누워 있자, 김희제는 연지(演之)라는 사람에게 가서 점을 친 일이 있었다. 연지가 점을 쳐서 알려 주었으나 그 내용이 길지 않았고 김희제는 괴이하게 여겨 가까운 사람에게 말하였다.
그랬더니 그 내용이 최이의 귀에까지 들어갔다. 심지어 이는 김희제가 반역할 뜻이 있어 그러한 소문을 퍼뜨리는 것이라고 비방하는 무리도 있었다.
"흠, 죽일 놈이군!"
최이는 즉시 김희제를 잡아 오라고 명령하였다. 김희제

는 전라도 순문사가 되어서 나주에 머무르고 있었다. 잡으러 온 사람이 이르렀다는 말에 김희제는 모든 것을 단념하였고 태연히 세 아들을 데리고 바다로 나갔다.

"이제 나를 잡으러 왔다고 한다. 억울한 일이나, 이미 죄인으로 잡히게 되었다면 살아날 도리는 없다. 내가 죄로 몰려 죽는다면 너희들도 온전하지는 못할 것이다. 잡혀가서 죽음을 당하느니보다는 차라리 스스로 목숨을 끊는 것이 낫다."

이 말에 세 아들도 동의하였다. 결국 김희제와 세 아들은 바다에 몸을 던져 자살하고 말았다.

김희제의 큰아들 김홍기(金弘己)는 상장군 조염경(趙廉卿)의 사위였다. 조염경은 김홍기가 죄 없이 죽은 것을 무척 애석하게 여겼다.

"애처로운 노릇이다. 이 집 부자가 죄 없이 몰살을 하여 그 제사를 받들 사람도 없게 되었다. 우리는 남도 아니요, 인척이 되는 터이니 죽은 사람의 명복을 비는 뜻으로 소식을 하기로 하자."

즉 고기를 먹지 않기로 하였던 것이다.

그러나 이것이 화를 일으키게 되었다. 어느 날 최이는 조정의 중신들과 여러 장군들을 불러 큰 잔치를 베풀었다. 이 자리에는 여러 가지 맛있는 음식이 마련되었고, 고기도 산같이 쌓여 있었다.

조염경은 고기를 먹지 않았고, 이것을 최이가 눈치 채게 되었다.

"장군! 장군은 어찌 고기를 들지 않소?"

"예. 원래 집에서도 소찬(素饌)을 먹었기에 고기를 별로 즐기지 않습니다."

"흠, 그럴까?"

최이는 금새 얼굴색이 달라지며 손으로 상을 쳤다.

"예."

조염경은 손이 가늘게 떨렸다. 최이의 불 같은 성격과, 한 번 노하면 물불을 가리지 않는 성질을 잘 알기 때문이었다.

"흥, 장군은 죽은 김희제와 사돈간이지? 그래서 그 집 문중을 생각하여 고기를 안 먹는게 아닌가?"

"아닙니다. 정 그러시다면 고기를 먹지요."

"고기를 먹는 것만으로는 안 되오. 그 집 식구들이 죄가 무서워서 스스로 자결하였는데, 홀로 된 장군의 딸은 어찌 개가를 시키지 않소? 어서 개가를 시키시오. 만일 개가를 시키지 않으면 장군도 죽은 그들과 같이 다른 뜻이 있는 것으로 알겠소."

"……."

조염경은 황망히 자리를 물러나 집으로 돌아왔다. 이렇게 되었으니 딸을 개가시키지 않을 수 없게 되었고 만일 거역하였다가는 언제 죽음을 당할지 모르는 노릇이었다.

이 소식을 들은 딸은 통곡하며 아버지 조염경의 앞에 엎어졌다.

"아버지, 지아비가 죽은 지 불과 며칠이 되지 않았거늘 어찌 절개를 앗으려고 하십니까?"

"이는 나도 원하는 바가 아니나 사세 부득이하구나."

"못하십니다. 이는 예의가 아닙니다."

"어찌 내가 그것을 모르랴. 그러나 이대로 있다가는 우리 집이 몰살을 당할지 모르는 일."

"아버지!"

"안 된다. 꼭 개가하여야 한다."

조염경은 최이가 무서워 딸에게 개가를 강요하였다. 급히 서둘러서 사윗감을 고른 결과 낭장 윤주보(尹周輔)가 뽑히었다.

조염경의 딸은 매일을 통곡으로 보내었고 윤주보는 싱글벙글하였다. 이 소식을 듣고서야 최이는 분노가 다소 풀리는 듯하였다.

"암, 누구의 명령이라고 감히 어길 수 있을까 보냐? 감히 역적에게 가담할 수는 없겠지."

이런 속에서 날짜는 다가오고 조염경의 딸이 윤주보에게 개가하는 혼례식이 거행되었다.

조염경의 딸은 신방에 들어갔으나 죽은 남편 생각이 나서 소리 없이 눈물을 흘리기만 하였다.

"허, 오늘 같은 날 눈물을 보이다니 사위스럽군."

윤주보는 못마땅하여 연방 혀를 찼으나 조염경의 딸은 외면하고 앉아 옷을 벗을 생각도 하지 않고 있었다. 윤주보의 이맛살은 찌푸려지기만 하였다.

"제가 울면 별수가 있나. 이제 내 아내가 되었으니 내 말을 들어야지."

윤주보는 입맛이 써서 흘깃 조염경의 딸을 쳐다보고는 혼자 자리에 누웠다.

"흥, 어디 울고 밤을 세워 보라지. 오늘이야 저렇지만 끝끝내 나를 거역하지는 못할 것이 아닌가. 섭섭하지만 재미 보는 것은 내일로 미룰까?"

윤주보는 계속 혀를 차다가 스르르 잠이 들었다.

꿈에 김홍기가 나타나서 무섭게 윤주보를 노려보며 꾸짖었다.

"이놈! 개 같은 놈!"

"뭐?"

"너는 어째서 감히 남의 아내를 앗으려고 하느냐?"

꿈 속이기는 하였으나 윤주보는 지고 있지 않았다.

"앗았다니 그게 무슨 말이야? 엄연히 혼인을 하였고, 또 상장군의 승낙을 얻어서 결정한 일이고……. 또 위로는 최이 어른의 뜻이거든."

김홍기는 최이라는 말에 더욱 울분이 치미는 듯 주먹질을 하였다.

"최이라니? 너는 그런 놈에게 붙어서 남의 아내를 겁탈하려고 하는가?"

"겁탈, 겁탈하지 말아. 정정당당한 일을……."

윤주보도 맞서서 악을 썼다.

"아무튼 네 뜻대로는 되지 않으리라."

"죽었으면 가만히 있을 것이지, 무슨 수작인가?"

"이놈!"

"죽일 놈!"

김홍기와 윤주보는 서로 주먹질을 하며 싸우게 되었다. 김홍기는 주먹질만이 아니라 발길질까지 하였다.

"죽어라, 죽어!"

김홍기가 걸어차는 발길에 윤주보는 음부를 차여 비명을 질렀다.

"어이쿠!"

윤주보는 눈에서 불이 번쩍 나며 제정신이 들었다. 등골에는 식은땀이 흘렀고, 아직도 가슴이 두근두근하였다.

"아아, 꿈이었구나!"

윤주보는 길게 한숨을 몰아 쉬고 조염경의 딸을 쳐다보았다. 조염경의 딸은 아직도 외면하고 앉은 채 눈물을 흘리고 있었다.

"허, 꿈도 고약하군!"

그제서야 이번 혼례가 잘못된 것이나 아닐까 하는 후회가 들기 시작하였다.

"어, 어이쿠!"

윤주보는 이맛살을 찡그렸다. 꿈 속에서 김홍기에게 걷어채인 곳이 또 아프기 시작하였다. 점점 아파지더니 고통은 참기 어려워졌다. 윤주보는 쩔쩔매다가 결국 이튿날 절명하고 말았다.

김홍기의 죽은 혼이 불의를 규탄하고 윤주보를 죽인 것이었다.

≪고려사(高麗史)≫ 권103에서

34. 죽은 넋의 분풀이

한 무인이 있었으니, 그는 김덕생(金德生)이라는 장군

밑에 있던 사람이었다. 김덕생은 태종 때 사람으로서 그 공로가 커 상장군의 벼슬까지 지내다가 죽었다.

이 무인은 언제나 김덕생 장군을 잊지 못하였다.

"참, 김 장군 같은 어른이 어디 또 있겠는가? 그 무술은 비할 바가 없었고, 또 부하 사랑하기를 친자식같이 하였으니 말이야."

무인은 언제나 이런 말을 잘하였고, 그러기에 그 아내도 은근히 김덕생 장군의 높은 기상을 우러러 추모하기까지에 이르렀다.

"김 장군은 훌륭한 어른이셨어."

"그렇지만, 이미 돌아가신 분을 생각한들 무얼 하겠어요."

아내의 말에 무인은 펄쩍 뛰었다.

"그게 무슨 소린가? 돌아가셨으니 더욱 안타깝게 생각이 난단 말이지."

"그러나 이제는 다른 어른을 섬기는 몸이 되셨으니, 너무 김 장군 생각만 하시는 건 좋지 않을 거예요."

"모르는 소리. 그렇다고 내가 뭐 잘못하는 일이 있겠니, 지금의 일을 소홀히 하는 것은 아니야. 내가 죽을 때까지는 김 장군의 높으신 뜻과 그 뛰어난 무술을 잊을 수 없다는 말이지."

무인은 고개를 설레설레 젓고 아내를 탓하였다. 무인이 김덕생 장군을 생각하는 뜻은 지극하여 제삿날이 되면 으레 김덕생 장군의 집으로 가서 유족들과 같이 제사에 참석하였다. 그리고 그 누구보다도 섧게 울었다. 이런 일이 한두 해에 그치는 것이 아니라 십 년이 넘어도 한결같았다. 이것은 김덕생 장군의 사람됨이 뛰어났기 때문만이 아니라 생시에 이 무인과 각별히 가깝게 지냈기 때문이기도 하였다.

무인의 아내는 처음에는 한두 번 맞서는 말을 하기도 하였으나, 이제는 으레 그러려니 하고 잠자코 귀를 기울이게 되었다. 그러던 어느 날 밤의 일이었다. 한참 곤히 자던 무인은 갑자기 벌떡 일어났다.

"어, 어어……."

야릇한 고함 소리에, 무인의 아내도 눈을 뜨고 일어나 앉았다.

"허……."

무인은 허공을 쳐다보며 넋 잃은 사람처럼 중얼거렸다.

"아니, 왜 그러세요?"

"여보."

아내는 무인의 팔을 잡고 흔들었으나, 무인은 연방 중얼거렸다.

"예, 왜 그러세요?"

"여보."

그제야 무인은 정신이 드는 듯 길게 한숨을 몰아 쉬었다.

"후유……."

"무슨 일이에요?"

"아니야."

"아니라니요? 무슨 흉한 꿈을 꾸었나요?"

"허 참, 그만 잡시다."

무인은 다시 한 번 한숨을 쉬고는 도로 누웠으나, 아내는 궁금하기만 하였다.
"무슨 일이 있었나요?"
"아냐, 날이 밝거든 서서히 이야기하지. 어서 잡시다."
"……."
무인은 돌아누워 버렸고, 아내는 이해가 가지 않았으나 억지로 자려고 눈을 감았다. 돌아누운 무인이 코를 골기 시작하자, 아내도 스르르 잠에 떨어졌다. 얼마가 지나자 무인은 또 벌떡 일어났다.
"어, 어어……."
아내도 또 깜짝 놀라 일어났다.
"어, 어어……."
"여보……."
무인은 얼마 만에야 또 길게 한숨을 몰아 쉬었다.
"기이한 일이로군."
"무슨 꿈을 꾸셨나요?"
"불이나 좀 켜구려."
아내는 주섬주섬 매무새를 고치고 일어나서 등잔에 불을 켰다. 방 안이 환해지자, 무인의 얼굴을 들여다보았다. 이마에는 식은땀이 맺혀 있었다.
"후유……."
"속 시원하게 이야기나 하세요."
"그러리다."
시원스럽게 대답은 해 놓고서도 무인은 또 한동안 덤덤히 앉아 있었다.
"어서요."

"아무래도 심상한 꿈은 아니야."
"뭔데요?"
"꿈에 김 장군을 뵈었단 말이오."
"김 장군을요?"
"얘기 좀 들어보소. 참 오래 간만에 김 장군을 보았지. 김 장군께서는 백마를 타셨고, 활을 드셨더란 말이오. 위풍당당한 모습이 꼭 살아 계실 때 뵈옵는 것 같더란 말이오. 나는 얼떨결에 말고삐를 잡으며 '장군님!' 그랬지."
"그래서요?"
아내는 무언지 불길한 생각이 들어 등골에 식은땀이 흐르고 소름이 끼쳤다.
"김 장군께서는 나를 보시고 이러시더군. 오늘 우리 집에 뜻하지 않은 흉한 도둑이 들었으니 내가 어찌 가만히 있겠는가? 당장 쫓아가서 쏘아 죽이겠네. 이러시기에 나는 깜짝 놀라 벌떡 일어났지."
"두번째는요?"
"다시 잠을 자는데, 꿈에 또 김 장군께서 나타나시지 않겠어. 김 장군께서는 빙긋이 웃으며 화살을 하나 보여주시는데, 완연하게 핏 자국이 있었어 그러면서 내가 이미 그 도둑을 죽였네. 이러시는 게 아닌가."
"……."
"김 장군댁에 무슨 일이 있기는 있는 모양이야."
무인은 등잔불을 바라보며 또 길게 한숨을 몰아 쉬었다.
"정말 도둑이 들었을까요?"
"음, 들었다면 죽었겠지. 그러나 한낱 도둑을 가지고 김 장군께서 일부러 나타나시지는 않으실 텐데……. 아마도 뭔지 크고 불길한 일이 생겼음에 틀림없소."

"날이 밝거든 한번 가 보세요."

"그래야지."

부부는 제각기 생각에 잠겨서 묵묵히 앉아 날이 밝기만을 기다렸다. 날이 밝자, 무인은 조반도 들 생각 없이 허둥지둥 집을 나섰다. 궁금하니 속히 다녀오라는 말을 들으며 집을 나선 무인은 한걸음에 김덕생 장군의 집에 이르렀다.

수런수런하고 대문께부터가 심상치 않았다. 무인은 왠지 가슴이 덜컥 내려앉으며 서성대는 하인의 소매를 잡았다.

"얘!"

"예?"

하인은 흘긋 쳐다보다가 낯익은 무인임을 알고서 혀를 차 보였다.

"무슨 일이 있었는가?"

"어제 사람이 죽었어요."

"사람이 죽어? 누가?"

꿈이 꼭 들어맞은 게 신기하여 무인은 더욱 다가섰다.

"이 댁 마님이 개가를 하셨거든요."

"어?"

무인은 입이 딱 벌어졌다. 이 댁 마님이라면 김덕생 장군의 계실이었다. 계실은 김덕생 장군이 죽은 지 십여 년이 되는 오늘날까지도 젊은 것은 잘 아는 터이나, 개가란 말이 되지 않았다.

"어제가 바로 개가하시는 날이었거든요. 그래 어젯밤에 신방을 꾸몄지요. 그랬는데, 신랑되는 사람이 밤 사이에 갑자기 복통을 일으켜 고생을 하더니, 오늘 아침에 죽었어요."
"흠!"
"그러니 세상에 이런 흉한 일이 어디 있겠어요."
"허!"
무인은 꿈을 꾼 것이 새롭게 생각나 고개를 끄덕였다.
'김 장군께서 돌아가셨어도 역시 그 기상은 엄연하시구나.'
무인은 이런 생각을 하며 아내에게 이 일을 알리고자 급히 집으로 돌아갔다.

≪청파극담(靑波劇談)≫에서

35. 원귀(寃鬼)의 재앙

김석주(金錫胄)는 숙종 때 사람으로서 그 벼슬이 우의정에까지 이르렀던 사람이다.

숙종 초에 조정의 실권은 남인들이 잡고 있었고, 서인의 거두인 송시열은 귀양 가 있고, 서인의 힘은 보잘것 없었다.

숙종 6년(1680) 3월에 남인의 거두 허적은 잔치를 베푸는 자리에 무단히 어용(御用)의 유악(油幄)을 사용하였다. 궁중에서 쓰는 장막을 함부로 사용한 것이 알려지자, 숙종은 크게 노하여 허적을 파면시키고 말았다.

이렇게 되자 허적의 아들인 허견은 왕족인 복선군 등과 더불어 대역을 감행하려고 하였다. 이 낌새를 안 김석주는 이 사실을 숙종에게 알리고 큰 옥사를 일으켰다. 그 후 직접 사건에 관계된 허견 등은 죽음을 당하였고, 허적도 아들의 죄로 인하여 죽음을 당하였다. 또 많은 남인들은 멀리 귀양 가거나 파면되었다. 그리고 김석주를 비롯한 서인들이 들어서서 정권을 잡게 되었다.

이것을 경신년에 있었던 일이라 하여 경신대출척(庚申大黜陟)이라고 한다. 김석주는 이때 우의정이 되었으며, 또한 보사공신(保社功臣)의 호를 받고 청성부원군에 책봉되었다. 서인의 거두인 송시열도 이때 귀양살이에서 풀려나 석방되었다.

이후 한동안은 서인의 세력이 도도하였다.

김석주는 공신 칭호로 빛났고 그는 우의정으로 부귀공명을 누리고 살다가 숙종 10년(1684)에 51세에 세상을 떠났다. 나라에서는 문충이라는 시호를 내리기까지 하였다.

김석주가 죽은 뒤 얼마 되지 않아 이 집에 기괴한 소문이 전하여졌다.

"돌아가신 어른의 혼이 병안모 지붕에 내렸다고 합니다."

식구들은 모두 놀라워하였고 특히, 김석주의 아들인 김도연(金道淵)은 거듭 물었다.

"그게 무슨 소리요?"

"돌아가신 어른의 혼이 어느 이름도 없는 무인에게 씌워졌다는 소문이 들리는군요."

"허, 그래?"

김도연은 여러 모로 수소문하여 보았다. 과연 그렇다는 소문이 또 전해져 왔고, 이렇게 되자 그냥 내버려 둘 수

만은 없었다. 직접 사실 여부를 확인하기 위하여 평안도 지방으로 급히 달려갔다.

그 지방에서도 이 소문은 자자하였다. 김도연은 문제의 사나이를 만나 보았다. 40쯤 되어 보이는 건장한 사나이였고 희널성게 뜬 눈에 어딘지 요기가 돌았다.

김도연을 보자 사나이는 서슴지 않고 지껄였다.

"오, 너 오냐. 멀리서 오느라고 수고가 많구나. 그래 집안은 다 편안하느냐?"

"……."

김도연은 어이가 없어 입을 다물고 바라보기만 하였다. 그 말은 사나이가 직접 하는 목소리가 아니었고 사나이의 머리 위 공중에서 들려 오는 것이었다.

좀 있더니 낭랑하게 시를 외기 시작하였다. 그것은 김석주가 지은 것으로서, 평소에 자주 읊던 것이었다. 또한 어느 해에는 무슨 일이 있어서 어쩌고 하는 따위의 사설을 늘어놓는데 집안사의 세밀한 것까지 알고 있었다.

"음!"

김도연은 신음하였고, 더 의심할 수가 없었다.

이 사나이를 데리고 서울로 돌아왔다. 그러나 양반 체면에 차마 집 안으로 데리고 들어가지는 못하고 가까운 곳에 있는 하인 집에서 묵게 하였다.

날이 갈수록, 이 사나이에게 김석주의 혼이 씌워졌다는 것을 믿지 않을 수 없었다. 그러기에 점차로 집안의 일을 상의하기에 이르렀다.

"여쭈어 볼 것이 있어서 왔습니다."

"무엇인고?"

사나이의 머리 위 공중에서 들리는 목소리는 죽은 김석주와 너무나 똑같은 위엄을 가지고 있었다.

"이번에 구촌뻘 되는 어른이 돌아가신 것을 아시겠지요?"

"음, 알지."

"묘지를 어느 곳에 어느 좌향으로 하여야 할는지요?"

"음. 어렵지 않은 일……."

공중의 목소리는 자세하게 일러 주었다. 그 일러 준 곳에 이르러 묘를 쓰려고 땅을 파니 샘같이 물이 쏟아져 나왔다.

"허!"

너무 어이가 없어서 김도연은 입이 딱 벌어질 따름이었다.

만일 공중의 소리가 실로 김석주의 혼이었다면 이렇게 터무니없는 짓을 시키지는 않았을 것이었다. 그러나 한 번 믿은 김도연이나 식구들은 의심하려고 들지 않았다. 이 사나이를 후하게 대접하였고, 공중의 목소리가 지시하는 대로 일일이 순종하였다. 남들이 이상하게 생각하는 것에도 아랑곳하지 않았다.

공중의 소리가 지시하는 것은 더욱 기괴하였다. 원래 가깝게 지내던 사람들과는 원수가 되게 지시하였고, 보잘것없는 간사한 무리들과는 친히 지내게 하였다. 무슨 일이 있으면 곧 무당을 불러다가 굿을 하라는 등, 도사를 불러다가 기도를 하라는 등, 지시를 하였다.

이런 것을 의심하지 않고 일일이 따르다 보니 집안 꼴

은 기괴하고 말이 아니게 되었다.

"그 사나이에게 김석주의 혼이 씌워진 게 아니라, 김도연에게 알 수 없는 귀신이 씌워졌나 보이."

"흠, 추효도 의심하지 않는다는 것이 더욱 알 수 없는 노릇이야."

뒷공론이 분분하였고 의구의 눈으로 바라보고 있었다. 그러나 당사자인 김도연이나 식구들은 정성으로 사나이를 받들었고, 공중의 소리가 시키는 대로 집 안팎의 일을 처리하였다.

숙종 15년(1689)에 큰 변동이 일어났다.

숙종의 귀여움을 받던 장소의가 아들을 낳으니 숙종은 이로써 세자를 삼으려고 하였다. 이에 서인들은 반대하였고, 남인들은 숙종의 비위를 맞춰 맞서고 일어났다.

숙종은 드디어 장소의를 희빈에 책봉하고 장 희빈이 난 왕자를 세자로 삼았다. 서인들은 계속 반대하였고, 숙종은 크게 노하여 서인을 몰아내니 다시 남인의 세상이 되었다. 이 일은 기사년에 있었다 하여 기사환국(己巳換局)이라고 한다.

이 소동으로 인하여 서인의 거두인 송시열은 귀양을 갔다가 다시 사약을 받았고 많은 서인이 물리침을 당하였다.

김석주는 이미 죽은 뒤였으나 그 벼슬과 칭호를 강탈당하였다.

"허, 무심한 노릇이다."

김도연은 하늘을 우러러 탄식하며 가슴을 쳤다.

"아버님의 혼이 옆에 있으면서도 어찌 이 지경이 되도

록 보고만 있으셨더란 말인가? 사전에 모면할 수 있는 길을 지시하시지도 않고……."

김도연은 슬피 탄식하다가 스스로 목을 매어 자결하였다.

"글쎄, 보라니까……."

뒷공론이 분분하였다.

평안도에서 데려온 사나이에게 씌워졌던 것은 김석주의 혼이 아니었다고들 하였다. 그것은 경신년에 김석주가 몰아낸 반대 당 사람의 죽은 넋이 거짓 김석주의 혼 노릇을 하며 김석주의 집안을 망친 것이었다고들 하였다. 원귀가 재앙을 가져다 주려고 나타난 것을 깨닫지 못한 김도연이 딱하다고들 하였다.

≪지양만록(芝陽漫錄)≫에서

36. 첩의 저주

광해군 10년의 일이었다. 이조참판 벼슬에 있는 유몽인(柳夢寅)의 부인 신씨가 병으로 눕게 되었다. 여러 가지 약을 써 보았으나 별로 효험을 못 보았고 식구들은 이러모로 생각하던 끝에 무당에게 물어 보자고 하였다.

"약도 신통한 효험이 없으니 무당에게 물어 보는 것이 어떠하올지요?"

"무당이라?"

그 말에 유몽인은 달갑지 않게 반문하였다.

"예, 복동(福同)이란 무당에게 물어 보는 것이 좋을까 합니다만……."

"흠, 복동은 대궐에도 드나드는 무당이라고는 하더라. 하지만 복동이 남자이기도 하고 여자이기도 하다니 이보다 더 흉한 일은 없다. 더구나 나는 어려서부터 무당이니 장님이니 하는 따위가 하는 말은 믿지 않는 터다. 그러니 그런 말은 아예 하지도 말아라."

유몽인은 잡아떼였고 식구들은 입을 다물어 버렸다. 복동이란 당시에 이름이 높은 무당이었다. 또한 복동은 반음양(半陰陽)이란 소문이 자자하기도 한 터였다.

신씨의 병이 쉬 차도가 보이지 않자, 식구들은 유몽인 몰래 복동에게 사람을 보내 물어 보았다.

"부인이 누워 계신 방 밖에 장독대가 있소?"
"예."
"그 장독의 밑에 필시 기괴한 것이 있을 것이오. 그것들이 도섭을 부려 부인의 병환이 차도가 없는 것이오."
"허, 그래요?"

복동에게서 이런 소리를 듣게 되자 장독 밑을 파 보았다. 땅을 파기 시작하자 갖가지 기괴한 물건들이 나타났다.

"어머나! 저것은 사람의 뼈가 아니냐? 흉측하기도 해라."
"후유……. 이건 또 짚으로 만든 인형이로군."

집안이 발칵 뒤집힌 것은 물론이거니와 유몽인도 복동의 말에 귀가 솔깃해졌다.

"이런 흉한 일이 있는 것을 복동이 알아내었으니, 누가 이런 짓을 하였는지도 복동은 알 수 있으리라. 다시 한번 가 보아라!"

이번에는 유몽인이 자진하여 하인을 복동에게로 보내

었다. 부인 신씨를 죽이고자 이러한 비방을 쓴 범인을 잡아내고자 하였던 것이다.

복동에게 간 하인은 단단히 봉을 한 자그마한 상자를 들고 가 복동에게 주었다.

하인이 복동에게 들고 간 상자 속에는 유몽인의 온 집안 사람의 생년월일과 성이 적혀 있었다. 유몽인 자신으로부터 시작하여 남녀비복에 이르기까지의 모든 사람들을 적었으니 그 중에서 범인을 골라내 달라는 것이었다.

복동은 글씨도 제대로 모르는 터였다.

"가만히 있어요. 내 신령님에게 물어 볼게."

복동은 차려 놓은 제단 앞에서 주문을 외며 서성거리더니 문득 종이에 두어 자 글씨를 써서 역시 굳게 봉을 하여 내주었다. 하인은 이것을 받아서 유몽인에게 전하였다.

"이 속에 죄인의 이름이 적혀 있단 말인가?"

유몽인은 가볍게 떨리는 손으로 봉을 뜯었다. 종이에는 애개(愛介), 애옥(愛玉)이란 두 이름이 적혀 있었다. 애개란 유몽인의 첩의 이름이었다.

"허, 다만 생년월일과 성만을 적어 보냈는데 복동이 어떻게 애개란 이름을 알았을꼬?"

유몽인은 첩 애개를 족쳤으나 애개는 모르는 일이라고 잡아떼었다.

"그건 그렇고……. 애옥이란 누굴까?"

고개를 갸웃거리는데 옆에 있던 아들 유약이 말참견을 하였다.

"짐작이 갑니다. 중금이란 하인의 아내가 영변의 관기

(官妓)였다가 도망쳐 온 자라고 하였사온데, 그 이름이 애옥이라고 하던 성싶습니다."
"그래? 그럼 그 중금이란 녀석을 당장 잡아오너라!"
 유몽인은 중금이란 하인을 잡아다가 족치기 시작했고 중금이란 하인은 순순히 대답하였다.
"예, 집안 하인들 사이에 말이 있기는 하였습니다."
"무슨 말이?"
"다름이 아니옵고 여편네인 애옥이 수상한 짓을 한다고들 하였습니다. 그 복동이란 무당이 귀신같이 이 일을 다 알고 있다니 실로 놀라운 노릇입니다."
"저런 죽일 년이 있느냐!"
 유몽인은 크게 노하여 애옥을 잡아오게 하였다. 유몽인은 애옥이란 이름은 몰랐으나 눈에 벗어나는 일이 있어 집에서 쫓아내었던 계집이었다.
"이년! 네가 네 죄를 아느냐?"
 애옥이 잡혀 오자 유몽인은 꾸짖었다.
"저년을 몹시 쳐라!"
 하인들이 달려들어 애옥의 볼기를 치기 시작하였다.
"죽을 죄를 지었으니 살려 주십시오."
 애옥은 매에 못 이겨 비명을 질렀고 두 손을 모아 싹싹 빌기 시작하였다.
"어서 말해라!"
"예, 쇤네에게도 죄가 있기는 하오나 쇤네에게만 죄가 있는 것은 아니옵니다."
"뭐라고?"

"이 일은 별실 마님과 같이 의논하였삽고 또 많은 물건을 주시기에 부득이 한 일입니다."

"저런 죽일 년이……. 그년을 몹시 쳐라!"

더욱 심해진 매에 애옥은 비명을 질렀으며, 유몽인 옆에 앉았던 애개의 얼굴은 흙빛이 되었다. 유몽인은 똑바로 첩 애개를 쳐다보았다.

"보아라! 이래도 모른다고 하겠느냐?"

"……."

"이년을 잡아 가두어라."

유몽인은 벌떡 일어서서 발을 구르며 노발대발하였고, 하인들을 시켜 애개를 광에 가두게 하였다.

"그런 년이 있나!"

유몽인은 애옥보다도 첩인 애개가 더욱 미웠다. 첩이란 자리에 있으면서 본실을 투기하여 죽이고자 하였다니 용납할 수 없었다.

다음 날 하인이 달려와서 급한 소리를 하였다.

"큰일 났습니다."

"무엇이냐?"

"광 문이 열려 있습니다."

"뭐라고?"

애개가 도망쳤다는 것이다. 유몽인은 주먹을 휘두르며 하인들을 나무랐고 여러 모로 애개를 찾게 하였다. 다만 찾으라는 것만이 아니었고 보거든 어디에서든 지체 말고 죽여 버리라고 하였다.

드디어 애개는 잡혔고 죽음을 당하였다.

"후유……."

유몽인은 그것으로 끝난 줄 알았으나 집안에는 잇달아 여러 가지 기괴한 일이 생겼다. 부인 신씨는 병이 더해 죽었고 밤이면 여인의 곡성이 들리기도 하였다. 유몽인은 다시 하인을 무당 목동에게 보내어 물어 보게 하였다.

"이는 죽은 애개의 넋이 아직 머물러 있어 여러 가지 흉한 일을 벌이는 것이오."

유몽인은 이를 갈았다.

"그년! 참, 살아서도 저주를 하고 집안을 소란하게 하더니 죽어서도 이따위 짓이란 말이냐?"

유몽인은 생각다 못해 지옥에 있는 십대왕인 십왕에게 하소연하는 글을 지어서 제를 지냈었다. 그리고 이 글을 쓴 종이를 불살랐다.

그 후로 다시는 기괴한 일이 생기지 않았다. 유몽인의 호소를 듣고 지옥의 사신이 애개의 넋을 잡아갔기 때문이었다.

≪묵호고(默好稿)≫에서

37. 임금 혼의 꾸짖음

임진왜란을 겪은 임금인 선조는 1600년에 왕비인 의인왕후 박씨를 잃었다. 2년 후에 김제남의 딸을 왕비로 삼았으니 인목왕후(仁穆王后)였다. 이때에 선조의 나이는 51세였고 인목왕후는 19세였다.

노경에 든 선조가 어린 인목왕후를 극진히 사랑한 것은

말할 것도 없거니와 인목왕후는 딸 하나, 아들 하나를 낳았으니 정명공주(貞明公主)와 영창대군(永昌大君)이었다. 선조에게는 아들이 열넷이요, 딸이 열하나였다. 아들 열넷 중 열셋은 모두 후궁의 몸에서 난 것이요, 끝의 영창대군만이 정실인 왕비의 몸에서 난 것이었다. 그러니 영창대군에 대한 사랑 또한 더 말할 나위 없었다. 그러나 선조는 인목왕후를 왕비로 삼은 지 6년 후에 돌아갔고 왕위는 광해군이 계승하게 되었다.

광해군이 임금이 되자 왕비의 오라비인 유희분이 세력을 휘두르게 되었다. 또한 광해군은 다소의 공적을 세우기도 하였으나 점점 정치는 어지러워져 갔다. 이때 명나라에서 우리 나라에 사신으로 온 조도사(趙都司)는 당시의 정치를 비웃는 다음과 같은 시를 지었다고 한다.

淸香旨酒千人血
細功珍羞萬姓膏
燭淚落時人淚落
歌聲高處怨聲高

유명한 춘향전에도 이 시를 몇몇 글자만 고친 것이 있다. 이 도령이 암행어사가 되어서 남원에 내려와 변 학도의 잔치에 들어가 지었다는 것이 바로 그것이다.

金樽美酒千人血
玉盤佳肴萬姓膏
燭淚落時人淚落
歌聲高處怨聲高

뒤의 시는 앞의 시에서 글자만 몇 개 고친 것이거니와

뒤의 것을 풀어 보면 이러하다.

 금으로 된 통에 든 좋은 술은 천 사람의 피요,

 옥으로 된 소반에 담긴 맛있는 안주는 일만 백성의 기름이라.

 촛불의 눈물 질 때 백성의 눈물 지고

 노래 소리 높은 곳에 원망 소리 높더라.

 광해군의 어지러운 정치는 드디어 함부로 동기간(同氣間)을 죽이기에 이르렀으니 이러하였다.

 원래 선조의 큰아들은 임해군이었으나 성격이 난폭하다고 하여 광해군이 동궁이 되어 왕위를 계승한 것이었다.

 광해군은 임금이 된 다음 해에 임해군을 의심하여 죽이고 말았다. 임해군이나 광해군은 다 같이 공빈 김씨의 소생이었으니, 광해군은 동모형(同母兄)을 죽인 것이다.

 1613년에는 자기를 내쫓고 영창대군을 임금으로 삼으려 하였다고 김제남 부자(父子)에게 죄를 몰아 죽여 버렸다. 즉 인목왕후는 아버지와 오라비가 죽음을 당하는 꼴을 보게 되었다. 또한 여기에 관련이 있다 하여 영창대군을 서인으로 만들어 버리고 아울러 영창대군을 그 어머니인 인목왕후에게서 빼앗아 강화로 귀양 보내었다.

 그러던 어느 날 유희량의 딸이 중한 병에 걸려 누웠다. 유희량이란 유희분의 아우로서 역시 광해군 왕비의 오라비였다. 유희량의 딸은 열에 들떠서 앓다가 벌떡 일어나 앉아서 외쳤다.

"희분, 희발은 내 앞에 오너라."

 유희분, 유희발은 앓는 환자에게 있어서는 다 큰아버지

뻘이 되니 헛소리치고는 느닷없었다. 더구나 그 음성이 돌아간 선조의 목소리 그대로인 것이 더욱 기이하였다.
 "너희들은 어린 영창대군이 무엇을 안다고 죽이고자 하느냐?"
 선조의 혼이 유희량의 딸에게 씌워져 꾸짖고 있는 것이었다. 일이 중대하여 모두들 쉬쉬하였으나, 헛소리는 매일 계속되었고 이러한 소문은 광해군의 귀에도 들어갔다.
 "괘씸한 일이다. 필시 곡절이 있을 것이렸다."
 광해군은 심복으로 여기는 상궁을 보내어 염탐하게 하였다.
 "가서 보고 오너라. 과연 그 목소리가 대행대왕(大行大王)의 옥음과 같은가 어떤가 알아 오너라. 그리고 또한 헛소리인지조차도 자세히 알아 오너라."
 "예."
 상궁은 광해군의 명령을 받들어 유희량의 집으로 달려갔다. 시비 여부를 알기 위한 일이어서 환자가 누워 있는 방 안에는 들어가지 않고 미닫이 밖에서 엿듣기로 하였다.
 '어린 영창대군이 무엇을 알고 또 무엇을 하겠기에 너희들은 죽이고자 하느냐?'
 병자의 헛소리는 소문 듣던 대로였고, 음성도 태도도 선조와 똑같았다.
 미닫이 밖에서 엿듣고 있던 상궁은 간담이 서늘해졌다.
 환자는 눈을 부릅뜨고 미닫이를 바라보았다.
 "너는 상궁 아무개가 아니냐?"
 그 말에 상궁은 저도 모르는 사이에 고개가 숙여졌고

다리가 떨렸다.
"네가 감히 내 말을 엿듣다니 이 무슨 짓인고?"
"……."
상궁의 능꼴에는 식은땀이 흘렀다.
"대궐에 들어가거든 광해군에게 이르라. 어찌 영창대군을 죽이고자 하느냐고 과인이 꾸짖더라고 하여라."
"예."
상궁은 얼떨결에 대답하고 황망히 대궐로 돌아왔다.
"어떠하더냐?"
조급하게 기다리고 있던 광해군이 물었다.
"예."
"음성도 그러하더란 말이냐?"
"예."
"저런 죽일 년이 있나. 당장 그년을 잡아 오게 하여라."
광해군은 분이 치밀어 펄펄 뛰었고, 앓고 헛소리하던 유희량의 딸은 잡혀서 대궐 안으로 끌려 왔다. 대궐 안에 끌려온 유희량의 딸은 역시 같은 헛소리를 하였다.
"너는 무슨 까닭에 어린 영창대군을 죽이고자 하느냐?"
그 음성은 선조의 음성과 꼭 같았다.
"저런 죽일 년!"
"어찌 이럴 수가 있느냐?"
"저년을 박살을 내어라."
광해군은 발을 구르며 호령하였고, 유희량의 딸은 무참히 죽음을 당하고 말았다.
돌아간 선조의 혼이 유희량의 딸에게 씌워져 꾸짖었으

나 광해군은 뉘우치는 바가 없었고 드디어 강화부사에게 명령을 내려 영창대군을 죽이게 하였다.

그것만이 아니었다. 인목왕후에게서 대비라는 칭호를 빼앗고 서궁(西宮)이라고 낮춰 부르며 가두게 하였다. 인목왕후는 광해군에게 있어서는 어머니뻘이 되는 사람이니 이것이 역사상 유명한 폐모사건이었다.

이런 광해군의 난맥은 오래 가지 못했다. 반란이 일어나 왕위에서 내쫓게 된 것이다. 능양군을 세워 임금으로 삼으니 인조였고 이것이 인조반정이다.

광해군은 연산군과 더불어 조선왕조에 있어서 대표적인 폭군이었다.

≪잠곡선생필담(潛谷先生筆談)≫에서

38. 원혼(寃魂)의 호소

허적(許積)은 인조 효종 때의 사람으로 영의정까지 되었던 사람이다. 경상도 관찰사가 되어 임지를 순시하다가 영해(寧海)에 이르렀다. 영해란 지금의 영덕군의 일부분을 가리키는 옛 이름이다.

여기에는 엄연히 객사가 있음에도 불구하고 아헌(衙軒)을 치워 거기에 묵게 마련하여 주었다. 기이하게 생각한 허적은 물었다.

"객사는 어찌 버려 두고 쓰지 않는고?"

"예. 객사가 있기는 하오나 근년에 거기서 묵는 사람은 번번이 죽었습니다. 그러기에 버려지고 다시는 쓰지 않습니다."

이 말을 듣자 허적은 빙그레 웃으며 고개를 저었다.

"허허……. 괴이한 말을 듣도다. 어이 그럴 수가 있을꼬? 그렇다고 집내어 객사를 버려 두다니 말도 되지 않을 소리. 난 오늘 그곳에서 쉴까 하니 그리 알라."

"……."

눈이 둥그래져서 모두 허적을 쳐다보았으나 허적은 고집을 부렸고 하는 수 없이 객사를 청소하기 시작하였다.

허적은 객사에 밝은 등잔을 마련하게 하고 혼자서 단정히 앉아 있었다. 여기서 쉬는 사람은 죽는다니 필시 기괴한 일이 일어날 것이요, 그렇다면 한 번 무슨 일인가 보자는 생각에서였다. 옆에는 큼직한 칼을 준비하여 두었다.

객사 뒤에는 대나무 숲이 있어 불어오는 바람에 흔들리는 소리가 온몸에 소름을 끼치게 하였다.

밤이 삼경이 되니 음산한 바람이 불더니 미닫이가 열리고 기괴한 것들이 수없이 들어오기 시작하였다. 멀쑥하게 길기만 한 것이 여러 마디가 있었고 그 마디에 번쩍이는 눈을 가지고 있었다.

"흠, 요물이로다."

허적은 칼을 쥐고 일어서 들어오는 괴물을 내리쳤다. 버석하고 간단하게 그 괴물은 쓰러졌다. 힘 안 들이고 잘라진 것이다. 그러나 괴물의 수는 많았고 뒤를 이어 들어오는 터라 허적은 숨 쉴 사이도 없이 연달아 칼을 휘둘렀다.

한동안 칼질을 하고 나니 등골에 땀이 촉촉이 배었고 괴물의 모습은 보이지 않았다.

"다 죽었는가?"

한숨 돌리려는 터에 이번에는 아직 애티가 가시지 않은 소년이 허리를 굽히며 방 안으로 들어섰다. 허적은 차마 칼질을 못하고 바라보기만 하였고, 소년은 넓죽 절을 하였다.

소년은 절을 하고 나서 단정히 앉더니 주르르 눈물을 흘렸다.

"너는 무엇이냐? 사람이냐, 귀신이냐?"

"예, 저는 원통하게 죽은 넋입니다."

허적의 물음에 소년은 대답하였다.

"어이한 연유로 많은 사람을 상하게 하였는고?"

"사람을 상하게 하고자 한 일은 없습니다. 다만 원통하게 죽었기에 그 원수를 갚아 달라고 이곳에 묵는 어른들 앞에 나타나면 지레 질겁을 하여서 죽으니 답답하기 말할 수 없습니다. 원수를 갚아 주실 수 있는 담대한 어른인가 하고 잠시 시험하여 본 것이 잘못되었던가 합니다."

"시험하여 본다?"

"예, 아까 칼로서 베신 바로 그것들 말입니다. 그것들은 대나무가 오래 되어 모습이 변한 것들이었습니다. 이 객사 뒤에는 대나무 숲이 있고 또 너무나 오래 되어 그렇게 도섭을 할 수 있었던 것입니다. 이것들을 시켜 잠시 나타나게 하면 모두 겁을 먹고 놀라서 죽으니 어이없는 노릇이었습니다. 요행이 두려워하지 않는 어른을 오늘 뵈옵게 되었으니 다행입니다.

그러고 보니 아까 그 괴물들이 말쑥하고 마디가 많았던

것과, 칼로 베었을 때 버석하고 쓰러지던 생각이 새로웠다.

"그래, 그건 그렇고 원통하게 죽었다는 연유를 대라."

"예, 저는 열여섯에 소과에 합격하였삽고 이곳을 지나는 길에 우연히 한 기생과 은근히 지내게 되었슈니다. 그 기생의 서방은 저를 매우 시기하여 드디어 죽이고자 하였습니다. 그리고 그 기생은 서방의 노염을 두려워한 나머지 저를 죽이는 일에 협력하였습니다. 4대 독자인 제가 이렇게 억울하게 죽음을 당하였으니 어찌 눈을 감을 수 있겠습니까. 이 객사의 판자 위에 시신이 버려진 지 십 년 가까운 세월이 흘렀습니다."

소년은 말을 마치고 나자 비 오듯 눈물을 흘렸다. 허적은 묵묵히 듣고 있다가 고개를 끄덕였다.

"듣고 보니 괘씸한 노릇이다. 그 연놈의 이름을 대고 또 그대의 이름과 부모가 누구인지 말하라."

"예."

이튿날 누구나 허적이 죽었으리라 믿고 있었다. 그래서 모두들 몰려와 객사를 들여다보니 허적은 단정히 앉아 있었다.

"허, 처음 겪는 일이야."

"보통 어른이 아니셔."

모두들 혀를 내두르며 놀랐다. 허적은 세수하고 아침을 먹고는 위엄을 갖추어 분부하였다.

"여봐라."

"예."

허적은 어제 소년이 말하던 그 기생과 서방을 잡아 오

게 하였다. 기생은 그 동안에 나이를 먹어 얼굴이 쪼글쪼글해졌고 이제는 서방과 더불어 농사를 짓고 있었다.

두 남녀를 꿇어앉히고 허적은 온화한 얼굴로 묻기 시작하였다.

"넌 전에 기생이었지?"

"예."

여자가 머리를 숙였다.

"넌 또 전에 이곳의 심부름이나 하던 무리였지?"

"예."

여자의 서방도 머리를 숙였다.

"그러면 너희들은 서로 공모하여 십 년 전에 무고한 사람을 죽였으렷다!"

허적은 쩌르릉 울리게 호령을 하였다.

"아닙니다."

"그러한 일 없습니다. 어찌 감히 사람을 죽이겠습니까?"

두 남녀는 고개를 저으며 부인하였다.

"시끄럽다. 무고한 사람을 죽여 놓고 무사히 십 년쯤 살았으면 됐지. 이제 와서도 발뺌을 할 셈이냐?"

"억울합니다."

남녀가 계속 부인하자 허적은 아전들을 시켜 남녀를 객사로 끌고 가게 하였고 한편으로는 객사의 판자를 뜯게 하였다.

"어!"

판자를 뜯자 거기서 시신이 나타났으니 모두들 기겁을

하였다. 마치 살아 있는 듯한 고요한 얼굴이었다.

허적은 물끄러미 바라다보았다. 바로 어젯밤에 본 그대로의 모습이었다. 이미 죽은 지 십 년이라는 세월이 지났는데 변치 않고 있다는 것은 너무나 놀라운 일이었고 원한이 얼마나 뼈에 사무쳤던가를 짐작할 수 있었다.

허적은 잡혀 온 남녀에게 시신을 보였다.

"자아, 보아라. 이래도 모르겠다고 하겠느냐?"

여기에 이르자 남녀는 얼굴이 파랗게 질려서 오들오들 떨었다.

"죽을 죄를 저질렀습니다."

허적은 크게 호령하였다.

"저 연놈을 무수히 쳐라!"

결국 죄를 저질렀던 남녀는 심한 곤장을 맞고 숨을 거두었다.

허적은 소년에게서 들은 대로 그의 부모를 찾아 시신을 내어 주고 후하게 장사 지내게 하였다. 이후로 다시는 객사에서 괴기한 일이 생기지 않았다고 한다.

《독좌문견일기(獨坐聞見日記)》에서

39. 첩(妾)의 원혼

인평대군(麟坪大君)은 효종의 아우이다.

병자호란 후에 청나라는 인평대군의 두 형을 볼모로 데려갔고, 인평대군은 부왕을 도와 국력회복에 이바지한 바가 컸다. 외교의 일선에 나서 여러 번 청나라에도 갔었다.

인평대군은 글씨와 그림을 다 잘하였고 시조도 몇 수 남겼으니 다음과 같은 것이 있다.

주욕신사(主辱臣死)라 하니 죽음직 하건마는
큰 칼 옆에 차고 이대도록 살았기는 성주의 만덕중흥을 다시 보려 함이로다.

이는 비분 강개함과 아울러 후일을 모색하는 총명함이 넘치는 시조라고 하겠다.
 인평대군의 아내인 오씨 부인은 오정창의 누이였다.
 인평대군은 계집종 득옥(得玉)을 귀여워하여 가까이하였다. 득옥은 아직 스무 살이 되지 않았고 얼굴이 희고 맑았으며 몸매나 말씨도 종답지 않게 품위가 있었다. 그러기에 인평대군은 애지중지하였고 그럴수록 오씨 부인의 시기는 대단하였다.
 "고것이 뻔뻔스럽고 깜찍하게……."
 오씨 부인은 이를 갈았다. 어쩌다 마주지는 일이 있으면 뽀얗게 눈을 흘겼고, 이것저것 트집을 잡아서 꾸짖기가 일쑤였다.
 "고것이 아무래도 꼬리가 아홉이나 되는 여우일 거야. 그러기에 우리 대감을 후려냈지. 아무튼 제가 죽거나 내가 죽거나 해야지, 꼴사나워서 어찌 보고 있을 수가 있나."
 오씨 부인은 득옥을 내쫓을 궁리를 하였으나 신통한 꾀가 없었다. 더구나 인평대군이 소중히 여기는 터라 섣불리 일을 저지를 수는 없었다.

그러던 터에 인평대군이 중대한 용무를 띠고 청나라로 떠났다. 인평대군이 집에 없으면 온통 오씨 부인의 세상이었고 누구도 꺼릴 것도 두려울 것도 없었다.

"흥, 고년을 그냥 두나 두고 보자. 어린 것이……."

오씨 부인은 이를 갈고 벼르던 터라 인평대군이 집을 비우고 떠난 다음날 득옥을 불렀다.

"그년을 오라고 하여라."

"예."

"영파정으로 오라고 해!"

"예."

다른 계집종을 시켜 영파정으로 득옥을 불렀다.

영파정이란 넓은 후원에 있는 연못가에 세워진 정자였다. 워낙 후원이 넓기도 하려니와 특히 영파정은 외떨어져 있어 무슨 일이 생겨도 아무도 모를 곳이었다.

"이년!"

득옥이 나타나자 오씨 부인은 욕부터 하였다. 득옥은 고개를 숙였고, 다리가 가늘게 떨리기까지 하였다.

"이년, 네가 네 죄를 아느냐?"

"……."

"왜 갑자기 벙어리가 되었느냐? 대감 앞에서 아양을 떨며 요사스럽게 지껄이던 주둥이가 굳었느냐?"

"마님, 용서하시와요."

득옥은 오들오들 떨며 빌기부터 하였다. 그러나 오씨 부인은 연방 꾸짖었다.

"이년, 듣기 싫다. 오늘은 결판을 내야겠다. 네가 죽든 내가 죽든 결판이 나야만 해."

"마님!"

오씨 부인은 미리 마련하여 두었던 약사발을 내밀었다.

"이년, 이걸 마셔라!"

"마님, 마님, 다시는 안 그러겠사와요."

'어서! 내가 마시고 쓰러졌으면 좋겠지? 그러나 그렇게는 안 된다. 네가 마셔야 해."

"마님!"

득옥은 오씨 부인을 붙들고 눈물을 흘렸으나 오씨 부인은 냉랭했다.

"어서 마셔!"

"마님, 한 번만 용서하시와요. 다시는 대감님 앞에 얼씬도 하지 않겠사와요."

"듣기 싫다!"

오씨 부인은 조금도 물러서지 않았고, 득옥은 피할 수 없음을 알자 무수히 눈물을 흘리고는 약사발을 집어 들었다.

"마님, 그럼 갑니다."

"어서!"

득옥은 쭉 들이키고는 그 자리에 쓰러졌다. 오씨 부인은 이를 끝까지 바라보고서야 돌아섰다.

오씨 부인은 심복인 하인을 시켜 득옥의 시체를 아무렇게나 치우게 하였다.

"후유……. 이제야 내가 다리를 뻗고 잘 수 있겠다."

청나라에서 돌아온 인평대군은 득옥이 보이지 않자 오씨 부인에게 물었다.

"부인, 득옥은 어디로 갔소?"
"갑자기 병을 앓더니 죽었어요."
"허, 그거 애석한 노릇이로군."

인평대군은 못내 서운해하였다. 그러나 오씨 부인의 말을 의심하지는 않았고 오씨 부인은 태연하게 세월을 보내었다. 그러나 끝내 무사하지는 않았다.

어느 날 오씨 부인이 안방에 앉아 있는데 한 계집종이 구르듯 방 안으로 뛰어 들었다.

"마, 마님."

숨이 넘어갈 듯 말도 잘 못하였다.

"왜 이러느냐? 방정맞게……."
"마님, 큰일 났어요. 득옥이가……."
"뭐?"

득옥이란 말에 오씨 부인은 가슴이 덜컥 내려 앉았으나, 곧 정색을 하였다.

"시끄럽다. 죽은 득옥이 어쨌단 말이냐?"
"저, 저기……."

계집종은 바깥쪽을 가리키며 겁먹은 얼굴을 하였다.

"무엇을 가지고 그러느냐?"

오씨 부인은 혀를 차며 대청을 나와 마당 쪽을 바라보다가 숨이 콱 막혔다. 대청에서 마주 보이는 담 위에 득옥이 서 있는 게 아닌가? 약사발을 마시고 쓰러졌을 때 입었던 옷을 걸쳐 입고, 뿌리 박힌 나무같이 담 위에 서서 멀거니 이쪽을 바라보고 있었다.

"어머나!"

겨우 제정신을 차린 오씨 부인은 온몸에 소름이 끼쳐서 안방으로 되돌아갔다. 얼마 후에야 오씨 부인은 이 소식을 알려준 계집종을 돌아보았다.

"나가 보아라. 아직도 거기에 있나……."

"예."

꽁무니를 빼며 대청으로 나갔던 계집종은 고개를 설레설레 저었다.

"없사와요."

"그래? 아마도 우리가 헛것을 본 모양이로구나."

오씨 부인은 길게 숨을 몰아 쉬었고, 이후로는 혼자 있기를 꺼려하였다. 무슨 일이 일어날지 두려웠기 때문이었다.

　한 번은 또 지붕 위에 서 있는 득옥을 보고 집안이 소란해졌다. 헛것이라면 한 사람의 눈에나 보일 것인데 득옥의 모습은 여러 사람 눈에 보이는 것이었다.

　한 번은 이런 일도 있었다. 대청 뒤에는 큰문이 달려 있었고 그 뒤로 장독대가 있었다. 장독대도 높직하였거니와 거기에 놓여 있는 독들도 사람의 기만한 것들이었다. 이 장독대에 득옥이 서 있는 모습이 나타났다.

　식구들이 모두 눈이 휘둥그래져 바라보고 있는데 득옥은 날 듯 거기서 뛰어 대청을 거쳐 앞마당으로 떨어졌다. 그러고는 그 자태가 보이지 않게 되었다.

　득옥의 모습이 나타난 뒤에는 오랫동안 집안에 우환이 있었다. 그러기에 모두 억울하게 죽은 득옥의 저주라고들 하였다.

≪이구록(二句錄)≫에서

40. 망부(亡父)의 도움

서울에 한 재상이 살고 있었다. 그 지위는 재상에 이르렀으나 성품이 청렴하여 집에는 재물이 없었고, 깨끗하게 살다가 죽었다.

재상이 죽은 뒤에는 무남독녀가 남았으나 살림이 여간 곤궁하지 않았다. 그러나 재상이 죽은 뒤에는 별로 들여다보는 사람도 없었다. 생시에 막역하였던 친지가 한둘 들여다보기는 하였으나 그들도 역시 죽은 사람과 같이 청렴한 사람이어서 도와 줄 만한 힘을 가지고 있지 못하였다. 그런 중에 김 노인이라고 불리는 사람이 드문드문 들렀고, 집안 꼴을 돌아보고는 한숨을 지었다.

"허, 깨끗하게 살다가 깨끗이 갔으니 원한은 없겠다만……. 하나 있는 딸자식이 성례하는 것이나 보았더라면 더욱 한이 없을 뻔하였겠는데……."

재상의 딸은 장성하였으나 쉽게 혼처가 나서지 않았다. 세상 인심이 돈 있고 권세 있는 집안만을 택하기 때문에 그러하였다.

당사자인 처녀는 아무렇지도 않게 생각하는 듯하였으나 옆에서 지켜 보는 김 노인은 한숨만 쉬었다.

"내게 마땅한 아들이라도 있더라면 며느리로 데려갈 것을……."

어쩌다 김 노인이 들르면 재상의 딸은 큰절을 하며 인사를 하였고, 그럴 때마다 김 노인은 남의 일 같지 않게 가슴이 아파지기만 하였다.

그러던 차에 혼처가 나타났다는 소문이었다.
"암, 가세가 곤궁하긴 하지만 집안이야 오죽 똑똑한가. 또 처녀가 그만하면 며느리로 데려가는 집이 아주 수났지."
김 노인은 크게 기뻐하였고, 겸사겸사 하여 찾아갔다. 죽은 재상의 제삿날이 되었기 때문이었다. 제삿날에는 으레 찾아가는 것이 김 노인의 버릇이었다.
"음, 혼처가 나셨다니 지하에선들 얼마나 기뻐하시겠느냐."
"다 여러 어르신네들께서 도와 주시어서 되었사온 듯하옵니다."
"내야 뭐, 도와 준 것이 있느냐? 어쨌든 다 때가 있느니라."
그러나 김 노인의 기쁨은 금새 걱정으로 변하였다. 기다리던 혼처가 나셨다고는 하지만 혼례를 치를 돈이 전혀 없기 때문이었다.
"일생의 대사인데…… 어떻게 해서든 내가 도와 줘야겠는데……."
아무리 궁리하여도 뾰족한 수는 생각나지 않았고, 그런 대로 해가 떨어지고 밤이 되어 제사를 지내었다. 이 생각 저 생각에 김 노인은 볼에 눈물이 흐르는 것을 참을 수 없었다.
김 노인은 제사를 치르고는 곧 집으로 돌아가려고 밖으로 나섰다. 더 앉았다가는 가난한 살림에 폐만 끼칠까 봐 언제나 제사만 치르고는 돌아가곤 하였던 것이다.
첫닭이 울기는 하였으나 아직 어두웠고 하늘이 희끄무

레해지기 시작할 무렵이었다.

"여보게."

휘청휘청 걸어가던 김 노인은 누가 앞에 와서 부르는 소리에 걸음을 멈추었다. 쳐다보니 벌써 오래 전에 죽은 재상이었다.

"엉? 자네 웬일인가?"

"자네, 지금 우리 집에서 오지?"

"암!"

김 노인은 자기가 지금 재상의 제사를 지내고 오는 길이라는 것을 까마득히 잊고 있었다.

"그럼, 내 딸이 성례하게 되었다는 말을 들었겠네그려?"

"암, 장차 어떻게 치르려나?"

김 노인은 언짢아져서 헛기침을 두어 번 하였다.

"알다시피 나야 어디 가진 게 있어야지."

"나도 그러니 도와 줄 수도 없고, 딱해서……."

재상은 어느덧 김 노인 옆에 서서 따라 걷기 시작하였다. 얼굴에는 수심기가 서려 있었다.

"꼭 요란스럽게 할 필요는 없네만……. 그렇다고 빈손으로야 어디 되겠는가?"

"내 말이 바로 그 말일세."

재상은 주섬주섬 바지춤에서 종이에 싼 것을 꺼내 김 노인에게 주었다.

"이것을 내 딸에게 전해 주게나."

"엉?"

"뭐, 별 것은 아니네만 다소나마 궁색함을 덜 수 있을 거야."

"……."

"팔아서 대사를 치르는 데 쓰라고 하게나."

"그러지."

김 노인은 서슴지 않고 받았다. 그러다 보니 재상은 벌써 여러 해 전에 죽었다는 생각이 번쩍 들었다.

"여보게!"

옆을 돌아보았으나 벌써 재상의 그림자는 없었다. 어디선가 또 닭 우는 소리가 들려 왔고 별들은 그 빛이 흐려져 갔다.

"허, 이 친구가 지하에서도 딸자식을 잊지 못하여 내게 나타나 당부하는 것일까?"

김 노인은 품을 만져 보니 아까 받은 것이 그대로 들어 있었다. 그냥 헛것을 본 것은 아닌 성싶기도 하였다.

"이러고 있을 때가 아니로군."

김 노인은 그대로 돌아서서 다시 재상의 집으로 갔다. 여태 그런 일이 없던 터라 재상의 딸은 놀랍고 반가워서어서 사랑채로 들어오라고 하였다.

"그런 게 아니라……"

김 노인은 좌정하고 앉기가 바쁘게 자기가 겪은 일을 설명하였다.

"지하의 고인도 무척이나 대사를 치를 걱정을 하였나 보다. 이것이 무엇인지 모르지만 어디 펴 보기나 하자."

품에 품고 왔던 종이 뭉치를 꺼내 놓고 풀어 보았다.

"허!"

"아이고!"

김 노인과 재상의 딸의 입에서는 동시에 탄성이 새어 나왔고, 재상의 딸은 하염없이 눈물을 흘렸다. 종이에 싼 것은 파란 구슬 세 알이었다.

벌써 여러 해 전 재상이 죽었을 때의 일이 새롭게 생각나 김 노인은 지긋이 눈을 감았다.

그때 김 노인은 손수 염을 하였다. 원래 청렴하게 살다가 죽은 사람이라 조문객도 적고 장례비도 없었다. 또한 김 노인은 막역하던 벗에 대한 마지막 우정으로 팔을 걷어붙이고 염을 하였었다.

염을 할 때에는 반함(飯含)이라 하여 관의 입에 쌀과 구슬을 물리는 것이 풍습이었다. 재상의 살림살이에 그런 구슬이 있을 까닭이 없어 김 노인은 재상의 딸과 상의하였었다.

"아가, 집에 혹 구슬 같은 거 없냐?"

"구슬요?"

"음, 반함을 하여야겠는데……. 만일 없으면 쌀만으로라도 하자꾸나. 평생을 청렴하게 산 사람이 저승 가는 길에 굳이 구슬을 물고 가지 못하였다고 서운하게 여기지는 않을게다."

김 노인은 이렇게 위로하였으나, 재상의 딸은 잠시 기다리라고 하더니 장농 안에서 구슬 세 개를 꺼내 왔었다.

"이게 웬 거냐?"

"돌아가신 어머니의 비녀에 달려 있던 것입니다."

"허, 그래……. 마침 잘 되었다. 고인도 만족할 게다."

그렇게 사용했던 바로 그 세 알의 구슬이 종이 꾸러미에서 나온 것이다.

"후유……."

김 노인은 길게 한숨을 몰아 쉬었다.

"고인이 너를 위하여 이렇게까지 생각하고 있으니, 그 말을 따라 이것을 팔아서 성례 비용으로 쓰도록 하자. 청렴한 사람이야. 죽은 뒤에도 자기 몸에 지닌 것 이외의 재물은 건드리지 않는 성품이 그대로란 말이야."

≪어우야담(於于野談)≫ 권3에서

41. 명부(冥府)에 다녀옴

신라 때 망덕사(望德寺)에 선율(善律)이란 중이 있었다.

선율은 시주를 받아 대반야경(大般若經) 600권을 간행하려고 하였으나 이루지 못하고 죽었다. 선율은 남산 동쪽 기슭에 묻히게 되었다.

선율은 죽어서 염라대왕 앞에 끌려 나갔다.

"그대가 망덕사의 중 선율인가?"

"예."

이 세상에 살아 있었을 때 한 일에 대한 업적과 죄과를 따지는 자리가 벌어졌다.

"그대는 인간 세상에 있었을 때 무엇을 하였던고?"

"빈도(貧道)가 한 일은 별로 없었습니다. 다만 만년에 대반야경을 이룩하려고 하였사오나 이루지 못하고 이곳에 이르게 되었습니다."

염라대왕은 고개를 끄덕끄덕하며 가상히 여겼다.

"좋은 일이다. 그대의 수명은 이미 다하여 여기에 온 것이나, 그 하던 일이 끝나지 않았다니 아끼운 일이라 특히 그대를 살려 다시 인간 세상으로 보낼 것이니 대반야경을 이룩하도록 하여라."

"예."

염라대왕의 특별한 배려로 선율은 다시 인간 세상으로 돌아오게 되었다.

얼마를 걸어오는데 앞에 한 여인이 꿇어 엎드려 울며 호소하였다.

"소녀도 신라 사람입니다. 스님께서 이제 다시 인간 세상으로 돌아가신다니 부디 소녀의 괴로움을 덜어 주십시오."

선율은 합장하고 염불을 외며 애처롭게 바라보았다.

"그런 힘이 있다면 어이 구하지 않으리요. 어찌된 연고인지 이야기나 들읍시다."

"예, 소녀의 부모는 그릇된 생각으로 금강사에 소속되어 있는 논을 슬그머니 한 뙈기 차지하여 버린 것입니다. 이 죄가 적지 않아 먼저 저승에 온 소녀가 부모의 죄를 연좌하여 벌을 받게 되었습니다. 이 고통이 실로 참기 어렵고 원망스러우니 부디 죄를 벗게 하여 주십시오."

"그렇게 하리다."

"스님께서 인간 세상에 돌아가시거든 소녀의 부모를 만나시어, 무단히 차지한 논 한 뙈기를 다시 금강사에 돌려보내도록 말씀하여 주시면 더 큰 공덕이 없겠습니다."

"알았소이다."

여인은 무수히 치사하고 울며 다시 말을 계속하였다.

"또 하나 청할 일이 있사옵니다."

"들읍시다."

"소녀가 인간 세상에 있을 때 다소 저축하였던 것이 있습니다. 마루 밑에 참기름 단지를 묻어 둔 게 있습니다. 또 소녀가 쓰던 잠자리 속에는 올이 가는 피륙이 간직되어 있습니다. 이 기름은 부처님 앞의 등에 불 켜는 것으로 사용하고, 피륙은 팔아서 경문을 이룩하는 데 쓰면 좋겠습니다. 비록 몸은 지옥에 있으나 그 은혜는 잊지 않을 것이며, 여기서 받는 고통이 다소나마 가벼워질까 하옵니다."

"관세음보살. 그래 집이 어디에 있소?"

"예, 소녀의 부모는 사량부(沙梁部) 구원사(久遠寺)의 서남쪽 마을에 있습니다."

"잊지 않으리다."

선율은 고개를 끄덕여 승낙하였고 번뜩 정신이 들었다. 인간 세상으로 다시 숨을 들린 것이다.

숨을 돌리기는 하였으나, 이미 죽은 지 열흘이 넘은 때였다. 무덤 속은 어둡고 갑갑하였으니 밖으로 나갈 도리가 없었다.

"좀 열어 주시오."

그러나 말소리가 제대로 밖에까지 들리지 않았고, 주먹으로 두들겼으나 무덤이 열릴 까닭이 없었다.

"열어 주시오."

선율은 목이 터지도록 외쳤다. 계속하여 몇 번이고 외

쳤다.
 마침 이곳을 지나가던 소 치는 아이들이 이 기괴한 소리를 들었다.
 "이게 어디서 들려 오는 소리일까?"
 "꼭 땅 속에서 들려 오는 것 같지?"
 귀를 기울이고 들으니 새로 만든 무덤 속에서 들려 오는 것이었다.
 "허, 어인 일일까?"
 "가서 알려야겠군. 이는 망덕사의 스님 선율의 무덤인데……."
 소치는 아이들은 급히 망덕사로 달려갔다.
 "선율 스님의 무덤에서 야릇한 소리가 들려 오고 있습니다."
 "괴이한 일이로군."
 "어서 가 보세요."
 망덕사의 중들이 달려가 보니 과연 무덤 속에서 외치는 듯한 소리가 은은히 들려 오고 있었다.
 "파 보세!"
 "그래야 무슨 일인지 알지."
 무덤을 파고 관을 여니 선율이 기지개를 켜고 일어섰고, 중들은 기절할 듯 놀랐다. 선율은 죽은 지 열흘 만에 다시 살아났고, 무덤 속에서 외친 지 사흘 만에야 무덤을 파헤치게 된 것이었다.
 모든 사람들의 놀라움이 대단하였으므로 선율은 자기가 경험한 바를 일일이 이야기하였다. 선율은 사량부 구원사의 서남쪽 마을로 갔다. 죽어 염라대왕에게 갔다 돌아오는 길에 만난 여인의 하소연을 풀어 주기 위함이었다. 집은 쉽게 찾을 수 있었다.

"댁의 따님이 죽었지요?"

"예, 그렇습니다만……"

주인은 한숨을 몰아 쉬고 아득한 지난날을 생각하는 듯 헤아려 보았다.

"벌써 십오 년이나 되는군요."

"빈도는 죽어서 저승에 갔다가……"

선율은 자신이 죽었다가 살아난 것과 여인에게서 들은 이야기를 자세히 말하였다.

"글쎄요?"

너무나 놀라운 일이라 쉽게 믿어지지 않는 듯 고개를 갸우뚱거리기만 하였다.

"마루 밑을 파 보십시오."

"하기만 십오 년이라 세월이 흘렀는데 무엇이 있겠습니까?"

"어쨌든 한 번 파 보기는 하십시오."

선율의 간곡한 청으로 주인은 괭이를 들고 나와 마루 밑을 파기 시작하였다. 얼마 파지 않아서 단지가 나타났다.

"허, 있긴 있구먼……"

"열어 보십시오."

단지를 열어 보니 참기름이 가득 들어 있었다. 십오 년이란 세월이 지났건만 참기름은 조금도 변하지 않은 채 그대로 있었다.

"놀라운 일이로군."

"그 긴 세월에 어찌 변하지 않고 있었을까?"

주인은 그제야 선율의 말을 전적으로 믿었다. 올이 가는 피륙도 가리켜 준 장소에서 나타났다.

"스님, 한때 잘못 생각한 탓으로 딸자식이 기나긴 세월을 저승에서 고통받고 있다니, 어이 하면 좋겠습니까?"

주인은 합장하고 선율 앞에 고개를 숙였다.

"고인이 지시한 대로 하시고 명복을 빌도록 하십시오."

"예."

주인은 그 길로 논 한 뙈기를 금강사에 바쳤고, 기름은 부처님 앞에 켜는 것으로 바쳤다. 피륙은 팔아서 경문 만드는 데 보태 쓰게 하였다. 또한 딸의 명복을 빌어 많은 것을 절에 기증하였고 정성으로 제를 올렸다.

이 소문이 퍼지자 너도나도 모두 선율에게 후한 시주를 하였다. 대반야경을 이룩하는 데 도움이 되고자 하여서였다.

이렇게 이룩된 대반야경은 훨씬 후세에까지 남아 있었다고 한다.

≪삼국유사(三國遺事)≫ 권5에서

V 물괴(物怪)

42. 잡혀 가던 용(龍)

 신라 제 39대 원성왕(元聖王) 11년(795)의 일이었다.
 당나라에서 사신이 왔다가 한 달쯤 머물러 있다가 돌아갔다. 당나라라면 큰 나라여서 그 사신들이 왔다가 탈 없이 돌아갔다는 것을 신라로서는 크게 다행으로 여기는 터였다.
 원성왕은 어깨가 가벼워져서 크게 숨을 몰아쉬고 뜰을 서성거렸다.
 "어?"
 문득 걸음을 멈춘 원성왕은 눈이 둥그래졌다. 저쪽에서 이리로 걸어오는 두 여인이 보였기 때문이었다. 그 용모하며 차림새가 궁녀는 아니었고 어딘지 위엄이 넘쳐흐르고 있었다. 대궐 안에 타인이 들어왔다는 것도 놀라우려니와 이 세상 사람들 같지 않은 자태에 원성왕은 못 박힌 듯 서서 바라보기만 하였다.
 이쪽으로 걸어온 두 여인은 공손히 허리를 굽혀 절을 하였고, 얼떨결에 원성왕도 고개를 끄덕끄덕하였다.
 "저희는 용의 아내들입니다."
 "음."

용의 아내라면 지금 앞에 서 있는 여인들도 용이 그 자태가 변한 거려니 여겨졌다.
 "저희들의 지아비를 살려 주시옵소서."
 "과인에게 그러한 힘이 있을꼬? 어찌된 연고인지 자세히 말하라."
 "예, 저희는 동천사(東泉寺)의 동지(東池)와 청지(靑池)라는 두 연못에 사는 용들의 아내입니다."
 동천사는 진평왕 때 창건한 절이었다. 여기에 있는 못에는 동해에 있는 용이 왕래하며 설법을 듣는다는 말이 전해져 내려오고 있었다. 원성왕은 동천사의 용이라는 말에 더욱 다그쳐 물었다.
 "그래서? 어찌 되었는고?"
 "예, 일전에 왔다가 돌아간 당나라 사신이 저희 지아비를 잡아가고 말았습니다. 저희 지아비만이 아니라 분황사 우물에 있는 용까지 합쳐 셋을 잡아갔사옵니다."
 "저런 고얀 일이 있는고?"
 원성왕은 놀래 혀를 끌끌 찼다. 그러나 돌이켜 생각해 보니 알 수 없는 일이었다. 당나라 사신이 돌아가겠다고 하직할 때에는 분명 혈혈단신이었다. 더구나 용이라면 작지 않은 덩치일 텐데 셋씩 잡아갔다는 것이 도무지 믿어지지 않았다.
 "어찌 당나라 사신에게 그런 재주가 있었단 말인고?"
 "그 일인즉 이러하옵니다."
 두 여인은 차근차근 설명하기 시작하였다.
 "당나라 사신에겐 그런 재주가 없사옵니다. 하오나 그는 하서국(河西國) 사람들을 데리고 왔었고, 그들이 농간을 부린 것이옵니다. 그들이 용 셋을 세 마리의 작은 물고기로 변하게 하여 대나무 통에 담아 가지고 간 것이옵니다."

"상감마마, 원하옵건대 명령을 내리시어 대나무 통을 그대로 가지고 가는 일이 없게 하여 주시옵소서. 그대로 대나무 통이 당나라로 가고 만다면 저희는 지아비를 잃고 또한 신라는 호국의 용을 잃게 되는 것이옵니다."

"알았소."

원성왕은 크게 고개를 끄덕였다. 두 여인은 또 한 번 공손히 절을 하고는 천천히 뒷걸음질 치더니 문득 그 자태를 감춰 버렸다.

"여봐라!"

원성왕은 꿈에서 깨어난 듯 외쳤고 곧 신하가 대령하였다.

"예."

"당나라 사신이 어디까지 갔을꼬?"

"아직 멀리는 가지 않았을 것으로 압니다."

"음, 당장 되돌아오라고 하여라."

"예."

무슨 영문인지 몰랐으나 신하는 허리를 굽히고 물러났다. 명령을 내리기는 하였으나 원성왕은 조급하여 안절부절 못하였다.

"아니다. 이러고 있을 때가 아니다."

원성왕은 스스로 당나라 사신의 뒤를 쫓기로 하고 부랴부랴 준비를 시켜 대궐을 떠났다. 원성왕은 하양관(河陽館)에 이르러 당나라 사신을 뒤쫓을 수 있었다. 당나라 사신은 어리둥절하여 물었다.
"어떻게 여기까지 행차하셨습니까?"
"그냥 보내기 서운하니 한 번 더 자그마한 잔치를 베풀까 하오."
"망극하옵니다."
원성왕은 좋은 말로 얼버무리며 급히 잔치 준비를 하라고 분부를 내렸다.
잔치 자리가 무르익어 가자 원성왕은 넌지시 말하였다.
"당나라와 우리 신라가 아무 원한이 없는 터에 어찌 그런 일을 하였소?"
"무슨 말씀이시온지?"
당나라 사신은 눈을 끔벅이며 입을 딱 벌려 보이기까지 하였다.
"정녕 무슨 일인지 모르오?"
"모르옵니다."
"그러면 하서국 사람을 둘 데리고 왔었소?"
"예."
"그들을 과인 앞에 부르오."
두 하서국 사람이 원성왕 앞에 불려 왔다.
"그대들의 죄를 아는가?"
원성왕은 우선 호령부터 하였다. 하서국 사람들은 기가 죽어 머리를 조아렸다.
"어찌하여 이 나라의 용을 셋씩이나 잡아가고자 하는가? 바른 대로 말하면 무사하려니와 그렇지 않으면 용서치 않을 것이니 그리 알라!"

원성왕의 호령은 서릿발 같았다. 거짓으로 대답하면 죽이겠다는 말에 하서국 사람들은 떨기만 하였다.
"그런 일이 있었지?"
"예, 소인들의 불찰로 큰일을 저질렀습니다."
"그러면 어서 대나무 통을 내놓아라!"
"예."
하서국 사람은 고이 간직하였던 대나무 통을 두 손으로 받들어 바쳤고 원성왕은 받아 보았다. 과연 그 속에는 송사리같이 작은 물고기가 세 마리 헤엄치고 있었다.
"순순히 내놓았기에 죄를 더 묻지는 않겠다. 앞으로 다시는 이런 불경스러운 짓을 하지 말라."
"황공하옵니다."
원성왕은 조심스럽게 대나무 통을 품에 안고 말을 달려 동천사로 갔다. 동지에 이르러 물가에 대나무 통을 기울이고 말하였다.
"어느 것이 이 못의 용인지 과인은 모르노라. 그러니 이 못의 용은 스스로 제 곳을 찾아가라."
대나무 통 속에 있던 물고기 중 한 마리가 뛰어서 못 속으로 들어갔다. 그러자 갑자기 못에서 물이 한 길이나 높이 솟아올랐다. 그리고 그 물 속에 용의 모습이 역력히 보였다.
얼마 후에 못은 잔잔해졌고 용의 모습도 보이지 않았다.
"음, 제 곳을 찾아 온 용이 기뻐서 춤을 추었나 보다."
원성왕은 대나무 통을 들고 이번에는 청지에 가서 물고기 한 마리를 놓아 주었고 분황사 우물에 가서도 나머지

한 마리를 놓아 주었다. 어디서나 한결같이 물이 솟아올랐고 용의 모습이 보이곤 하였다.

"허, 자칫하다가는 큰일을 저지를 뻔했구나. 가르침을 받았기에 우리의 용이 멀리 잡혀가는 일을 당하지 않았어."

원성왕은 다행으로 여겨 길게 숨을 몰아 쉬었다. 한편 당나라 사신은 혀를 두르고 놀라워하였다.

"신라의 임금이 이다지 영특할 줄 미처 짐작 못했군. 비록 작은 나라이기는 하지만 이런 임금이 있으니 넘볼 수 없도다."

≪삼국유사(三國遺事)≫ 권2에서

43. 박연(朴淵) 폭포의 전설

개성 북쪽 십 리쯤 되는 곳에 박연 폭포가 있다. 이것은 천마산, 성거산 두 산 사이에 있으며 꼭 돌로 만든 항아리 같다. 그리고 한가운데는 반석이 돌출해 있으니 도암(島巖)이라고 불린다. 여기에서는 물이 절벽으로 흘러 떨어져 폭포가 되는데 그 길이가 열 길에 가깝고 그 소리는 천지가 흔들리는 듯 우렁차다.

옛적에 박 진사라는 사람이 있었다. 그는 풍류 남아로서 피리를 잘 불었다.

언제나 폭포 위 못가에 앉아 피리 부는 것을 큰 낙으로 삼고 있었다. 피리 소리는 폭포 소리와 어우러져 천지간으로 뻗어 가는 듯하였으나 별로 들은 사람이 없었다.

그러나 아무도 이 피리 소리를 듣지 않은 것은 아니었

다. 이곳에 있는 용의 딸이 피리 소리에 홀려 넘실 고개를 들고 바라보았다.
 "어머!"
 단정히 앉아 피리를 부는 박 진사를 보자 용녀는 넋을 잃었다. 박 진사는 피리 불기에 정신이 팔려 있어서 용녀가 자기를 바라보고 있다는 것을 알지 못하였다.
 박 진사는 매일 이곳에 와서 피리를 불었고, 그러면 언제나 용녀가 물 밖으로 고개를 내밀고 황홀하게 듣고 있었다. 용녀는 박 진사의 피리 소리를 듣고 있는 것만으로는 만족하지 않게 되었다.
 "참으로 드문 풍류 남아로다. 어찌 바라보고만 있을 것인가?"
 이렇게 생각한 용녀는 어느 날 피리를 불기에 정신이 없는 박 진사를 물 속으로 납치하여 갔다.
 용녀는 박 진사를 납치하여다가 지아비로 삼은 것이다. 그러니 이후로 박 진사의 모습은 못가에서 찾아볼 수 없었고 그 피리 소리도 다시는 들을 수 없었다.
 이런 일이 있은 후로 사람들은 폭포 위의 못을 가리켜 박연(朴淵)이라고 부르게 되었다.
 박 진사가 없어지자 늙은 그의 어머니는 못가에 와서 통곡하였다.
 "내 아들이 어디로 갔단 말인가?"
 땅을 치고 목이 터지도록 통곡하였으나 시원하지가 않았다.
 "아들 없는 세상에 늙은 것이 살아서 무엇하리요."

드디어 박 진사의 어머니는 폭포 밑으로 떨어져 죽었으니 그 후로 폭포 밑 웅덩이는 고모담(姑姆譚)이라고 불리게 되었다.

박연 옆에는 사당이 있어 가뭄에 이곳에서 빌면 으레 큰 비가 내렸다고 한다.

고려 제11대 문종(文宗)이 여기 박연 폭포에 놀러 온 일이 있었다.

"허, 천하의 절경이로다."

문종과 시종한 신하들은 누구나 감탄하였다.

"더구나 저 못 가운데 솟은 바위가 그럴 듯하도다."

문종은 흥취가 도도하여 작은 배를 띄우게 하여 박연 가운데 솟은 도암 위에 올랐다. 여기서 좌우를 둘러보면 더욱 그럴 듯하리라고 여겨졌기 때문이었다.

"쏴아!"

그러나 갑자기 모진 바람이 불고 비가 쏟아졌다. 그것만이 아니었다. 문종과 몇몇 신하가 올라선 도암이 흔들흔들하기까지 하였다.

모두의 얼굴이 흙빛이 되었거니와 문종은 부들부들 떨었다.

"어허, 변이로다. 이 일을 어쩌는고?"

문종은 탄식이 막심하였고 신하들은 서로 갈피를 잡지 못하고 서성거렸다.

"어서 배를 대어라."

"무엇들 하고 있느냐?"

시종하고 있던 신하 중에 이영간(李靈幹)이 있었다. 이영간은 놀라는 기색 없이 좌우를 살펴보다가 중얼거렸다.
"이는 필시 용의 장난임에 틀림없다. 그냥 내버려 둘 수는 없다."
이영간은 수면을 향하여 꾸짖었다.
"네가 네 죄를 알겠는가? 갑자기 바람과 비를 일으키니 그 죄 하나요, 황공하옵게도 마마가 계신 도암을 흔들었으니 그 죄 둘이요……."
이런 식으로 용의 죄를 헤아리고 종이에 적어서 수면에 던졌다.
잠시 있으니 바람과 비는 멎었고 수면은 잔잔해졌다. 잔잔한 물결에 파문이 일더니 용의 등이 나타났다.
"네가 네 죄를 알고서 벌을 받고자 하니 갸륵하다."
이영간은 지팡이를 들어 무수히 용의 등을 내리쳤다. 이로 인하여 물은 용이 흘린 피로 붉게 물들기에 이르렀다.
"다시는 이런 일이 없도록 하렷다!"
이영간은 또 한번 꾸짖고 때리기를 멈추니 그제서야 용은 물 속으로 사라져 버렸다.
"후유……."
문종은 비로소 길게 한숨을 몰아 쉬었다.

《신증동국여지승람(新增東國輿地勝覽)》 권42에서

박연에 대한 전설은 《송경지(松京誌)》 기타의 책에도 위에 든 것과 같은 것이 실려 있거니와 좀 색다른 것도 있으니 다음과 같다.
어느 때 삼십여 명이 박연폭포로 놀이를 간 일이 있었

다. 서로 친척뻘이 되는 사람들로서 남녀노소가 섞여 있었다.

"과연 한번 놀이를 올 만한 곳이군."

모두들 즐거워하였고 장소를 갑고 앉아 음식을 먹기도 하고 콧노래를 부르기도 하였다. 일행 중에 시집 온 지 얼마 안 되는 아리따운 새색시가 있었다. 박연의 물이 맑은 것이 좋아 발을 담그고 손을 씻었다. 자연 가슴팍도 드러나게 되었고 그 자태는 더욱 아름다웠다.

바람도 없는데 못 가운데 물이 위로 치솟더니 무어라 형용할 수 없는 것이 나타났다. 그 눈은 쏘는 듯하면서 번갯불 같았고 하늘에는 검은 구름이 끼기까지 하였다.

"앗!"

새색시는 기절하여 쓰러졌다.

"큰일이다."

"큰일이다."

"어쩌누?"

모두들 황망히 외치며 기절한 새색시를 업고 도망쳐 조금 떨어진 바위 그늘에 이르렀다. 모두 제정신이 아니었고 오들오들 떨기만 하였다.

그 괴물이 따라오지는 않았으나 사방이 캄캄해지고 내리 퍼붓는 소나기가 쏟아지기 시작하였다. 물소리는 바위라도 깨뜨릴 듯하였고 물 기운에 밀려 쓸려 내릴까 두려워 모두들 나무 위로 기어올랐다.

얼마 후, 비는 그치고 날이 갰다.

"혼났군. 어서 집으로 돌아가세."

"여기서 어른거리다가는 또 무슨 일을 당할지 몰라."

동네 어귀에 이르러 보니 해는 쨍쨍하였고 나뭇잎은 전혀 물에 젖어 있지 않아 비가 내린 흔적이라곤 없었다.

"허, 기괴한 일이야."

서로들 겁에 질려 얼굴을 쳐다보기만 하였다. 그날을 못 넘기고 새색시는 죽었다.

또 얼마 후에 이웃 사람이 박연 폭포 근처까지 갔다가 놀라 헐레벌떡 뛰어와서 이렇게 말하였다.

"알 수 없는 일이야. 새색시가 흰 옷을 입은 소년과 더불어 박연 폭포 못가에서 정답게 노는 것을 보았단 말이오. 이게 어찌된 일일까?"

모두들 짐작이 가는 터라 서로 얼굴을 쳐다보고 길게 한숨을 몰아 쉴 따름이었다.

결국 박연에 있던 용이 새색시에게 반하여 그 혼을 납치해 갔다는 것이었다.

≪이죽천덕동한설(李竹泉德洞閑說)≫에서

44. 호환(虎患)을 물리침

박엽(朴燁)이란 사람이 평안도의 관찰사가 되었을 때의 일이다.

박엽과 막역하게 지내는 어느 한 재상이 서찰과 아들을 보내 왔다. 그 서찰에는 대략 다음과 같은 사연이 있었다.

"점을 쳐 보니 집의 아이에게 피하기 어려운 큰 액운이 닥쳐올 것이라 하였소이다. 그 점쟁이가 말하기를 집의 아이를 장군 옆에 두면 무사할 것이라고 하니 좀 데리고 있어 주시오."

재상의 아들인 총각은 단정히 무릎을 꿇고 있었고, 서찰을 다 읽은 박엽은 고개를 끄덕였다.

"알았다. 그러면 너는 여기에 머물러 있거라."

"예."

이날 저녁 무렵이 되자 박엽은 총각을 불러 앞에 앉히고 타일렀다.

"오늘 밤, 네 신상에 큰 액운이 있다. 그러니 이것을 피하자면 꼭 내 말대로 하여야 하느니라."

"예."

"어떠한 일이 있더라도 어기면 큰일을 당할 것이니 틀림없도록 하여라."

"알겠습니다."

총각은 긴장이 되어서 눈을 똑바로 뜨고 침을 삼켰다.

"노새를 타고 북쪽 길을 따라 몇 리 가면 절터가 있느니라. 큰 절이 있던 곳이나 지금은 폐허가 되어 볼품 없게 되어 있을 것이다. 거기에 가서 대웅전 옆 중들이 묵던 방에 들어가면 큰 호랑이 가죽이 있을 것이다. 너는 이 가죽을 뒤집어쓰고 누워 있으면 되느니라. 필시 늙은 중이 와서 그 가죽을 달라고 그럴 것이나 그 꾐에 넘어가지 말아라. 내어 주면 큰일이다. 만일 억지로 빼앗고자 하거든 칼을 들어 가죽을 찢겠다고 하면 감히 빼앗으려고는 못할 것이다. 어쨌던 그 호랑이 가죽을 내어 주지 않고 내일 새벽을 맞이하게 되면 사는 것이다. 새벽닭이 운 뒤에는 호랑이 가죽을 그 늙은 중에게 주어도 무방하다."
"알겠는가? 명심하여 그릇됨이 없게 하여라."
"예."

박엽은 거듭 자세히 일러 주며 당부하였고 총각은 긴장한 모습으로 고개를 끄덕였다.

박엽은 노새를 마련하게 하였고, 총각이 떠나는 것을 배웅하며 거듭 주의를 주었다. 총각이 북쪽을 향해 산으로 뻗은 길을 더듬어 가니 과연 큰 절터가 있었다. 버려진 지 오래 되어 잡초만이 무성한 곳이었다.

중들이 있던 넓은 방으로 들어가 보니 과연 큰 호랑이 가죽이 있었다. 총각은 이것을 뒤집어쓰고 조마조마한 마음으로 기다리고 있었다. 얼마 있지 않아 늙은 중이 나타나 방 안을 기웃거렸다.

"여보시오."
"……."

총각은 바라보기만 하였다.

"그 뒤집어쓰고 있는 것은 내 것이니 이리 주시오."
"못하겠소."
"허, 내 것을 달라는데 못 준다니?"
"어쨌든 못 드리겠소."

드디어 실랑이는 벌어졌다. 달라거니 못 주겠다거니 한동안 옥신각신하다가 늙은 중이 성큼 방 안으로 들어섰다.

"정 못 주겠다면 억지로라도 찾아가리다."

총각은 박엽에게서 들은 대로 칼을 뽑아 들고 호랑이 가죽을 찢는 시늉을 하였다.

"더 가까이 오거나 억지로 뺏으려고 한다면 이것을 찢겠소."

그 말에 늙은 중은 멈칫하여 물러섰다.

"허허, 그 양반 참 젊은 사람이 어찌 그다지도 고집이세오?"

"아무려나 내가 차지한 것이니 그대로 가지고 있겠소."

"글쎄, 그것은 내 것이라니까……."

늙은 중은 간청하였으나 총각은 박엽에게서 들은 말이 있는지라 이를 악물고 버티었다.

밤새 승강이를 하니 어언 먼동이 트기 시작하였고, 멀리서 새벽닭 우는 소리가 들려 왔다.

늙은 중은 어처구니없고 맥이 풀리는 듯 허허 웃었다.

"허, 다 틀렸군……. 아마도 이 일은 박엽 장군이 시킨 듯하니 당할 도리가 있나."

"자, 가져가시오."

총각은 닭이 운 뒤라 안심하고 호랑이 가죽을 내주었다.

"그대의 겉옷을 잠시 벗어 주오."

"그러리다."

무슨 영문인지 몰랐으나 총각은 겉옷을 벗어 주었다.

"문을 닫고 내다보지 말라."

늙은 중이 호랑이 가죽과 총각이 벗은 겉옷을 들고 나가자 총각은 문틈으로 내다보았다. 늙은 중은 호랑이 가죽을 뒤집어쓰더니 큰 호랑이가 되어 으르렁거렸다. 잠시 후에 가죽을 벗더니 다시 늙은 중이 되어 방으로 들어왔다. 총각은 간이 덜컥 내려앉았다.

늙은 중은 빙긋이 웃으며 부드러운 음성으로 말하였다.
"두려워하지 말라. 이미 때가 지났으니 그대를 해치지는 않을 것이다."

늙은 중은 작은 상자를 열고 거기에 있는 장삼을 꺼내 주었다.

"이것을 입어라."

"……."

총각은 영문을 몰랐으나 시키는 대로 내어 주는 옷을 받아 입었다.

늙은 중은 이번에는 두루마리를 폈다. 거기에는 많은 이름이 적혀 있었고, 총각의 이름도 있었다. 늙은 중은 총각을 흘긋 쳐다보고는 총각 이름 위에다 붉은 점을 찍었다.

"여기에 적힌 사람은 모두 호랑이에게 먹힐 팔자를 타고난 사람들이다."

그러나 이제 그대는 액운을 넘겼으니 편안히 일생을 보낼 수 있을 것이다. 설혹 수많은 호랑이를 만난다 하더라도 해를 당하지 않을 것이다."

총각은 그저 멍멍할 따름이었다. 늙은 중이 이번에는 부적을 하나 내어 주었다.

"이것을 가지고 가라. 혹 돌아가는 길에 막는 것이 있거든 이것을 내어 보이라."

총각은 부적을 받아 들고 노새를 탔다. 늙은 중은 어디로 사라졌는지 보이지 않았다.

"어흥!"

골짜기를 한동안 내려오니 호랑이가 앞을 가로막고 으르렁거렸다. 총각은 얼떨결이기는 하였으나 아까 늙은 중에게서 받은 부적을 내보였다. 호랑이는 갑자기 고개를 숙이고 공손한 태도를 보이더니 어디론가 사라져 버렸다.

총각은 놀아오는 길에 여러 번 호랑이를 만났으나 그럴 때마다 부적을 내보였고 그 부적만 보면 으레 호랑이는 굽실거린 후 어디론가 사라지곤 하였다. 총각은 박엽에게로 돌아가서 겪은 일을 자세히 이야기하였다. 박엽은 싱글벙글 웃으며 고개를 끄덕였다.

"장하다! 네가 참고 견디어 내가 시킨대로 하였기에 이제 액운은 면하였다."

"은혜 백골난망입니다."

"집에서 걱정하고 기다릴 것이니 어서 돌아가 보아라."

"예."

총각은 가벼운 걸음으로 신이 나서 집으로 돌아갔다.

원래 총각은 호랑이의 해를 받을 팔자였는데 점쟁이의 정확한 판단과 박엽의 신통력으로써 화를 면하였다는 것이다.

≪기관록(寄觀錄)≫ 상편에서

45. 호랑이가 의원을 데려감

양예수(揚禮守)라는 의원이 있었다. 무슨 병이든 한 번 진단을 하기만 하면 정확한 약방문을 내었고, 또 지어 주는 약을 쓰면 백발백중 나았다. 그러기에 사람들은 양예수를 가리켜 신의(神醫)라고들 하였다.

한 번은 중국으로 가는 사신을 따라서 압록강을 건너게 되었다. 사신 일행으로서는 오래 걸리는 길이니 훌륭한 의원을 데리고 가는 것이 마음 든든하였고, 양예수로서는 좀더 의술을 연구하기 위한 길이었다.

압록강을 건너 얼마를 가다가 날이 어두워져서 길에서 노숙하게 되었다. 굵직한 나무들이 있어 의지할 만하였으나 아무래도 적적하고 처량하였다.

모닥불을 지펴 놓고 밤늦게까지 잡담을 하며 울적한 기분을 풀고자 하였다. 그러던 중 양예수의 모습이 보이지 않는 것이 수상쩍어 찾기 시작하였다.

"이 사람이 어딜 갔을까?"

"일찍 눕겠다고 갔는데……."

"허, 참. 이 친구가 있어야 재미있는 이야기를 들을 수 있겠는데……."

"그럼, 불러오지."

양예수의 숙소로 정해진 나무 그늘에 가 보았으나 침구만 뒹굴 뿐 사람은 없었다.

"어디로 갔을까?"

이렇게 되어 처음에는 두어 사람만이 이상하게 생각했으나 점점 수선해지고 모두들 양예수를 찾았다. 그러나 어디로 갔는지 보이지 않았다.

"소피를 하러 갔다가 길을 잃었나?"

"무엇에 물려 가지나 않았나 원……."

양예수 자신은 일찌감치 자려고 침구를 둘러 덮고 누웠다가 무엇이 침구를 잡아당기는 바람에 눈을 떴었다.

"어, 누구야?"

그러나 다음 순간에 무엇인가에 업힌 채 어둠 속으로 달리고 있는 자신을 발견하고 정신을 바짝 차렸다. 살펴보니 틀림없이 자기는 큰 호랑이에게 업혀 가고 있는 것이었다.

"허, 내가 고국을 떠났다가 호랑이 밥이 되는구나."

눈앞이 아찔하였으나 양예수는 계속 정신을 가다듬으며 마음을 단단히 먹었다. 호랑이는 얼마 동안 어두운 숲 속을 달렸고 산비탈을 뛰어올라 한 곳에 이르더니 걸음을 멈추었다. 호랑이는 몸을 흔들어 양예수를 내려놓았다.

"어허!"

살펴보니 편편하게 생긴 큰 돌 위였다. 달아날까 하는 생각도 들었으나 기진하여 꼼짝도 못하고 멍청히 앉아서 호랑이의 동정만 살펴보고 있었다.

호랑이는 양예수를 내려놓더니 그 옆에 있는 큰 굴로 들어갔다. 얼마 후에 호랑이는 새끼를 한 마리 물고 나와 양예수 앞에 놓았다. 또 다시 굴 속으로 들어갔다. 이러기를 몇 번, 호랑이는 다섯 마리나 되는 새끼를 양예수 앞에 죽 내다 놓았다.

"흥, 나를 새끼 밥으로 만들려나 보구나."

양예수는 점점 어처구니가 없었다.

그런데 호랑이는 새끼들을 죽 양예수 앞에 늘어놓더니 그 옆에 쭈그리고 앉아 빤히 바라보기만 하였다.

"어쩌자는 것인가? 새끼들로 하여금 나에게 달려들어 물어뜯으라는 것인가?"

양예수는 더욱 정신을 가다듬고 호랑이를 바라보았다. 호랑이는 쭈그리고 앉아서 연방 고개를 끄덕끄덕 하였다. 그것은 마치 절을 하는 시늉이었다.

"가만있자……. 잡아먹자는 것은 아닌가 본데?"

호랑이는 고개로 새끼들 쪽을 가리키고는 또 절을 하였다.

"아하! 새끼가 병이 났나 보구나……. 그래서 나더러 고쳐 달라는 것인가 보구나."

이런 생각이 든 양예수는 일어나 새끼를 한 마리씩 살펴보기 시작하였다. 과연 그 중 한 마리는 다리가 부러져 거의 죽을 지경에 이르러 있었다.

"알았다. 이것을 고쳐 달라는 것이로구나."

양예수는 알았다는 듯 호랑이를 쳐다보자, 호랑이는 연방 절을 하였다.

양예수는 염낭을 끄르고 환약을 꺼내었다. 이 환약을 호랑이 새끼의 부러진 다리에다 바르고 또 그 위를 송진을 발랐다.

"이렇게 하면 되는 것이다!"

호랑이를 보며 이렇게 말했다.

"알았는가? 내가 환약을 몇 개 놓고 갈 터이니까……. 처음에 환약을 바르고 그 위에 송진을 바르면 된단 말이다."

양예수는 환약과 송진을 번갈아 손가락질하여 보였다. 호랑이는 알아듣기라도 한 듯 연방 고개를 끄덕였다.

"여기에다 환약을 놓지. 내가 간 뒤에도 발라 주란 말야. 송진을 바르는 것도 잊지 말고……."

편편한 바위 위에 염낭에서 꺼낸 환약을 몇 알 놓았다.

호랑이는 그것을 물고 굴 속으로 들어갔다. 얼마 후에 나온 호랑이는 검고 작은 돌 하나를 양예수 앞에 놓았다.
 "허, 고맙다는 뜻으로 나더러 이것을 가지라는 것인가?"
 호랑이는 또 고개를 끄덕였다. 양예수는 어처구니없어 피식 웃었으나 그 검은 돌을 집어 염낭 속에 넣었다.
 "이제는 나를 데려다 줘야지."
 말이 떨어지기도 전에 호랑이는 양예수를 업고 아까 온 길을 달려갔다.
 호랑이는 아까의 그 자리까지 돌아와서는 양예수를 내려놓고 어디론가 사라졌다. 양예수는 한동안 멍하니 호랑이가 사라진 곳을 바라보고 나서야 모닥불이 피워진 곳으로 갔다.
 "아아니, 자네 어디 갔었나?"
 "나? 가긴 어딜 가, 그냥 누웠다가 일어난 길이지."
 호랑이에게 업혀 가서 호랑이 새끼를 고쳐 주고 왔다고 해도 아무도 믿지 않겠기에 어름어름 대답하였다.
 "모두들 얼마나 자네를 찾았는지 아나?"
 "찾다니?"
 "우리는 또, 마누라 생각이 나서 되돌아갔나 했지."
 "예끼!"
 웃음판이 되어서 자리가 어름어름 마무리되었다. 양예수는 더 구구한 변명을 안하고도 넘길 수 있었다.
 일행은 여행을 계속하였다. 그러나 양예수는 호랑이에게서 받은 검고 작은 돌이 궁금하였다.
 '나를 데려다가 다친 새끼의 상처를 고치게 한 호랑이

가 평범한 돌을 줄 까닭이 없다.'

이렇게 생각하고 깊이 간직하고 있었다.

좀 틈이 생기고 번화한 거리를 구경하게 되었을 때 양예수는 보물 파는 가게를 찾았다.

"내게 보물이 있는데 한번 구경하실라우?"

"봅시다."

양예수는 염낭 속에 간직했던 돌을 꺼내 보여 주었다. 상인은 눈을 크게 뜨고 돌과 양예수를 번갈아 쳐다보며 감탄하였다.

"이건 주천석(酒泉石)이 아닙니까?"

보물인 것이 확실해지자 양예수는 시침을 떼고 물었다.

"무엇에 쓰는 것인지 아시오?"

"어찌 모르겠습니까? 이 돌을 물에 담그면 그 물이 모조리 술로 변하는 보물 아닙니까. 이런 보물은 참으로 보기 드문 것입니다."

"흠."

양예수는 검고 작은 돌을 다시 염낭 속에 넣었다

"파실 것입니까? 값은 얼마든 달라는 대로 드리죠."

"아니오. 팔 것이 아니오. 보물 가게이기에 한번 구경시켜 드린 것이오."

양예수는 숙소로 돌아가, 그 돌을 물에 담가 보았다. 과연 물은 모두 향기 높은 술로 변하여 있었다. 양예수는 이 주천석을 고이 간직하였고 그로 인해 만들어진 술을 칭찬하지 않는 사람이 없었다.

≪은계필록(銀溪筆錄)≫ 권6에서

46. 여우의 장난

정여린(鄭如麟)이란 사람은 명종 때의 사람으로 담력이 대단한 사람이었다. 어릴 때에도 그 뛰어난 담력으로 별로 무려워하는 것이 없었다.

열여섯 때 나주 지방 사동이란 곳에 간 적이 있었다. 여기서 금성산을 넘어가려는 판이었다. 이 말을 듣자 동리 사람들 모두가 극구 만류하였다.

"날이 어두워지는데 그만두시오. 푹 쉬고 내일 일찍 떠나는 게 좋으리다."

"그나마 홀로 산을 넘겠다는 것은 위험한 노릇이오."

그러나 정여린은 고개를 저었고, 동리 사람들은 딱하다는 듯 입을 딱 벌렸다. 그 중에서 가장 나이 든 사람이 앞으로 나서며 더욱 만류하였다.

"젊은 혈기에 산을 넘는 것쯤 아무것도 아니라고 생각하기 쉬우나, 그런 것이 아니오. 대낮에도 섣불리 혼자서 그곳엘 가다가 번번이 욕을 보곤 하였단 말이오."

"무서운 범이라도 있나요?"

사냥에는 자신이 있는 정여린이다. 팔다리에 힘을 주며 되물었다.

"아니, 차라리 범 따위가 있다면야 날랜 포수가 잡기라도 하였겠으나 그렇지도 않단 말이오."

"그럼, 귀신이라도 있나요?"

정여린은 그렇게 물으면서도 제풀에 싱거워져서 피식 웃었다.

"허, 글쎄 귀신인지 도깨비인지 모르지만 사람을 아주 혼을 낸단 말이오. 당한 사람들도 그것이 귀신인지 도깨비인지 모른다오."

여러 번 말리려고 하였으나 그럴수록 정여린의 생각은 변하지 않았다.

"걱정해 주시는 것은 감사합니다만 가 보겠습니다."

"허, 그 사람, 고집도 세군."

동리 사람들은 더 만류하지 못하고 어이없고 걱정스럽게 바라보기만 하였다. 정여린은 태연하게 산으로 올라가는 길을 걸어갔다.

"흠, 산 속에 요물이 있다. 그거 그럴싸하군. 아무것도 없는 산보다는 한번 지나가 볼 만하겠는데……."

나무는 무성하여 하늘도 잘 보이지 않았고 음산하였다. 물론 지나가는 사람도 없었고 간간이 짐승들의 울음소리만 들려 왔다.

기우를 살피가며 처처히 걸어가던 정여린은 문득 걸음을 멈췄다. 저 앞쪽에 한 여인이 쪼그리고 앉아 서글피 울고 있는 것이었다.

"이런 무서운 산 속에 누굴까?"

정여린은 궁금해져서 걸음을 빨리하였다.

"허!"

가까이 가던 정여린은 입이 딱 벌어졌다. 울고 있는 여인은 다름 아닌 평소에 가까이하던 사람이었다.

"옥아!"

정여린은 여인의 이름을 불렀다. 옥이란 정여린 집에

있는 계집종으로 얼굴이 반반하여 벌써부터 은근한 관계를 맺고 있는 터였다. 옥은 흘긋 정여린을 쳐다보고는 더욱 슬프게 울었다.

"어쩐 일이냐?"

"도련님."

옥은 흑흑 흐느껴 울며 말도 제대로 하지 못했다.

"어찌하여 이런 곳에 와 있느냐?"

정여린이 옥의 손목을 잡자, 옥은 구슬 같은 눈물을 흘리며 흐느껴 울었다.

"쫓겨났사와요."

"쫓겨나다니 그게 무슨 소리냐?"

"도련님이 안 계신 동안에 댁에서는 소인을 무수히 학대하옵고 쫓아내었습니다."

"흠."

자기가 없는 동안에 집에서 그런 일이 일어났다니 도무지 참기 어려운 일이었다. 당장 옥을 데리고 집으로 가서 누가 그런 일을 하였는지 단단히 따지려고 마음먹었다.

"이 일을 어쩌면 좋사와요? 도련님은 계시지 않고……. 마침 여기서 뵈었으니 아마 하늘이 도운 모양입니다."

"알았다. 그만 울고 어서 일어나거라. 집으로 가자."

옥은 마지못해 일어나면서도 계속 눈물을 흘렸다.

"나가라고 내쫓으셨는데 어떻게 집으로 가겠어요?"

"그래, 너는 어디로 가던 참이냐?"

"화사동으로 가고자 하옵니다. 도련님, 옛정을 생각하여 그곳까지 데려다 주십시오."

"그러마."

선선히 대답하기는 하였으나 정여린은 고개를 갸우뚱하였다. 화사동이라면 이 금성산 속에 있는 마을의 이름이었다. 옥이가 집에서 쫓겨났다면 갈 곳이 있을 까닭이 없었다. 제 집이라는 게 없는 터요, 또 혈육이나 친지가 있는 것도 아니었다. 하물며 이 금성산 속에 있는 어느 마을로 간다니 기이한 일이었다.

"흠."

그러고 보니 여기서 우연히 만났다는 것도 이상했고 또 아까 이 산 속에서는 기괴한 일이 생긴다는 말을 들은 기억이 새로웠다. 정여린은 빤히 옥을 쳐다보다가 드디어 하나의 결심을 하였다.

"옥아, 이쪽으로 가까이 오너라."

"예."

정여린의 말에 옥은 다가섰다. 그러자 정여린은 삽시간에 허리띠를 끌러 옥을 묶었다. 옥은 두 손을 움직일 수도 없고 간신히 걸을 수 있을 정도였다.

"도련님. 이게 웬일입니까?"

"흠, 그럴 까닭이 있다."

정여린은 속으로 너는 이 산에 있다는 괴물이고 나를 속이려고 도섭을 부린 거지 싶었다. 그러나 입을 다물고 시치미를 떼었다.

"풀어 주시어요. 이러구야 어디 움직일 수가 있사와요?"

"허허······. 모르는 소리. 두 다리가 그대로 있으니 걸어갈 수는 있지 않느냐? 어서 가자."

"잠깐만 풀어 주시어요."
"그냥 가자니까……."
옥이 아무리 사정을 하여도 정여린은 들은 척도 하지 않았고 오히려 옥을 묶은 히리띠의 한 쪽을 단단히 쥐고 걸음을 재촉 하였다. 그것도 옥이 가겠다던 화사동 쪽이 아니라 방향이 전혀 다른 금안동으로 말이다.

이래도 저래도 풀어 줄 것 같지 않자 옥은 얼마를 가다가 하소연하였다.

"도련님. 소피를 하여야겠사와요."
"그래? 어서 하여라!"
"이 묶은 것을 풀어 주셔요. 이러구야 어찌 소피를 할 수 있사와요?"
"흥. 괜찮다니까……."

영 풀어 주지 않자, 옥은 단념한 듯 그냥 따라왔다. 소피를 하는 것도 아니었다.

금안동이 가까워지자 멀리서 개 짖는 소리가 들려 왔다. 그러자 옥은 갑자기 악을 썼다.

"안 풀어 주시면 죽겠어요."
"흥, 그래? 마음대로 하여라. 묶었으니 죽고 싶어도 그렇게 되지는 않을 거다."

정여린은 더욱 손에 힘을 주어 옥을 끌고 갔다.

금안동 어귀에 이르니 여러 마리의 개가 달려와 옥을 향해 짖어 댔다. 옥은 얼굴이 흙빛이 되어 이를 바득바득 갈았다.

사냥개 한 마리가 날래게 뛰어와 옥의 목을 물어뜯었고

옥은 피를 흘리며 비명을 질렀다. 사냥개는 더욱 덤벼들었고 옥은 쓰러져 죽었는데 보니 꼬리 셋 달린 흰 여우였다.

결국 정여린은 금성산에서 지나던 사람을 괴롭히던 해묵은 여우를 사냥한 셈이 되었다.

"허, 젊은 사람이 담대하기는……."

누구나 칭찬하였고 그 후로는 괴이한 일이 생기지 않았다.

≪나주정씨문집(羅州鄭氏文集)≫ 권3에서

47. 못된 여우를 다스림

신라 제51대 진성여왕(眞聖女王) 때의 일이었다.

양패(良貝)라는 사람이 당나라에 사신으로 가게 되었다. 이때는 나라 안이 어지러웠고 바다 위에는 해적들이 들끓었다. 그러기에 해적의 화를 두려워하여 활 잘 쏘는 궁사(弓士) 50명을 같이 데리고 가게 되었다.

배는 아무 탈 없이 서쪽으로 떠났으나 혹도(惑島)라는 섬까지 와서는 모진 풍랑으로 더 나갈 수가 없게 되었다.

"허, 도적의 무리를 막고자 궁사는 데리고 왔으나, 풍랑을 막기 위한 방도는 갖추지 않았으니 어찌하랴!"

배에 탄 사람들은 모두 새파랗게 질려 벌벌 떨기만 하였다.

"이러다가는 파선을 당할 지경이니 차라리 섬으로 올라가 물결이 가라앉는 것을 기다리는 것이 상책이겠다!"

결국 배를 섬에 대고 모두들 올라갔고, 땅을 딛고서야 겨우 찌푸렸던 얼굴들이 펴졌다. 그러나 풍랑은 쉽게 가라앉지 않았다.

 생각다 못해 어찌 된 일인지 점을 쳐 보게 하였다.

 "허!"

 한동안 점쟁이는 고개를 끄덕이더니 입을 열었다.

 "이 섬에는 큰 연못이 있을 것입니다. 그 연못은 영특한 연못으로 거기에는 반드시 해신이 있을 것이니 제사를 지내면 쉽게 떠날 수 있을 것입니다."

 이 말에 섬 안을 두루 살피니 과연 큰 연못이 있었다. 그 연못가에 약간의 음식을 마련하고 양패가 직접 제사를 드렸다. 그랬더니 갑자기 연못 가운데서 물이 솟구쳐 오르니 열 자가 넘었다.

 "점이 맞았어!"

 "이제 떠나가게 되려나?"

 하도 기이한 일에 모두들 눈이 둥그래졌고, 희망을 걸고 바다를 바라보았다. 그러나 풍랑은 쉽게 가라앉지 않았다. 영특한 연못답게 신기한 일이 일어나기는 하였으나, 풍랑은 가라앉지 않았다. 적이 낙심해 하다가 양패는 깜빡 잠이 들었다.

 꿈에서 양패는 한 노인을 만났다. 수염이 길고 흰 노인은 양패 앞에 공손히 허리를 굽혔다.

 "공은 이 섬을 떠나고자 하십니까?"

 "당나라로 가야 하는 몸이니 그렇지 않겠소이까?"

 "그러면 한 가지 방법이 있습니다. 활을 가장 잘 쏘는 사람 중에서 한 사람을 이 섬에 남기고 떠나면 풍랑이 가라앉을 것입니다."

"그러지요."

선뜻 대답하기는 하였으나 꿈에서 깬 양패는 막막하였다.

"누구를 섬에 남기면 되겠는가?"

이에 여러 궁사들은 서로 얼굴을 쳐다보더니 이렇게 대답하였다.

"결국 누군가가 남아야 할 것이니 우리들의 이름을 나뭇조각에 적어 연못에 던져 보는 것이 어떻겠습니까? 그래서 가라앉는 것이 있거든 그 사람이 남기로 하죠."

이 의견에 따라서 오십 개의 나뭇조각을 마련하고 거기에 제각각의 이름을 적어 연못에 던졌다. 그랬더니 일행 중 거타지(居陀知)라는 사람의 이름을 적은 나뭇조각이 가라앉았다.

"결정이 내려졌군!"

일행은 거타지를 섬에 남겨 놓고 배에 올랐다. 그러자 이제까지 그렇게도 억세던 풍랑은 씻은 듯이 가라앉고 배는 서쪽으로 살살이 달릴 수 있었다.

섬에 홀로 남은 거타지는 멀어지는 배를 바라보며 긴 한숨을 쉬었다.

"사람 없는 섬에 남아 이제는 죽게 되었구나."

이렇게 중얼거리고 있는데 연못에서 한 노인이 솟아 나오더니 거타지 앞에 와서 허리를 굽혔다. 거타지는 이제는 죽나 보다 생각되어 떨기만 하였다.

"놀라지 마십시오. 나는 원래 서쪽 바다에 있는 해신(海神)으로 식구가 모두 이 연못에 살고 있었습니다."

"······."

"그런데 어느 날 갑자기 한 중이 나타나서 우리를 못 살게 굴기 시작했습니다. 그 중이 해가 뜰 무렵에 나타나 다라니경을 외며 이 연못을 세 바퀴 돌면, 우리 식구는 모두 물에 둥둥 떠오르게 됩니다. 그러면 그 중은 우리 식구의 간장을 뽑아 먹습니다. 이렇게 모두 죽고 이제는 늙은 우리 부부와 딸자식 하나만 있을 뿐입니다. 내일 아침에도 또 올 것이니 부디 이 중을 죽여 불쌍한 저희의 목숨을 살려 주십시오."

"활을 쏘는 것이야 쉬운 일이오."

"꼭 부탁드립니다."

노인은 몇 번이고 절을 하고 연못 속으로 들어갔고, 거타지는 숨어서 밤을 꼬박 지샜다.

이튿날 새벽, 해가 뜰 무렵이 되자 과연 어디선가 중이 나타나서 다라니경을 외며 연못가를 돌았다. 그러자 연못에는 세 용이 둥둥 떠올랐다. 중은 그 중 한 용의 간장을 뽑아 먹으려고 엎드렸다. 숨어 있던 거타지는 시위를 당겨서 중을 쏘았다.

화살은 어김없이 중에게 맞았고, 중은 외마디 소리를 지르더니 크고 늙은 여우가 되어 쓰러져 죽었다.

연못에 떠 있던 용들은 사라지고 다시 노인이 거타지 앞에 나타나 허리를 굽혔다.

"도와 주신 은덕으로 저희 식구가 죽음을 면했습니다. 이 은혜의 만분의 일이라도 갚고자 제 딸자식을 아내로 드리니 마다하지 마십시오."

"아내고 뭐고…… 우선 나는 어떻게 가면 됩니까? 이 외

딴 섬에 처져 있으니 어떻게 앞서 간 배를 따라가나요?"
거타지가 걱정하였으나 노인은 빙긋 웃었다.
"염려 마십시오."
"그리고 당나라까지 다녀와야 하는 몸인데 어찌 아내를 데리고 간단 말입니까?"
"그것 역시 염려 마십시오."
노인은 다시 연못으로 들어가더니 젊고 아리따운 처녀를 데리고 나왔다. 그 아름다움에 눈이 부셔 거타지는 멍하니 바라보기만 하였다. 노인이 무어라고 주문을 외우자 처녀는 하나의 꽃가지가 되었다.
"자 딸자식을 이렇게 꽃가지로 만들었으니 이제는 데리고 가시기 쉬울 것입니다. 품에 품고 가셨다가 댁에 돌아가시면 꺼내 보십시오."
거타지는 꽃가지를 받아 품에 품었다.
노인은 거타지를 데리고 바다 쪽으로 나와 크게 부르니 두 용이 나타나 넘실거렸다.
"그대들은 이 어른을 모시고 앞서 간 배를 쫓아가라. 그리고 그 배를 당나라까지 업고 가도록 하여라."
거타지는 용을 타고 단숨에 앞서 간 배에 이르게 되었다. 거타지가 꼭 죽은 줄만 알았던 사람들은 모두 놀라워하며 눈이 둥그래졌다.
"죽은 줄 알았더니 신선이 되어서 오는군."
두 용은 일행이 탄 배를 등에 업고 살같이 달려 당나라에 이르렀다. 이 광경을 본 당나라 사람들은 모두 놀랐다.
"신라에서 오는 사신은 아무래도 보통 사람이 아니야."

이 말이 황제의 귀에 들어가자 황제는 특히 좋은 자리를 마련하고 또 후하게 선물까지 주었다. 이것이 모두 거타지의 덕이라고 일행은 무수히 사례하였다. 돌아오는 길에도 편안하였다.
 집에 온 거타지는 내내 품에 품고 있던 꽃가지를 꺼내었다. 꽃은 하나도 시들지 않았고, 삽시간에 변하여 아리따운 처녀가 되었다. 거타지는 이 처녀를 아내로 맞이하여 행복하게 살았다고 한다.

≪삼국유사(三國遺事)≫ 권2에서

48. 구렁이의 행패

 진산(晉山)이라는 곳에 강생이라고 하는 젊은이가 살고 있었다. 그 젊은이는 경주 땅으로 유람하러 갔으나, 마음이 시들하여 다시 고향으로 돌아가는 길을 재촉하여 떠났다.
 괴나리 봇짐에 책 몇 권을 싸 짊어지고 어슬렁어슬렁 산길을 걸어갔다. 산을 넘어가야만 하겠는데, 미처 반도 못 가서 해가 저물었다.
 "이거 큰일이군……. 날은 어두웠는데, 어디 밤을 지내고 갈 만한 인가가 있어야지."
 강생은 마음이 조급해져서 두루 살펴보았으나, 심심 산속이라 집이라고는 보이지 않았고 으스스 찬바람이 스쳐가기만 하였다.
 "야단이야, 야단……."

우왕좌왕하다가 희미하게 보이는 불빛을 발견하였다.
"이젠 살았구나!"
강생은 새롭게 기운을 내어 불빛이 있는 곳으로 가니, 그것은 집이 아니었고 큰 굴이었다.
굴이기는 하였으나 역시 사람 사는 집이 완연하였고, 한 늙은이가 조는 듯 앉아 있었다.
"여보시오!"
늙은이는 강생을 보자 눈이 둥그래져서 고개를 내밀었다.
"길을 가다가 날이 저물어서 그러니, 하룻밤 지내고 가게 해 주십시오."
"안 되오."
그러나 뜻밖에도 늙은이의 입에서는 거절하는 말이 나왔다.
"예?"
"여기서 묵고 가게 할 수는 없단 말이오."
"제발 살려 주십시오. 때는 겨울이고 바람이 불어 얼어 죽겠으니 좀 살려 주십시오."
"글쎄, 그랬으면 좋겠는데 안 되오."
"왜요?"
"내게는 아들 셋이 있는데, 지금은 집에 없으나 곧 돌아올 것이오. 그들은 낯선 사람이 있으면 크게 화를 낼 것이니, 그렇게 할 수는 없소."
"아드님이 어떠한 사람인지는 모르겠으나 이 추운 밤에 잠시 자고 가려는 사람을 왜 재웠느냐고는 하지는 않겠지요."

강생은 두 손을 마주 비비며 몇 번이고 간청하였으나 늙은이는 막무가내였다.
"다른 곳으로 가시오."
"이 산 속에 어디 또 집이 있다고 다른 데로 가라십니까?"
"그거야 내가 어찌 알겠소."
이렇게 되니, 강생은 화가 불끈 솟아서 악을 썼다.
"세상에 이렇게 몰인정한 데가 있나. 이까짓 굴도 집이라고……."
"……."
늙은이는 또 조는 듯 눈을 감았다.
"얼어 죽는 한이 있어도 여기서 신세는 지지 않을 것이니 그리 아시오!"
강생은 분연히 돌아서서 터덜터덜 걸었다. 그러나 뼈를 에는 듯한 냉기가 스며들었고 산 속은 이미 어두워진 터라 더 갈 수가 없었다.
"이래나 저래나 죽을 바에는 편히 쉬다가나 죽자."
이렇게 생각한 강생은 낙엽이 쌓인 위에 아무렇게나 쪼그리고 앉았다. 추위에 덜덜 떨면서도 피곤을 이기지 못하여 스르르 잠이 들었다.
"쏴아……."
야릇한 소리에 강생은 눈을 떴다. 그것은 무엇이 지나가는 소리였다. 눈을 비비고 자세히 보니, 큰 구렁이가 지나가는 소리였다. 그것도 한 마리가 아니요, 세 마리나 굴 쪽으로 가는 소리였다. 강생은 너무나 무서워 추위도 잊고 정신을 바짝 차렸다.

"흥, 그 늙은이는 내게 하룻밤 자고 가겠다는 것도 거절하더니, 이제 구렁이의 밥이 되겠구나!"

강생은 더욱 눈을 크게 뜨고 자세히 바라보았다. 세 마리의 구렁이는 굴 앞에 이르더니 키가 훌쩍 큰 세 사람의 사나이로 변하였다. 강생은 숨이 꽉 막히는 듯하였다.

"아버지, 이제 왔습니다."

"늦었군."

그제야 강생은 아까 본 그 늙은이 역시 구렁이였다는 것을 깨달았다. 넷은 불을 가운데 두고 둘러앉아서 두런두런 이야기를 하기 시작하였고, 강생은 귀를 기울였다.

"나는 오늘 용궁현이라는 곳에 가서 물긷는 여인의 발뒤꿈치를 물어 주었지."

하나가 말을 시작하였다.

"허, 그래?"

"아마도 그 여인은 그것이 원인이 되어 죽을걸."

그러자 듣고 있던 늙은이가 나무라는 투로 말참견을 하였다.

"그게 뭐 장하다고 그러냐? 정월 첫 해일(亥日)에 참기름을 바르면 낫고 말 것을 가지구."

"그러나 그런 묘한 방법을 그 여인은 알 까닭이 없어요."

강생은 더욱 귀를 기울였다.

"어디 그뿐인가? 큰일 날 일이다."

늙은이는 역시 나무라는 투였다.

"그날 기름을 낯머리에 바르고 울타리에 걸어 놓으면,

우리는 모두 죽을 거 아니냔 말이다. 그러니 어찌 잘한 일이라고 하겠느냐?"

그러나 젊은 것들은 제각기 지껄였다.

"그런 걸 아는 사람이 어디에 있어요?"

"참, 아버님은 공연한 걱정을 다 하셔요."

강생은 간이 오그라드는 듯한 무서움과 추위에 떨었으나, 귀를 기울여 들었다. 듣고 나서는 허겁지겁 산을 도로 내려가기 시작하였다.

강생은 고향으로 가려던 생각을 버리고 용궁현으로 찾아갔다. 과연 구렁이에게 물려 거의 죽을 지경에 이른 여인이 있었다. 강생은 혼자서 고개를 끄덕이고, 그 집으로 찾아 들어갔다.

"내가 고치는 방법을 알고 있소이다."

그 집에서는 여러 가지 약을 써 보았으나 도무지 효험이 없던 터라, 반가이 맞아들였다.

"어떠한 약을 씁니까?"

"약이야 별 거 없소이다. 이것은 보통 구렁이가 아니라 아주 해 묵은 구렁이란 말이오. 그러니 아무 약이나 써서는 낫지 않으리다."

"어쨌든 살려만 주십시오."

"그러리다."

강생은 장담하고 사랑채로 들어갔다. 융숭한 대접을 받았으나, 강생은 아무것도 하지 않고 누워만 있었다. 정월 첫 해일(亥日)이 되기만을 기다리고 있는 터였다.

해일이 되자, 강생은 도사리고 앉아서 치료를 시작하였다.

"참기름을 가지고 오시오."
"예."
참기름을 가지고 오자, 강생은 그것을 구렁이에게 물린 여인의 발뒤꿈치에 발랐다. 그것뿐이었다.
"되었소."
"예?"
너무나 어처구니없어서, 식구들은 눈을 둥그렇게 떴다. 협잡꾼에게 속았다고 생각한 식구들은 강생을 몰아내려고까지 하였다.
그러나 이제까지 기지사경으로 정신이 없던 여인은 숨을 몰아 쉬었고, 상처도 깨끗이 나았다.
"허, 신기한걸."
"과연, 신의(神醫)이신 걸 못 알아보았군요."
모두들 혀를 내두르며 놀라워하였다. 강생은 다시 후한 대접을 받았다.
"그러니 이것만으로 끝난 것은 아니오."
강생은 낫머리에 참기름을 바르고 이것을 울타리에 꽂아 두었다.
"자아, 이러면 됐소. 이제 그때 나타났던 구렁이를 보여줄 것이니 같이 갑시다."
워낙 신기하게 상처가 나은지라, 식구들은 물론이거니와 동네 사람들도 모두 따라 나섰다. 강생은 앞서서 산속 굴이 있던 곳으로 갔다.
그 굴 속에는 네 마리의 큰 구렁이가 죽어 있었다. 따라온 동네 사람들은 모두 혀를 내두르며 놀라워하였다.

"어이구, 징그러워!"

"이분은 아주 귀신 같은 어른이군!"

또다시 강생에 대한 칭찬과 우러러보는 말들이 자자하였다. 그러나 강생으로서도 어째서 그렇게 하는 것이 구렁이들을 죽게 한 것인지, 그 이유를 내내 알 수 없었다.

≪용천담적기(龍泉談寂記)≫에서

49. 두꺼비의 보은(報恩)

청주 고을 북쪽 삼십 리쯤 되는 곳에 사당 비슷한 건물이 있었다.

여기에는 정체를 알 수 없는 신령인지 귀신인지가 머무르고 있다고 하였고 이웃 수만 호의 농가가 이를 떠받들었다. 제사를 올리고 잘 모시면 그 해에는 풍년이 들었고, 그렇지 않으면 흉한 병으로 죽는 사람도 많고, 또 흉년이 들곤 하였다. 여기서 올리는 제사라는 것은 매년 정월 보름날에 나이 어린 처녀를 바치는 것이었고, 바쳐진 다음 날에는 으레 죽어 있었다. 이를 위하여 마을 사람들은 해마다 나이 어린 처녀를 구하기에 바빴고 돈을 모아서 마땅한 사람을 사기도 하였다.

이 마을에 지극히 효성스러운 한 처녀가 있었다. 정성으로 부모에게 효도하며 근근이 지내 왔는데 갑자기 부모가 한꺼번에 죽었다. 어린 처녀로서는 장사 지낼 수도 없었고 그럴 돈도 없었다.

"부모님 안 계신 세상에 내가 살면 무엇 하나. 차라리 내 몸을 팔아서 부모님 장사나 남부럽지 않게 치러 드리자."

이렇게 생각한 처녀는 제사에 바쳐지는 몸으로 스스로를 팔았다. 그리고 거기서 받은 돈으로 돌아가신 부모의 장사를 잘 치렀다.

이 처녀의 집 울타리 밑에는 두꺼비 한 마리가 살고 있었다. 겨울이면 땅 속으로 들어갔고 따뜻해지면 나오곤 하였다. 처녀는 인자한 마음에 매끼마다 먹을 것을 남겨서 두꺼비에게 던져 주곤 하였다. 두꺼비는 점점 자라서 큰 자라만큼이나 되었다.

몸이 팔려 가게 된 처녀는 두꺼비에게 음식을 던져 주며 자기도 모르게 눈물을 흘렸다.

"두껍아, 내가 너에게 먹을 것을 주는 것도 오늘이 마지막이로구나……. 내가 없어 돌봐 주는 사람이 없더라도 너는 잘 커라."

두꺼비는 마치 그 말을 알아듣기라도 한 듯 고개를 숙이고 있었다. 다른 때같이 던져 준 음식을 먹지도 않았다.

마을 사람들이 몰려와서 처녀를 목욕시켰고 새 옷을 갈아입혔다. 그리고 한 상 잘 차려 먹게 하였다. 당사자인 처녀는 물론이거니와 마을 사람들도 서로 돌아보며 눈물을 흘렸다.

"허, 가엾은 일이야. 저렇게 마음씨 고운 처녀를……."
"후유……. 그러게 말이네. 그러나 구해 줄 도리가 없으니 딱하지."

처녀는 마을 사람들의 애틋한 전송을 받아 가며 사당 비숫한 건물 안으로 들어갔고, 밖에서는 문을 굳게 잠갔다.
 처녀는 건물 안에 들어설 때 치마 뒷자락이 묵직하고 누가 당기는 듯함을 느꼈다. 그러나 겁에 질린 처녀는 그저 치밋자락이 어디에 설렸나 보다고 생각하였을 따름이었다.
 그러나 실은 두꺼비가 치마 끝에 매달려 같이 들어간 것이었다. 안은 어둡고 습기 차서 절로 온몸에 소름이 끼쳤다. 처녀는 이미 죽을 것을 각오한 터라 단정히 앉아서 입 속으로 중얼거렸다.
 "아버지, 어머니. 소녀도 이제 따라가옵니다."
 밤이 깊은 뒤에 갑자기 천장 쪽에서 흰빛이 나타났다. 그것은 점점 아래쪽으로 내리쬐었고 마치 문틈으로 스며드는 듯한 모양이었다. 그러자 이번에는 갑자기 땅에서 위쪽으로 푸른 기운이 뻗쳐 올라갔다.
 너무나 놀라워 처녀는 숨도 못 쉬고 눈만 둥그렇게 뜨고 있었다.
 이 두 빛은 서로 엉켜 한동안 옥신각신하더니 요란스런 소리와 함께 무엇이 떨어지는 소리가 났다. 그리고는 잔잔해졌고 다시는 그런 빛이 나타나지 않았다.
 "아버지, 어머니."
 처녀는 계속해서 돌아가신 부모를 부르며 오들오들 떨기만 하였다.
 이튿날 아침에 마을 사람들은 이곳으로 몰려왔다. 어린 처녀를 제물로 바치고는 다음날 와서 그 시체를 거둬 주는 것이 상례로 되어 있기 때문이었다.

굳게 잠긴 문을 연 마을 사람들은 크게 놀랐다. 처녀는 살아 있었기 때문이었다. 이러한 일은 여태까지 없던 일이었다.

"허, 어찌 된 일일까?"

"무슨 변이 생겼는가?"

마을 사람들은 건물 안으로 들어가 두루 살펴보다가 소스라치게 놀랐다.

"어, 이것 보게나!"

거기에는 길이가 몇 자나 되는 큰 지네가 죽어 쓰러져 있었다. 그리고 옆에는 두꺼비가 또한 죽어 쓰러져 있었다.

"어이쿠, 흉측하고 끔찍한 지네로구나."

"이 두꺼비는 저 처녀가 기르던 거 아냐?"

모두들 놀라서 서로 수군거렸고 우선 처녀가 죽지 않은 것을 다행으로 여겼다.

"그러나 도대체 어찌 된 일일까?"

"아무데도 심상한 일이 아니지……."

마을 사람들은 모여서 이리저리 궁리하였고, 비로소는 짐작이 갔다. 이 사당 비슷한 건물 안에 있던 신령인지 귀신인지 하는 것은 결국 지네였다는 것이다. 지네가 여러 해 묵어서 둔갑을 하여 마을 사람들을 괴롭혔고 해마다 어린 처녀를 바치게 하여 그 피를 빨았던 것이다.

그러나 이번에는 제물로 바쳐지게 된 처녀가 기르던 두꺼비가 참변을 막은 것이었다. 즉 두꺼비도 여러 해 되어서 둔갑을 할 수 있게 되었고, 처녀가 길러 준 은혜를 갚고자 따라 들어왔던 것이다.

두 빛이 서로 엉키던 것은 서로 싸우던 것이요, 무겁게 쓰러지는 소리가 난 것은 지네와 두꺼비가 다 죽어 넘어가는 소리였던 것이다.

마을 사람들은 두꺼비에 대한 칭찬과 지네에 대한 저주로 물끓듯 수군거렸다.

"미물이라도 은혜를 갚을 줄 아니 대단한 도리야."

"지네는 너무 가증하단 말야. 그 동안 해마다 처녀를 하나씩 죽게 하였으니 그냥 둘 수 있나."

마을 사람들은 두꺼비는 정중히 묻어 주었고, 지네는 불살라 버렸다. 지네가 본거로 삼고 있던 사당 비슷한 건물도 불살라 버렸다.

여러 해가 지난 뒤에 이곳에는 창고가 세워지게 되었다. 옛적에 지네가 도사리고 있던 사당 비슷한 건물이었던 터라고 하여 창고는 오공창(蜈蚣倉)이라고 불리워졌다.

≪송천필담(松泉筆談)≫ 권2에서

이와 비슷한 이야기는 다른 지방에도 있다.

즉 개성 송악산 서남쪽에 오공산이라는 산이 있었다. 오공산은 그 모양이 마치 북과 같이 생겼고 송악산에도 북과 같은 모양을 한 큰 돌이 있었다.

그러기에 흔히 송악산과 오공산을 가리켜 좌고산(左鼓山), 우고산(右鼓山)이라고 하기도 하였다.

이 오공산의 굴 속에 큰 지네가 살고 있었으며 사람 모양으로 둔갑하여 마을 사람들을 괴롭혔다. 그 피해를 덜기 위하여 마을 사람들은 매년 처녀를 바쳤으며, 그러면 지네는 행패를 부리지 않았다.

마을의 한 처녀가 부엌 옆에서 두꺼비를 길렀다. 끼니 때마다 두꺼비에게 먹을 것을 주곤 하였는데, 이 처녀가 지네에게 주어지는 제물이 되게 되었다.

그 다음 이야기는 앞에 것과 같다. 즉 지네가 나타나 처녀를 해하고자 하자 두꺼비가 맞서 싸워 둘 다 죽었고, 그 후로는 마을 사람들이 괴롭힘을 당하지 않게 되었다는 것이다.

≪송경지(松京誌)≫ 권3에서

50. 물고기가 맺어 준 인연

강릉 땅에 양어지(養魚池)라는 못이 있다. 이것은 양어장으로 쓰는 못이어서 그런 이름이 붙은 것은 아니다. 옛날에 한 처녀가 자비로운 생각으로 고기에게 먹이를 던져 주었기에 그렇게 불리게 된 것이다.

처녀는 매일 못가에 와서 먹이를 던져 주었을 뿐만 아니라, 친근감을 느껴 즐거운 일이나 슬픈 일이나 물고기와 더불어 중얼거리기를 잘하였다.

"고기야. 오늘은 어머님이 편치 않으셔서 좀 늦었단다."

그러면 물고기는 처녀의 말을 알아들은 듯 못 위에 자그마한 물결을 일으키곤 하였다. 처녀의 발자국 소리만 나도 물고기들이 모여들었고, 사람과 물고기 사이이기는 하였으나 서로 정이 통하는 것만 같았다.

그러던 참에 서울에서 한 서생이 강릉으로 왔다. 그는

장차 과거를 보려는 사람으로 한적한 곳에서 글공부를 하려고 강릉까지 왔던 것이다. 서생은 우연한 기회에 처녀를 보고는 첫눈에 반하였고, 처녀도 싫지 않게 생각하였다.

서생은 은근한 뜻을 적은 편시를 처녀에게 전하였다. 처녀는 마음속으로는 이미 허락하고 있었으나, 사리를 따져서 말하였다.

"어찌 함부로 누구를 따르는 일이 있겠습니까?"

"그러면 어떻게 하면 좋으리까?"

두 사람이 만난 곳은 못가였다.

"공부하시는 몸이시니, 장차 서울에 돌아가셔서 과거에 급제하시고 또 집안끼리 말이 오고 가서 부모님이 허락하신다면 따르겠습니다."

"그렇게 하리다."

서생은 옳게 여겨 고개를 끄덕이고, 다시는 그 말을 꺼내지 않았다. 그러나 못가에서 남의 눈을 피하여 만나는 일이 거듭되었고, 서로 마음속으로는 굳게 맹세하는 바가 있었다. 예정하였던 기간이 되어 서생은 서울로 돌아가게 되었다.

"자아, 나는 잠시 떠나야겠소. 서울에 가서 과거를 치르고, 또 부모님께 여쭈어 맞으러 오겠소."

처녀의 눈에는 이슬이 맺혔다.

"잠시 헤어지게는 되나 후일을 위하여 우리 잠시 참읍시다."

"예."

서생도 눈물이 글썽해졌고, 서로 두 손을 맞잡고 한동

안 말이 없었다.

 서생이 서울로 떠난 뒤로 처녀는 더욱 물고기와 지내는 시간이 많아져 갔다. 부모가 모르는 비밀을 가슴속에 간직하고 있기 때문이기도 하였고, 서생과 더불어 남 몰래 만나던 곳이 못가이기 때문이기도 하였다.
 "그 어른은 지금쯤 서울에 도착하셨겠지."
 먹이를 던져 주며 이런 말을 하였다.
 "언제쯤 데리러 오실까? 아마 곧 오시겠지……."
 못가의 돌에 앉아 이런 말을 중얼거리기도 하였다.
 이런 나날을 보내고 있는데 딸의 속을 모르는 부모는 혼사를 서둘기 시작하였다.
 놀란 처녀는 못가에 앉아서 긴 한숨만 쉬었다.
 조바심과 초조 속에 잠겨 지내던 처녀는 생각다 못해 비단에다 딱한 사정을 세세히 적었다. 그러나 이 편지를 전할 방법이 없었다.
 처녀는 비단에 쓴 편지를 들고 못가로 나와다
 "고기야, 서울에 계신 어른에게 이 편지를 드려야겠는데 도리가 없구나. 네가 내 뜻을 알거든 나를 도와 다오……."
 처녀는 이렇게 하소연하면서 비단 편지를 못에다 던졌다. 미처 물에 떨어지기도 전에 큰 물고기가 뛰어올라서 비단 편지를 삼켰다.
 처녀는 물고기가 편지를 전할 재주가 있다고 믿은 것은 아니었다. 그러나 누구에게 하소연할 곳도 없었기에 못가에 와서 넋두리를 하고 편지를 던진 것이었다.
 한편 서생은 서울에 돌아간 뒤에도 노상 처녀 생각만

하였다. 그러나 쉽게 기회가 마련되지 않아 차일피일하고 있었다.

어느 날 서생은 찬거리를 사러 장에 나갔다. 아버지의 생신이라 색다른 음식을 마련하려고 직접 나갔던 것이다.

어물전 앞을 지나다가 유난히 큰 물고기가 눈에 띄어 걸음을 멈췄다. 마음이 쏠렸고 어물전에서도 권해 서생은 그 물고기를 사 갔다. 하도 큰 것이라 서생은 요리하는 사람이 칼질하는 것을 옆에서 지켜 보고 있었다.

"어?"

칼질을 하던 사람이 깜짝 놀라 소리 쳤다. 고기의 배를 가르니 거기에서 비단이 나타난 것이다. 더구나 무엇이 적혀 있는 비단이었다.

서생은 비단을 받아서 들여다보다가 눈물이 뚝뚝 떨어졌다. 그것은 분명 강릉에 갔을 때 서로 언약하였던 처녀가 절박한 사정을 호소한 편지였기 때문이었다.

서생은 눈물을 흘리면서 물고기와 비단 편지를 들고 아버지 앞에 가서 꿇어앉아 자세한 이야기를 하였다.

"네가 글공부를 한다고 타향에 가서 남의 집 규수를 후려 놨으니 그것은 용납할 수 없는 일이다. 그러나 비단에 쓴 편지를 고기가 삼켰고, 또 그 물고기가 우리 집에 들어오게 되었다니 이것은 아마 하늘이 맺어 준 연분인가 보다. 너는 이 길로 떠나서 그 규수를 데리고 오도록 하여라. 내가 서신을 하나 써 줄 것이니 아울러 가지고 가도록 하여라."

서생은 급히 서둘러 강릉으로 떠났다. 그 물고기와 비

단에 쓴 편지, 아버지가 써 준 정중한 편지, 또 급히 서둘러 마련한 예물들을 가지고 떠났다.

강릉에 도착하니 마침 그날이 처녀의 혼인날이어서 안팎이 부산하였다. 아직 신랑은 도착하지 않은 모양이었고, 많은 사람들이 모여서 왁자지껄하였다.

서생은 불문곡직하고 안으로 들어가서 처녀의 아버지를 만났다. 가져온 물건들을 죽 늘어놓고 전후 사정을 설명하였다.

처녀의 아버지는 너무나 놀랍고 당황하여 입을 딱 벌리고 한동안 말이 없었다. 처녀의 아버지는 얼마 만에야 비로소 고개를 끄덕였다.

"허! 정성이 지극하면 하늘을 감동시킨다더니……. 이는 사람의 힘으로 능히 되는 일이 아니다. 오늘이 혼인날이어서 낭패이기는 하나, 그쪽을 파혼케 하는 수밖에 없구려."

이때 신랑이 노착하였다고 대문 쪽에서 왁자지껄하였다.

처녀의 아버지는 급히 나가서 모였던 사람들에게 사정을 설명하였고 서생이 가져온 물고기와 비단에 쓴 편지도 보였다.

누구나 다 감탄하였고, 처녀는 서생과 맺어져야 한다고 주장하였다. 신랑집 사람들도 자세한 사정 이야기를 듣고는 하는 수 없이 파혼에 동의하고 돌아갔다.

결국 처녀의 집에서는 서생을 사위로 맞게 되었다. 여러 가지 음식이나 다른 준비는 이미 되어 있는 터라 그냥 그대로 예를 올렸다.

처녀는 한숨과 눈물로 그날 그날을 보내다가 혼인날이 되자 못에 몸을 던져 자결하고자 하였던 것이다. 그러던 차에 뜻밖에도 꿈에도 잊지 못하던 서생과 혼인을 하게 되었으니 그 기쁨은 말할 것도 없었고 보는 사람 듣는 사람 모두 다 놀라워하였다.

≪동국여지승람(東國輿地勝覽)≫ 권44에서

다른 책에도 위와 같은 이야기가 전해지며 서생의 이름은 무월랑(無月郎)이며, 처녀의 이름은 연화녀(蓮花女)라고 하였다.

또 이 일이 있은 곳은 평창군이라고 하였다. 하지만 처녀가 물고기에게 먹이를 준 곳은 양어지가 아니고 처녀의 집 북쪽에 흐르는 내였다고 하였다.

≪임영지(臨瀛誌)≫에서

지은이 약력

1923년 서울에서 출생
1942년 잡지 〈일본시단〉 동인
1944년 연희전문학교 졸업
1945년 잡지 〈예술부락〉에 단편 발표로 작품 활동 시작
1950년 잡지 〈문예〉 편집 담당
1956년 한국문학가협회 사무국장

저　서
단편집 ≪안개는 아직도≫ 외 20여 권

한국의 괴기담　　　　　　　　〈서문문고161〉

개정판 인쇄 / 1996년 3월 20일
개정판 발행 / 1996년 4월 5일
지은이 / 박 용 구
펴낸이 / 최 서 호
펴낸곳 / 서 문 당
주소 / 서울시 마포구 성산1동 20—12호
전화 / 322—4916~8　팩스 / 322—9154
등록일자 / 1973. 10. 10
등록번호 / 제13-16

초판 발행 : 1975년 2월 15일　* 잘못된 책은 바꾸어 드립니다

서문문고 목록

001~303
◆ 번호 1의 단위는 국학
◆ 번호 홀수는 명저
◆ 번호 짝수는 문학

001 한국회화소사 / 이동주
002 헤세 단편집 / 헤세
003 고독한 산책자의 명상 / 루소
004 멋진 신세계 / 헉슬리
005 20세기의 의미 / 보울딩
006 가난한 사람들 / 도스토예프스키
007 실존철학이란 무엇인가/ 볼노브
008 주홍글씨 / 호돈
009 영문학사 / 에반스
010 쯔바이크 단편집 / 쯔바이크
011 한국 사상사 / 박종홍
012 플로베르 단편집 / 플로베르
013 엘리어트 문학론 / 엘리어트
014 모옴 단편집 / 서머셋 모옴
015 몽테뉴수상록 / 몽테뉴
016 헤밍웨이 단편집 / E. 헤밍웨이
017 나의 세계관 /아인스타인
018 춘희 / 뒤마피스
019 불교의 진리 / 버트
020 뷔뷔 드 몽빠르나스 / 루이 필립
021 한국의 신화 / 이어령
022 몰리에르 희곡집 / 몰리에르
023 새로운 사회 / 카아
024 체호프 단편집 / 체호프
025 서구의 정신 / 시그프리드
026 대학 시절 / 슈토롬
027 태초에 행동이 있었다 / 모로아
028 젊은 미망인 / 쉬니츨러
029 미국 문학사 / 스필러
030 타이스 / 아나톨프랑스
031 한국의 민담 / 임동권
032 비계 덩어리 / 모파상
033 은자의 황혼 / 페스탈로치
034 토마스만 단편집 / 토마스만
035 독서술 / 에밀파게
036 보물섬 / 스티븐슨
037 일본제국 흥망사 / 라이샤워
038 카프카 단편집 / 카프카
039 이십세기 철학 / 화이트
040 지성과 사랑 / 헤세
041 한국 장신구사 / 황호근
042 영혼의 푸른 상흔 / 사강
043 러셀과의 대화 / 러셀
044 사랑의 풍토 / 모로아
045 문학의 이해 / 이상섭
046 스탕달 단편집 / 스탕달
047 그리스. 로마신화 / 벌핀치
048 육체의 악마 / 라디게
049 베이컨 수상록 / 베이컨
050 미농레스코 / 아베프레보
051 한국 속담집 / 한국민속학회
052 정의의 사람들 / A. 까뮈
053 프랭클린 자서전 / 프랭클린
054 투르게네프단편집/투르게네프
055 삼국지 (1) / 김광주 역
056 삼국지 (2) / 김광주 역
057 삼국지 (3) / 김광주 역
058 삼국지 (4) / 김광주 역
059 삼국지 (5) / 김광주 역
060 삼국지 (6) / 김광주 역
061 한국 세시풍속 / 임동권
062 노천명 시집 / 노천명
063 인간의 이모저모/라 브뤼에르
064 소월 시집 / 김정식
065 서유기 (1) / 우현민 역
066 서유기 (2) / 우현민 역
067 서유기 (3) / 우현민 역
068 서유기 (4) / 우현민 역
069 서유기 (5) / 우현민 역
070 서유기 (6) / 우현민 역
071 한국 고대사회와 그 문화 /이병도
072 피서지에서 생긴일 /슬론 윌슨

시문문고목록 2

073 마하트마 간디전 / 로망롤랑
074 투명인간 / 웰즈
075 수호지 (1) / 김광주 역
076 수호지 (2) / 김광주 역
077 수호지 (3) / 김광주 역
078 수호지 (4) / 김광주 역
079 수호지 (5) / 김광주 역
080 수호지 (6) / 김광주 역
081 근대 한국 경제사 / 최호진
082 사랑은 죽음보다 / 모파상
083 퇴계의 생애와 학문 / 이상은
084 사랑의 승리 / 모옴
085 백범일지 / 김구
086 결혼의 생태 / 펄벅
087 서양 고사 일화 / 홍윤기
088 대위의 딸 / 푸시킨
089 독일사 (상) / 텐브록
090 독일사 (하) / 텐브록
091 한국의 수수께끼 / 최상수
092 결혼의 행복 / 톨스토이
093 율곡의 생애와 사상 / 이병도
094 나심 / 보들레르
095 에머슨 수상록 / 에머슨
096 소아나의 이단자 / 하우프트만
097 숲속의 생활 / 소로
098 미움의 로미오와 줄리엣 / 켈러
099 참회록 / 톨스토이
100 한국 판소리 전집 / 신재효,강한영
101 한국의 사상 / 최창규
102 결산 / 하인리히 빌
103 대학의 이념 / 야스퍼스
104 무덤없는 주검 / 사르트르
105 손자 병법 / 우현민 역주
106 바이런 시집 / 바이런
107 종교록,국민교육론 / 톨스토이
108 더러운 손 / 사르트르
109 신역 맹자 (상) / 이민수 역주
110 신역 맹자 (하) / 이민수 역주
111 한국 기술 교육사 / 이원호
112 가시 돋힌 백합/ 어스킨콜드웰
113 나의 연극 교실 / 김경옥
114 목녀의 로맨스 / 하디
115 세계발행금지도서100선 / 안춘근
116 춘향전 / 이민수 역주
117 형이상학이란 무엇인가 / 하이데거
118 어머니의 비밀 / 모파상
119 프랑스 문학의 이해 / 송면
120 사랑의 핵심 / 그린
121 한국 근대문학 사상 / 김윤식
122 어느 여인의 경우 / 콜드웰
123 현대문학의 지표 외/ 사르트르
124 무서운 아이들 / 장콕토
125 대학·중용 / 권태익
126 사씨 남정기 / 김만중
127 행복은 지금도 가능한가 / B. 러셀
128 검찰관 / 고골리
129 현대 중국 문학사 / 윤영춘
130 펄벅 단편 10선 / 펄벅
131 한국 화폐 소사 / 최호진
132 시황수 최후의 날 / 위고
133 사르트르 평전/ 프랑시스 장송
134 독일인의 사랑 / 막스 뮐러
135 신사신경 입문 / 이민수
136 로미오와 줄리엣 / 셰익스피어
137 햄릿 / 셰익스피어
138 오델로 / 셰익스피어
139 리어왕 / 셰익스피어
140 멕베드 / 셰익스피어
141 한국 고시조 500선/강한영 편
142 오색의 베일 /서머셋 모옴
143 인간 소송 / P.H. 시몽
144 불의 강 외 1편 / 모리악
145 논어 /남만성 역주
146 한여름밤의 꿈 / 셰익스피어
147 베니스의 상인 / 셰익스피어
148 태풍 / 셰익스피어
149 말괄량이 길들이기/셰익스피어

서문문고목록 3

150 뜻대로 하셔요 / 셰익스피어
151 한국의 기후와 식생 / 차종환
152 공원묘지 / 이블린
153 중국 회화 소사 / 허영환
154 데미안 / 헤세
155 신역 서경 / 이민수 역주
156 임어당 에세이선 / 임어당
157 신전치행대론 / D.E.버틀러
158 영국사 (상) / 모로아
159 영국사 (중) / 모로아
160 영국사 (하) / 모로아
161 한국의 괴기담 / 박용구
162 윤손 단편 선집 / 윤손
163 권력론 / 러셀
164 군도 / 실러
165 신역 주역 / 이기석
166 한국 한문소설선 / 이민수 역주
167 동의수세보원 / 이제마
168 좁은 문 / A. 지드
169 미국의 도전 (상) / 시라이버
170 미국의 도전 (하) / 시라이버
171 한국의 지혜 / 김덕형
172 감정의 혼란 / 쯔바이크
173 동학 백년사 / B. 웜스
174 성 도밍고섬의 약혼 / 클라이스트
175 신역 시경 (상) / 신석초
176 신역 시경 (하) / 신석초
177 베를렌느 시집 / 베를렌느
178 미시시피씨의 결혼 / 뒤렌마트
179 인간이란 무엇인가 / 프랭클
180 구운몽 / 김만중
181 한국 고사조사 / 박을수
182 어른을 위한 동화집 / 김요섭
183 한국 위기(圍棋)사 / 김용국
184 숲속의 오솔길 / A.시티프터
185 미학사 / 에밀 우티쯔
186 한중록 / 혜경궁 홍씨
187 이백 시선집 / 신석초
188 민중들 반란을 연습하다
　　/ 귄터 그라스
189 축혼가 (상) / 샤르돈
190 축혼가 (하) / 샤르돈
191 한국독립운동지혈사(상)
　　/ 박은식
192 한국독립운동지혈사(하)
　　/ 박은식
193 항일 민족시집/안중근의 50인
194 대한민국 임시정부사 / 이강훈
195 항일운동가의 일기/장지연 외
196 독립운동가 30인전 / 이민수
197 무장 독립 운동사 / 이강훈
198 일제하의 명논설집/안창호 외
199 항일선언·창의문집 / 김구 외
200 한말 우국 명사소문집/최창규
201 한국 개항사 / 김용욱
202 전원 교향악 외 / A. 지드
203 직업으로서의 학문 외
　　/ M. 베버
204 나도향 단편선 / 나빈
205 윤봉길 전 / 이민수
206 다니엘라 (외) / L. 린저
207 이성과 실존 / 야스퍼스
208 노인과 바다 / E. 헤밍웨이
209 골짜기의 백합 (상) / 발자크
210 골짜기의 백합 (하) / 발자크
211 한국 민속약 / 이선우
212 젊은 베르테르의 슬픔 / 괴테
213 한문 해석 입문 / 김종권
214 상록수 / 심훈
215 채근담 강의 / 홍응명
216 하디 단편선집 / T. 하디
217 이상 시전집 / 김해경
218 고요한물방아간이야기
　　/ H. 주더만
219 제주도 신화 / 현용준
220 제주도 전설 / 현용준
221 한국 현대사의 이해 / 이현희
222 부와 빈 / E. 헤밍웨이
223 막스 베버 / 황산덕
224 적도 / 현진건

서문문고목록 1

225 민족주의와 국제체제 / 힌슬리	265 농업 문화의 기원 / C. 사우어
226 이상 단편집 / 김해경	266 젊은 처녀들 / 몽테를랑
227 심락신강 / 강무학 역주	267 국가론 / 스피노자
228 굿바이 미스터 칩스 (외) / 힐튼	268 임진록 / 김기동 편
229 도연명 시전집 (상) / 우현민 역주	269 근사록 (상) / 주희
230 도연명 시전집 (하) / 우현민 역주	270 근사록 (하) / 주희
231 한국 현대 문학사 (상) / 전규태	271 (속)한국근대문학사상 / 김윤식
232 한국 현대 문학사 (하) / 전규태	272 로렌스 단편선 / 로렌스
233 말테의 수기 / R.H. 릴케	273 노천명 수필집 / 노천명
234 박경리 단편선 / 박경리	274 콜롱바 / 메리메
235 대학과 학문 / 최호진	275 한국의 연정담 / 박용구 편저
236 김유정 단편선 / 김유정	276 심현학 / 황산덕
237 고려 인물 열전 / 이민수 역주	277 한국 명창 열전 / 박경수
238 에밀리 디킨슨 시선 / 디킨슨	278 메리메 단편집 / 메리메
239 역사와 문명 / 스트로스	279 예언자 / 칼릴 지브란
240 인형의 집 / 입센	280 충무공 일화 / 성동호
241 한국 골동 입문 / 유병서	281 한국 사회풍속야사 / 임종국
242 토마스 울프 단편선 / 토마스 울프	282 행복한 죽음 / A. 까뮈
243 철학자들과의 대화 / 김준섭	283 소학 신강 (내편) / 김종권
244 파리시절의 릴케 / 버틀러	284 소학 신강 (외편) / 김종권
245 변증법이란 무엇인가 / 하이스	285 홍루몽 (1) / 우현민 역
246 한용운 시전집 / 한용운	286 홍루몽 (2) / 우현민 역
247 중론송 / 나아가르쥬나	287 홍루몽 (3) / 우현민 역
248 알퐁스도데 단편선 / 알퐁스 도데	288 홍루몽 (4) / 우현민 역
249 엘리트와 사회 / 보트모어	289 홍루몽 (5) / 우현민 역
250 O. 헨리 단편선 / O. 헨리	290 홍루몽 (6) / 우현민 역
251 한국 고전문학사 / 전규태	291 현대 한국시의 이해 / 심해성
252 정을병 단편집 / 정을병	292 이효석 단편집 / 이효석
253 악의 꽃들 / 보들레르	293 현진건 단편집 / 현진건
254 포우 걸작 단편선 / 포우	294 채만식 단편집 / 채만식
255 양명학이란 무엇인가 / 이민수	295 삼국사기 (1) / 김종권 역
256 이육사 시문집 / 이원록	296 삼국사기 (2) / 김종권 역
257 고시 십구수 연구 / 이계주	297 삼국사기 (3) / 김종권 역
258 안도라 / 막스프리시	298 삼국사기 (4) / 김종권 역
259 병자남한일기 / 나만갑	299 삼국사기 (5) / 김종권 역
260 행복을 찾아서 / 파울 하이제	300 삼국사기 (6) / 김종권 역
261 한국의 효사상 / 김익수	301 민화란 무엇인가 / 임두빈 저
262 갈매기 조나단 / 리처드 바크	302 건초더미 속의 사랑 / 로렌스
263 세계의 사진사 / 버먼트 뉴홀	303 야스퍼스의 철학 사상
264 환영(幻影) / 리처드 바크	/ C.F. 월레프